일상이 고고학
나 혼자 제주 여행

일상이 고고학
나 혼자 제주 여행

고고학으로 제주도 여행하는 법

황윤 지음

일상이 _____ 고고학 04

책읽는고양이

동미륵. 제주 사람들은 주로 동자복이라고 부른다. ⓒ책읽는고양이

프롤로그

"소설이 재미있던데, 어떻게 쓰게 된 거예요?"

어느 날, 써놓기만 하고 빛을 보지 못한 원고들 중 혹시 아까운 내용이 있을까 싶어서 슬쩍 찾아보았다. 짧은 역사소설 두 편이 눈에 띄었다. 2015년, 인터넷에서 스토리 공모전이 있다 하여 모집 요강에 따라 분량을 맞춘 글이었다. 이 중 하나는 조선의 4군 6진 개척과 여진족 이야기였고, 다른 하나는 제주도에 있던 몽골 흔적, 즉 고려 시대 목호의 난을 주제로 한 이야기였다. 두 원고 모두 공모전에서 떨어졌기에 한동안 까맣게 잊고 살았다.

그런데 '일상이 고고학' 시리즈를 통해 여행과

역사를 접목한 책을 쓰다보니, '제주도 여행과 이전에 쓴 소설을 결합해보면 어떨까' 하는 아이디어가 떠올랐다. 고려 말, 제주도에서 벌어졌던 목호의 난을 소설로 쓰기 위해 사전 답사차 여행을 갔던 경험이 있기 때문이다. 이에 우선 원고를 출판사 대표님께 보내본다.

제주도에서 말을 키우던 목호들이 반란을 일으키자 고려 정부에서는 최영을 총사령관으로 한 2만 5,000명의 병력을 배에 태워 바다 건너로 파견했다. 당시 제주도 인구가 3만 명 수준이었기에 엄청난 대군이었던 셈. 당연히 제주도는 큰 피해를 입게 되었는데, 이 부분에 대한 이야기는 제주도 지역 역사로만 기억될 뿐 그다지 잘 알려지지 않았다. 나는 고려시대 사람처럼 배를 타고 제주도에 가보기로 했고, 목포까지 가서 배를 타고 추자도에 들른 뒤 제주도에 도착했었다. 당연히 제주도에서도 목호의 흔적을 찾아 열심히 돌아다녔다. 그 과정에서 몽골이 제주도에 미친 영향이 수백 년이 지난 지금까지도 여전히 남아 있다는 것을 알게 되었다.

아쉽게도 소설은 당선되지 않았으나 그 뒤로도 제주도에 남다른 관심이 생기면서 국립제주박물관에서 흥미를 끄는 전시가 있으면 그것을 보러 간다는 핑계로 종종 제주에 가곤 했다. 그러다보니 정보와 자료가 계속 쌓여갔고, 잊은 채 묵혀둔 소설을 다시 살려볼까 하는 생각이 들었던 것이다.

이윽고 원고를 읽은 출판사 대표님을 직접 만났다. 이때 나는 기존의 '일상이 고고학' 시리즈처럼 여행을 떠나 역사 유적지를 둘러보는 내용을 기반으로 하되 이번 여행의 결과물인 소설을 함께 넣는 새로운 방식으로 책을 만들어보자고 했다. 출판사 측에서 이 의견을 흔쾌히 받아들이면서 머릿속으로만 그렸던 역사 탐방과 소설이 한 권에 담기는 책이 구성될 수 있게 된다. 물론 이런 방식이 첫 시도인지라 독자 반응이 어떨지 조금 걱정이기는 하다.

그럼 지금부터 제주도의 역사 그리고 현재까지도 제주도에 남아 있는 몽골과 목호의 흔적을 함께 따라가 보기로 하자. 덕분에 한국인이 생각하는 일반적인 제주 여행과 달리 조금 진지한 제주도 여행이 될지도 모르겠지만.

차례

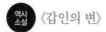

역사
소설 《갑인의 변》

1
여행의 시작

KTX 광명역

"다음 역은 KTX 광명역입니다."

오전 8시 4분에 광명역에서 출발하는 KTX를 타고 목포로 간다. 집이 안양인지라 아침 일찍부터 버스를 타고 광명역까지 왔다. 아침은 간단하게 빵에 잼을 발라서 먹고 나왔더니 배가 고프지는 않네.

안양 옆에 위치한 광명시에 자리 잡은 KTX역. 정말 거대한 건물이라 처음에는 주변 지역 도시 규모에 비해 너무 큰 것 아닐까 하는 생각이 들기도 했지만, 이제는 익숙해졌다. 건물 디자인이 기차역이 아니라 공항 같다고 할까? 아주 깔끔함.

여하튼 아직 출발 시간이 20분이나 남았으니, 잠시 역사 내 대합실에 들어가 쉬다 갈까? 대합실에는 나처럼 아침부터 기차를 기다리는 사람들이 의자에 앉아 쉬고 있다. 대합실 TV에서 뉴스가 나오는 걸 보고 있자니 갑자기 날씨가 궁금해지는군. 사실 요즘은 스마트폰으로 언제든 날씨 검색이 가능한데도 TV 뉴스로 날씨를 보는 습관은 여전히 남아 있는 것 같다.

그런데 어디로 여행을 떠나기에 KTX를 타고 목포까지 가는 걸까?

이번 여행의 콘셉트는 다음과 같다. 어느 날 인터넷에서 상금을 걸고 새로운 소설 원고를 찾는다는 공고문을 보게 된 나는 역사소설을 써서 도전해보기로 결심했다. 그리고 그 주제로 "목호의 난", 즉 고려 말 제주도에서 있었던 사건을 정한 것이다. 이유는 모르겠다. 다만 아주 예전부터 꽤 관심을 가진 주제이기는 했다.

목호의 난은 대중에게는 그리 잘 알려지지 않은 한반도 역사 중 하나다. 몽골이 세운 원나라에 고려가 복속된 후 제주도는 탐라총관부(耽羅總管府)가 되어 한동안 몽골의 자치령으로 운영된다. 하지만 원나라가 무너지자 고려는 제주도에 대한 지배권을 회복하고자 했고, 그러자 제주도에서 대를 이어가며 살아가다 어느덧 현지화가 된 몽골인들이 크게 저항한 것이다. 이들은 원나라 정부에서 제주도에 파

고려 말 행정 지도.

견해 말을 키우게 한 몽골인들로, 당시 목호(牧胡)라 불리었다. 소위 "목호의 난"은 여기에서 비롯된 말이다. 이에 고려 정부에서는 1374년 당대 최고 명장인 최영을 총사령관으로 한 병력을 제주도로 파견한다.

최영이 총사령관으로서 병력을 집결시킨 곳은 전라남도 나주였다. 나주의 영산포(榮山浦)가 그곳. 나주에서 바다를 건너 제주도로 가고자 한 것이다. 고려군은 배 314척에 병사 2만 5,605명을 나주에 집결시켰다. 이번 전쟁을 위해 최영은 공민왕으로부터 양광전라경상도통사(楊廣全羅慶尙都統使)라는 벼슬을 받았다. 이중 도통사(都統使)는 공민왕 시절부터 왜구 및 원나라의 침입을 방어하기 위해 만든 군사령관 관직으로, 보통 집결되는 병력의 출신 지역을 도통사 앞에 붙인 형식으로 구성된다. 즉, '양광전라경상' 도통사는 해당 관직 이름에서 알 수 있듯 이번 전쟁을 위한 병력 대부분이 양광도, 전라도, 경상도에서 뽑혔음을 의미한다.

그런데 고려 시대 후반 전라도는 현재의 전라도 영역과 거의 유사하고, 경상도는 현재의 경상도 영역과 거의 유사했다. 다만 양광도는 현재의 경기도 남부, 충청도, 강원도 일부까지 포함하는 영역이었다. 수도 주변의 행정구역인 경기(京畿)가 고려 시대에 들어와 꾸준히 확장되었으나, 당시 수도인 개성을 중심으로 펼쳐졌기에 서울을 중심으로 하는 지금보다 조금 북서쪽으로 경기권이 구성되어 있었기 때문이다. 즉, 내가 지금 살고 있는 안양은 과거 양광도와 경기 경계선에 포함되어 있었던 것.

그렇다면 이번 여행 콘셉트를 다음과 같이 짤 수 있겠다. 약 650년 전 양광도와 경기 경계선에 살던 한 인물이 목호의 난 정벌군에 징발되어 나주까지 육상으로 이동하는 과정을 따라가 보고, 더 나아가 2만 5,000명의 병력이 배를 타고 제주도로 간 것까지 경험해보는 것이다. 대신 과거처럼 걷거나 말을 타고 갈 수는 없으니 KTX로 대처하고, 배 역시 제주도로 가는 배가 지금은 나주에서 출발하지 않으니 목포로 가야겠다. 대충 이 정도면 약 650년 전 안양에 살다가 제주도 정벌군에 들어간 인물의 감정을 완벽하지는 않지만 어느 정도 따라가볼 수 있겠지. 이것이 비행기를 타면 겨우 1시간 걸리는 제주도를 이렇게 돌아서 가는 이유.

이제 시간이 된 것 같으니, 기차를 타러 가볼까?

KTX를 타고

광명역에서 출발한 KTX는 예정대로라면 약 2시간 뒤인 오전 10시 14분에 목포에 도착한다. 확실히 KTX를 타는 게 정확하게 시간을 맞추어 가는 여행에는 제격이다.

이른 아침이라 그런지 서서히 졸린 느낌이 있어 거의 자면서 이동할지도 모르겠다. 그런데 기차에 사람이 정말 많네. 하긴 요즘은 KTX를 필두로 하여 기차 여행이 대세이긴 하다. 다만 KTX가 아쉬운 점은 의자가 불편하다는 것. 고속버스는 의자가 편해 푹 자면서 이동이 가능하니, 개인적으로는 참으로 만족하는 여행 방법이나 스피드가 조금 느리고, KTX는 스피드는 빠르나 자리가 불편하네. 물론

KTX 특실을 타면 자리도 편하다고 하는데, 일반석보다 50% 정도 비싼지라 타본 적은 없다.

그럼 잠들기 전, 정신을 붙잡고 제주도 역사에 대해 정리를 해보기로 할까?

제주도는 면적 1,845.88㎢, 해안선 길이 253km의 화산섬으로 높이 1,950m의 한라산이 특히 유명하다. 배가 제주도에 가까워지면 삼각형 형태의 한라산이 점차 크게 보이기 시작하는데, 이것이 엄청난 장관이다. 무언가 신비로운 느낌이랄까? 배를 타고 제주도에 가는 게 재미있어서 몇 번 도전해본 적이 있거든. 물론 날씨가 안 좋으면 구름이 잔뜩 껴서 이 장관을 볼 수 없다.

제주도에는 신석기 시대부터 사람이 살았는데, 빙하기 시절만 해도 해수면이 낮아서 육지에서 제주도까지 걸어서 갈 수 있었다고 한다. 하지만 점차 해수면이 높아지면서 지금과 같은 섬이 되었고, 그래도 꾸준히 육지에서 사람들이 배를 타고 이주하면서 제주도만의 독특한 삶이 만들어졌다.

마한의 서쪽 바다 가운데 섬에 주호국(州胡國)이 있다. 사람들은 몸집이 작고 머리를 깎고 가죽옷을 입는데 상의만 있고 하의는 없다. 소와 돼지 기르기를 좋아한다. 배를 타고 왕래하고 한(韓)과

교역한다.

《후한서》동이 열전

또한 주호(州胡)는 마한의 서쪽 바다 가운데의 큰 섬에 있다. 그들은 대체로 키가 작고, 말도 한(韓)과 같지 않다. 모두 선비(鮮卑)족처럼 삭발을 하고 가죽옷을 만들어 입으며, 소나 돼지 기르기를 좋아한다. 옷은 윗도리는 있으나 아랫도리가 없으니 대략 나체와 같다. 배를 타고 한중(韓中)을 왕래하며 교역한다.

《삼국지》위서 동이전

중국 한나라, 위나라의 역사서에는 이처럼 주호국(州胡國)이라는 이름으로 제주도가 등장한다. 다만 '마한의 서쪽 바다' 라 한 것은《후한서》의 저자가 직접 경험한 것이 아니라 전해 들은 정보를 바탕으로 기록하는 과정에서 나온 오류로 보인다. 정확히는 서남쪽이 맞는 표현이겠지. 이처럼 3세기까지 제주도는 주호국이라는 이름으로 알려졌으며 배를 타고 육지와의 무역에 적극적으로 임했음을 알 수 있다. 다만 옷이나 머리 모양, 더 나아가 언어까지 한(韓), 즉 한반도 남부 세력과 많이 달랐다.

실제로 제주도에서는 오수전(五銖錢) 같은 중국

배가 제주도에 가까워지면 삼각형 형태의 한라산이 점차 크게 보이기 시작하는데, 이것이 엄청난 장관이다.

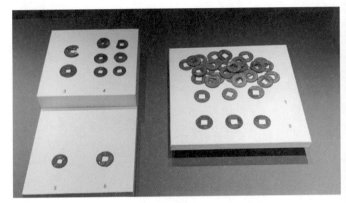

제주도에서 여럿 발견된 오수전(五銖錢). 국립제주박물관. ⓒ 책읽는고양이

화폐가 여럿 발견되었다. 오수전은 한나라 시대에
만든 동전으로 동그란 모양에 가운데 네모난 구멍
이 뚫려 있다. 오수전은 제주시 산지항에서 4점이
출토되었고, 제주도 출토품으로 전하는 제주도 민속
자연사박물관 소장의 오수전 11점이 있다. 이런 동
전은 제주도 곳곳에 여전히 발견되지 않은 채 더 숨
어 있을 것이다. 이것으로 미루어 중국 군현 중 하나
인 낙랑과의 무역 과정에서 일부 동전이 제주도까
지 이동했던 것으로 추정된다. 그렇다면 《삼국지
위서 동이전》에서 "한중(韓中)을 왕래하며 교역한
다." 부분 중 중국을 의미하는 곳은 다름 아닌 낙랑
이었던 것이다.

이처럼 바다를 건너 낙랑, 한반도 남부 등과 교류를 이어가던 제주도는 한반도 세력의 재편 움직임이 있으면 그때마다 재빠르게 눈치를 보고 거기에 대처하는 모습을 보여주었다. 이는 분명 제주도가 한반도에 부속된 섬 중에서 가장 큰 면적을 자랑하는 섬임에도 불구하고 한반도에 비하면 크기가 작은 데다 비교적 바다 건너 가까운 위치에 자리 잡고 있어 그 영향력에서 벗어나기 힘들었기에 나온 모습이라 하겠다.

삼국 시대 탐라국

탐라국(耽羅國)이라는 고대 지명은 꽤 유명하다. 오죽하면 지금도 일부에서는 제주도를 탐라라고 부르기도 하니 말이지. 이외에도 고대 기록에는 탐모라국(耽牟羅國), 담라(儋羅), 탁라(乇羅)라고도 기록되었는데, 당시 사람들이 제주도를 부르던 발음에 따라 한자를 빌려 쓰면서 나온 현상이었다.

탐라현(耽羅縣)은 전라도의 남쪽 바다 가운데에 있다. 그 고기(古記)에서 말하기를 "태초에 사람이 없었는데, 세 신인(神人)이 땅으로부터 솟아 나왔으니 맏이는 양을나(良乙那)라고 하였고, 그다음을 고을나(高乙那)라고 하였으며, 셋째는 부을나(夫乙

那)라고 했다.

　세 사람은 거친 땅에서 사냥질을 하면서 가죽옷을 입고 고기를 먹었다. 하루는 자주색 진흙으로 봉해진 나무 상자가 바다에서 떠다니다 동쪽 바닷가에 닿은 것을 보고 가서 열어보니, 상자 안에 또 돌 상자가 있었으며, 붉은 띠와 자주색 옷을 입은 사자(使者) 한 사람이 따라 나왔다. 돌 상자를 여니 푸른 옷을 입은 처녀 세 사람과 망아지와 송아지들과 오곡(五穀)의 종자가 나왔다. 사자가 "우리는 일본국(日本國)의 사신입니다. 우리 왕이 이 세 딸을 낳고는, '서해(西海)의 중악(中嶽)에 신자(神子) 세 사람이 내려와 장차 나라를 열고자 하나 배필이 없구나.' 하고는 저에게 분부하여 세 딸을 모시고 여기에 오도록 한 것입니다. 마땅히 배필로 삼아 대업(大業)을 이루십시오."라고 말한 후 홀연히 구름을 타고 가버렸다.

　세 사람이 나이 순서에 따라 세 여자를 나누어 아내로 삼고서, 샘이 달고 땅이 비옥한 곳으로 가서, 화살을 쏘아 땅을 점치고는 양을나가 사는 곳을 제일도(第一都)라 하였고, 고을나가 사는 곳을 제이도(第二都)라 하였으며, 부을나가 사는 곳을 제삼도(第三都)라 하였다. 처음으로 오곡을 파종하고 또 가축을 길러 나날이 부유하고 자손이 번성하게 되었다.

《고려사》 지리 전라도 탐라현

이처럼 《고려사》에는 탐라국 시조에 대한 이야기가 기록되어 있다. 땅에서 3명의 남자가 솟아 나왔는데, 이들은 제주도의 거친 땅에서 사냥을 하며 살았다. 그러다 일본에서 나무 상자가 바다를 통해 제주도에 도착하여 열어보니, 처녀 세 사람이 등장했다. 이에 3명의 남자와 3명의 여자가 결혼하여 살았다는 이야기이다. 한때 한반도에서 유행하던 고대 국가 시조 설화가 잘 녹여져 있는 느낌도 얼핏 든다. 다만 해당 설화가 처음부터 저런 형식이었는지는 정확히 알 수 없다. 한마디로 여러 변화의 과정을 겪다 고려 시대에 최종 정리된 기록이라 할 것이다.

그런데 탐라국 전설에 등장하는 첫째인 양을나(良乙那)는 제주 양씨의 시조로, 둘째인 고을나(高乙那)는 제주 고씨의 시조로, 셋째인 부을나(夫乙那)는 제주 부씨의 시조로 각각 모셔진다. 이는 '본관 + 성씨'가 결합된 형식이니, 가장 대중적으로 잘 알려진 예를 들자면 '전주 이씨'를 들 수 있겠군. 시조가 자리 잡았던 지역명에다가 성씨를 더하여 구성된 이런 형식의 이름은 통일신라 말기 지방 호족의 세력이 강성했던 시기를 거쳐 고려 초부터 자리 잡기 시작한 문화이자 지금까지 그 영향이 이어지고 있으니까.

어쨌든 고려 시대에 기록된 탐라 시조 전설은 이러하나, 남아 있는 삼국 시대 역사 기록 중에서는 의외로 탐라 내용이 많이 발견되지 않는다.

여름 4월에 탐라국이 방물을 바쳤다. 왕이 기뻐하여 그 사신을 은솔로 임명하였다.

《삼국사기》 백제본기 문주왕 2년(476)

이처럼 476년, 탐라국이 백제에 방물을 바치면서 처음 등장한 탐라 기록은 조금 더 지나 다음과 같은 기사로 다시 등장한다.

8월에 왕이 탐라가 공물과 조세를 바치지 않는다 하여 친히 치고자 무진주(武珍州)에 이르니, 탐라가 이를 듣고 사신을 보내 사죄하므로 그만 중지하였다.

《삼국사기》 백제본기 동성왕 20년(498)

498년, 백제 동성왕은 탐라가 물건을 바치지 않는다면서 무진주까지 친히 움직였다. 무진주는 현재의 광주를 의미하니, 조금만 더 남쪽으로 내려오면 나주를 통해 제주도까지 바다로 이동이 가능했다. 그러자 탐라는 즉시 사신을 보내 사죄하였다. 이를 볼 때 당시 탐라는 육지 세력의 움직임을 기민하게 파악하면서도 적당히 독립적인 국가로 지내고자 했음을 보여준다. 이후에 백제가 어떻게 탐라국을 대했는지는 다음의 기사로 알 수 있다.

탐라국주(耽羅國主)인 좌평 도동음률(徒冬音律)이 와서 항복하였다. 탐라는 무덕(武德) 연간(618~626) 이래로 백제에 신속되어 있었기에 좌평으로 관직의 이름을 삼았거니와, 이때 와서 우리에게 항복하고 속국이 되었다.

《삼국사기》 신라본기 문무왕 2년(662)

660년, 백제가 멸망하자 탐라국은 신라의 문무왕에게 항복하였다. 이때 탐라국주, 즉 탐라를 통치하는 도동음률이라는 인물이 직접 신라 왕을 만나 항복하였는데, 그는 좌평이라는 관직을 가지고 있었다. 좌평은 백제의 벼슬 16관등 중 제1 관등으로, 지금으로 치면 총리에서 장관급 지위였다. 이처럼 백제는 탐라국을 완전히 통합하지 않고 속국으로 두되 적당한 독립성을 유지하도록 하면서 좌평이라는 관직을 최고 지배자에게 부여했던 것이다.

수나라가 진(陳)나라를 평정한 해에 전선 한 척이 표류하여 탐모라국(耽牟羅國)에 온 일이 있었다. 그 배가 돌아갈 적에 백제를 통과하게 되자 왕이 노자를 후하게 주어 보내고, 동시에 사신을 보내어 표를 올려 진나라를 평정한 것을 축하하였다.

　수 고조는 좋게 여겨 조서를 내려 말하기를 "백제 왕이 진을 평정하였다는 소식을 듣고 멀리서 표를 올렸다. 왕복이 지극히 어려워 만약 풍랑을 만난다면 손상을 입게 될 것이니, 백제 왕의 마음과 행적이 순박하고 지극함은 내 이미 아는 바다. 서로의 거리는 비록 멀다지만 사정은 만난 것과 다름 없으니 어찌 반드시 자주 사신을 보내와야만 하겠는가? 이후로는 해마다 입공(入貢)이 필요하지 않으며 나도 회사를 보내지 않을 것이니 왕은 알고 있을지어다."라고 말하였다.

　　　　　　　《북사(北史)》 열전 백제, 수나라 개황(581~600)

　이 사건은 589년에 일어난 것으로 수나라 배 하나가 중국 남쪽을 정벌하러 가다가 바다에서 표류당하면서 탐라국에 정박한 적이 있었나보다. 그리고 수나라 배가 고국으로 돌아가고자 하자 이 소식을 들은 백제 왕이 크게 지원했다는 내용이다. 이렇듯 탐라에 사건이 벌어지면 그 소식이 곧 백제 수도에 도착할 정도로 백제와 탐라 간에는 긴밀한 교류가 있었다.

이처럼 탐라국은 삼국 시대에 들어와 육지와 적당한 거리를 두되 백제의 영향 아래에서 다양한 문물을 전달받았으며, 또한 탐라국의 통치자는 백제 좌평이라는 관직을 받았다. 하지만 따르던 백제가 660년 멸망하면서 다시 한 번 육지 세력의 재편을 눈치 보는 시기가 열리게 되니, 새로운 시대에 생존하기 위해서 제주도는 필요한 모든 수단을 강구하게 된다.

우선 정리는 여기까지. 졸려서 그만. 창문 밖을 가만 보니 어느덧 KTX는 충청도로 들어와서 남으로 달려가는 중이다. 의자에 기대어 좀 자자. 약 650년 전, 나주에서 출발할 최영 부대에 합류하기 위해 이동하던 병사도 나처럼 중간중간 자면서 갔겠지. 그래도 시대가 훨씬 좋아져서 지금은 자면서도 시속 200km 이상으로 이동이 가능하군.

목포역 도착

목포다. 오전 10시 14분, 도착 예정 시간 그대로 도착했군. 와우. 역시 KTX는 정확해서 좋아. 목포역은 바다 근처에 위치하고 있어 역에서 내리면 바다 내음이 바로 다가온다. 내 고향이 부산이다보니, 어디를 가든 "바다 내음 = 고향"으로 느껴지거든. 이처럼 역에서 나오자마자 기분이 좋아진다. 목포역 중심으로 맛집이 많은 것도 특징. 여행 경험상 보통 역 주변에는 맛집이 별로 없는 것이 일반적인데, 세상에는 예외도 있나보다.

그럼 아침을 빵으로 먹은 것으로는 조금 부족하니, 이른 점심 겸 식사를 하고 더 움직여볼까?

목포는 매운탕과 회 같은 해산물 요리부터 갈비,

칼국수, 백반 등 한식이나 중국요리까지 하나같이 다 맛있지만 혼자 여행하니까, 담백하게 돼지뼈해장국을 먹고 가기로 하자.

목포역에서 나와 왼쪽으로 이동하여 횡단보도를 건넌 뒤 왼쪽으로 조금만 걸어가면 '해남 해장국'이라는 간판이 보인다. 설명은 조금 복잡해 보여도 목포역에서 걸어서 겨우 5분 거리다. 이 가게는 한국 대중문화에서 음식계의 신(神)으로 등극한 백종원 씨가 방송에서 언급한 적이 있었는지 그 뒤로 점심, 저녁 시간에는 사람이 미어터진다는 소문이다. 다만 내가 도착한 시간은 오전 10시 30분이라 아직 그 정도는 아닌 듯.

"돼지뼈해장국 하나요."
"네, 뼈 하나."

오래된 동네 식당 같은 분위기인데, 돼지 뼈를 오래 고았을 때 나는 냄새가 식당 전체에서 느껴졌다. 보약 집에서 보약 냄새가 나는 것과 유사하다고나 할까? 음식은 주문하고 얼마 안 되어 빠르게 나왔다. 역시 인기 있는 맛집다운 빠른 대응이군.

양이 정말 엄청나다. 살이 실하게 붙어 있는 뼈가 가득 담겨 그릇 밖으로 튀어나올 정도네. 젓가락을

돼지뼈해장국. ©책읽는고양이

살에 쑥 집어넣으니 바로 뼈와 살이 분리되면서 딱 먹기 좋게 떼어진다. 확실히 푹 고아진 느낌이 난다. 이것을 고추냉이 간장 소스에 딱 찍어서 입에 넣으니, 음, 맛있군.

국물에서 돼지 특유의 냄새가 조금 느껴지는데, 돼지국밥을 좋아하는 나에게는 아주 느낌 좋은 냄새로 다가왔다. 그렇지만 이런 비린내를 싫어하는 사람도 분명 있을 텐데, 그럴 경우 전복콩나물해장국을 시키면 된다. 메뉴는 딱 두 가지. 국물 맛은 담백하고, 뭐랄까, 자극적이지 않다. 분명한 것은 요즘 유행하는 음식과 다른 맛이다. 반찬으로 나온 깍두기와 잘 어울리는군. 이 역시 돼지국밥과 깍두기가 어울리는 것과 유사하네.

배부르게 잘 먹고나니 든든하고, 시간이 궁금하

군. 음, 이제 겨우 11시 10분이잖아?

계산을 하고 밖으로 나와 고민해보자. 이번 계획에 따르면 목포항 국제여객터미널에서 배를 타는 것은 아니고, 그곳에서 해남우수영까지 가는 무료 셔틀버스를 타야 한다. 내가 타려는 배는 해남우수영에 가야 있거든. 단순히 배를 타고 제주도에 가는 것이 아니라서 말이지. 즉, 아직 시간 여유가 한참 있다는 것. 왜냐면 목포 국제여객터미널에서 타는 셔틀버스가 오후 1시 30분이나 되어야 출발하기 때문이다. 지금이 11시 조금 넘었기에 2시간 이상이 남아 있네. 그럼 남은 시간을 보낼 겸 다음 코스로 목포 국립해양유물전시관을 들러보기로 하자.

통일신라 시대 탐라국

택시를 탈까 했는데, 운 좋게 식당 앞에 있는 버스정류장에서 목포 국립해양유물전시관까지 가는 버스가 오는군. 정말 자주 안 오는 버스인데, 타자. 후유, 자리에도 앉았으니, 목포 시내 구경을 하면서 백제 멸망 후 탐라국의 모습을 정리해볼까?

신라와 당나라가 동맹을 맺고 적극적으로 백제를 공략하면서 660년, 백제가 멸망했다. 상황이 이렇게 되자 오랜 기간 백제의 영향력 아래에 있던 탐라국은 마음이 급해졌으니, 상황 파악을 위하여 적극적인 외교에 나서게 된다.

(견당사 일행이) 4월 1일에 월주(越州)로부터 길

을 떠나 동쪽으로 돌아왔다. 7일에 배가 정안산(檉
岸山) 남쪽에 도착했다. 8일 닭이 울 무렵에 서남풍
을 타고 큰 바다로 배를 몰았다. 바다에서 길을 잃
어 표류하여 큰 고통을 겪었다. 8박 9일 만에 겨우
탐라에 도착했을 때 바로 섬사람 왕자 아파기(阿波
伎) 등 9명을 불러 위로하고, 함께 배에 태워 천황
의 조정에 왔다. 5월 23일에 입조하니, 탐라가 조정
에 들어온 것은 이때부터 시작되었다.

《일본서기(日本書紀)》 7년 여름 5월(661년 5월 23일)

당나라에서 일본 견당사가 돌아올 때 길을 잃어
버리면서 표류하다가 탐라에 겨우 도착했다. 마침
탐라에서는 백제 멸망 직후의 일본 분위기에 대해
자세히 알고 싶었기에 왕자 아파기가 적극적으로
일본 사신단을 대우한다. 이때 왕자는 왕의 아들이
라는 의미가 아니라 탐라 내 권력자를 부르는 칭호
였다. 당시 탐라는 가장 큰 세력을 지닌 집단의 우두
머리에게 국왕 또는 국주라는 칭호를 부여하고, 그
다음으로 큰 세력을 지닌 집단의 우두머리에게는
왕자라는 칭호를 부여했기 때문이다. 즉, 왕자 아파
기는 탐라 내 정치 2인자급 인물임을 의미했다. 이
에 일본 견당사 일행은 661년 5월, 탐라국 왕자 아파
기와 함께 일본으로 가서 일본 조정을 방문하도록

도왔다. 이로써 탐라국은 백제와 친밀했던 일본 내
분위기를 파악할 수 있게 된다.

탐라(耽羅)는 신라 무주(武州)의 해상에 있다.
산과 섬 위에 거처한다. 주변은 모두 바다와 접하
고 있는데, 북쪽으로 백제와 5일 거리 떨어져 있으
며, 그 왕의 성은 유리(儒李)이고 이름은 도라(都
羅)이다. 성과 해자는 없으며, 나뉘어 5부락(部落)
을 이루고, 그 집은 울타리를 둥글게 하는데, 풀로
써 이를 덮는다. 호구는 8,000이요, 활·칼·방
패·창은 있으나 문자로 기록함은 없었다. 오로지
귀신을 섬기며, 항상 백제에 속하였다가 용삭 원년
(661) 8월에 조공사가 당에 이르렀다.

《당회요(唐會要)》 탐라국조

661년 8월에 탐라국은 당나라에 직접 사신을 보
내어 조공한다. 당시 탐라는 위의 당나라 기록처럼
호구 8,000에 5부락으로 나뉜 형태였으며, 큰 성 등
은 존재하지 않았다. 아마 《당회요》의 탐라국조 기
록은 661년 탐라국 사신이 당나라에 간 김에 자국
사정에 대해 상세히 알린 내용이었을 것이다. 어쨌
든 사신 파견을 바탕으로 당나라의 움직임과 반응
까지 확인하여, 현 상황을 전반적으로 이해한 후

662년 탐라국주는 직접 신라의 문무왕을 만나 항복을 선언한다. 하지만 항복한 뒤로 갑자기 분위기가 신라에 좋지 않게 흐르자 탐라국은 다시 한 번 눈치껏 기회를 본다.

663년 8월, 열기를 더해가던 백제 부흥군이 동맹인 일본군과 연합하여 신라, 당나라와 싸우다 최종적으로 패하게 되는데, 이것이 그 유명한 백강 전투이다. 그런데 이때 신라와 당나라 군대에게 백제, 일본의 고위층뿐만 아니라 놀랍게도 탐라국사(耽羅國使)가 포로로 잡혔다고 하니, 탐라국이 겉으로는 신라에 항복하는 척하며 실제로는 백제 부흥군을 지원했던 것이다.

그리고 665년 8월에는 탐라국 사신이 당나라 장수 유인궤의 지원에 따라 신라, 백제, 일본 등의 사신과 함께 당나라로 가서 당나라 황제 고종의 태산 봉선의식에 참가하였다. 이때 당나라는 멸망한 백제를 약속과 달리 신라에게 주지 않고 당나라의 영향력 아래 있는 허수아비 국가로 만들고자 했다. 이를 위해 당나라는 의자왕의 아들인 부여융을 웅진도독으로 삼아 신라 문무왕과 만나게 하여 억지로 화해를 시키는 등, 이번에는 신라가 아닌 백제를 지원하는 듯한 행동을 취했다. 그러자 분위기가 다시 한 번 바뀐 것을 확인한 탐라에서는 일본에 연달아

사신을 파견하면서 웅진도독부와 탐라, 일본의 관계를 이어가고자 했다. 당시 일본 역시 당나라에 의한 백제 부활 가능성을 염두에 두고 웅진도독부와 적극적으로 연결을 꾀하는 상황이었기 때문이다. 이렇게 되자 당나라에 대한 신라의 불만은 갈수록 커졌다.

결국 668년, 고구려 멸망 직후 기다렸다는 듯이 신라는 당나라와 전쟁에 돌입하게 되니, 이것이 바로 나당전쟁(670~676)이다. 이 처절한 전쟁은 예상과 달리 675년 9월 매소성에서 당나라 20만 군을 신라가 깨버리면서 승기가 완전히 신라 쪽으로 넘어온다. 이에 따라 당나라가 세운 웅진도독부 역시 신라에 의해 백제 영토에 자리 잡는 데 실패했다. 당나라는 매소성 전투에서 크게 패한 뒤로도 신라를 계속 군사적으로 압박하였으나 단순한 견제 수준을 넘어 신라를 꺾을 방법이 나오는 것은 아니었다.

그러자 676년 8월에는 탐라 왕자 구마기(久麻伎)가, 9월에는 탐라 왕 고여(姑如)가 각각 일본을 방문한다. 한 달 간격으로 탐라 최고위층이 일본을 방문한 것으로 보아 매우 다급했던 탐라 분위기를 읽을 수 있다. 한반도 지배권을 둔 신라와 당나라 간의 결전이 놀랍게도 신라의 승리로 끝나는 분위기였기에 앞으로 일본의 태도를 확실히 파악하고자 했던 것이다. 하지만 이들 탐라 고위층들은 일본 측의 시원한 답은 듣지 못하고 676년 11월 일본에서 탐라로 돌아온다.

신라의 문무왕은 당과의 전쟁에서 최종적으로 승리하자 한반도 내 신라 지배권을 공고히 하고자 했다. 이에 일본 사신이 676년 10월, 신라를 방문하여 신라의 당당한 위세를 파악하였고, 676년 11월에는 신라 사신이 일본에 도착하여 당나라와의 전쟁에서 신라가 최종적으로 승리했음을 알려주었다. 그러자 일본은 당나라에 의한 백제의 재건 역시 거의 불가능하다는 것을 깨닫고 탐라국과의 외교 관계를 재설정한 뒤 대신 신라와의 관계를 개선하기로 했다.

이후 문무왕은 678년, 현재의 전라도에 무진주 도독을 파견하면서 백제 남부 해안가 지역까지 신라의 행정구역 통제 안으로 넣었다. 이윽고 모든 것이 준비된 듯 679년 2월, 문무왕이 탐라에 사신을 보내자 탐라국은 드디어 진짜로 신라에 항복하게 된다. 그나마 탐라국을 지원해줄 마지막 끈인 일본마저 신라가 사신을 보내 완전히 협의를 끝낸 상황이라 더 이상 대항할 방법이 존재하지 않았기 때문이다.

그럼에도 불구하고 탐라는 한동안 신라로부터

어느 정도 독립성을 인정받고 있었다. 백제 멸망 후 탐라국은 탐라국 왕을 중심으로 하여 좌평 시스템을 도입한다. 이에 따라 나당전쟁이 끝나고 신라로 탐라가 복속한 뒤인 693년까지도 일본에 백제식 좌평 관등을 지닌 인물을 사신으로 파견하였다. 즉, 백제에 복속하고 있을 때만 해도 국왕이 백제의 장관 지위인 좌평 관직을 가지고 백제 신하임을 자처하였으나, 백제 멸망 후에는 탐라국 왕 아래로 좌평을 두어 나름대로 독자적 행정 시스템을 선보였던 것이다. 이는 '탐라국 왕—왕자—좌평'으로 구성된 형태였다.

하지만 신라는 점차적으로 탐라국의 독자성을 압박하며 제약하기 시작했다. 어느덧 세월이 지나 778년, 일본의 견당사 일행이 탐라에 표착한 후 탐라 주민들에게 억류되는 사건이 발생했다. 그러자 일본 조정에서는 779년, 신라로 사신을 파견하여 일본의 견당사 일행을 찾아 돌려보내 달라고 요청한다. 이에 신라에서는 탐라에 연락하여 이들을 찾은 뒤 780년, 일본으로 송환하였다. 즉, 이 시기가 되면 일본이 탐라에 요청할 문제가 생기더라도 직접 탐라국에 알리는 것이 아니라 신라 조정을 통해 간접적으로 연결할 정도로 탐라국의 독자성이 많이 약화되었던 것이다.

이렇듯 탐라국은 한반도 세력 변화를 눈치껏 살피다가 결국 통일신라 시대에는 신라의 번국이자 조공을 바치는 국가로서 지내게 된다. 당시 탐라국은 소, 돼지, 사슴, 노루, 진주, 마노 등을 수출하는 대신 육지로부터 철, 소금, 식량 등을 수입하고 있었기에, 백제 때도 신라 때도 한반도 육지 국가가 전라도 광주 지역을 엄격히 통제하기 시작하면 빠르게 항복으로 이어졌다. 이는 전라도에서 항구를 통해 바다 건너 탐라를 공략하는 것도 두려웠겠으나 그보다 육지에 경제적으로 많은 부분 의존하고 있었던 지역적 한계 역시 컸기 때문이다. 철, 소금, 식량 등은 국가의 존립 자체를 좌우하는 필수품이었다.

　"다음 역은 국립해양유물전시관입니다."

　어이쿠, 버스 안내 방송이 들린다. 이제 역사 정리는 이 정도로 끝내고 버스에서 내릴 준비를 해야겠군. 목포역에서 가깝기에 금방 도착이다.

2
국립해양유물전시관

국립해양유물전시관. ©책읽는고양이

박물관 소개

　1323년에 목포 서쪽인 전라남도 신안군 앞바다에서 일본으로 가던 원나라 무역선이 침몰했다. 그리고 세월이 지나고 지나 1975년, 어부 최평호 씨의 그물에 총 6점의 중국 도자기가 걸려 올라왔다. 이를 신안군청에 알리면서 신안군 앞바다에 침몰한 보물선이 있음이 널리 알려졌으며, 이후 9년 동안 총 11차례에 걸쳐 해군 잠수부를 동원하여 바다 속 해저 유물을 조사하게 된다.

　난파선의 본래 크기는 길이 34m, 너비 11m로 추정되며 발견된 도자기만 무려 2만 661점이었다. 그중 동전은 28톤에 해당하는 800만 개, 그 외에 당시 가구, 악기 등 최고급 목재로 쓰이던 자단목이 대거

신안 앞바다 난파선에서 발견된 도자기. ©황윤

발견되었다. 특히 도자기는 중국 도자기가 대부분이
었으나 고려청자도 7점 존재하여 주목을 받았다. 그
런데 배에 실은 중국 도자기는 거의 다 14세기 전반
에 제작된 새것이었으나, 고려청자는 13세기 전반 것
을 포함하여 13세기 후반에서 14세기 초반에 제작된
것이 함께 있었다. 고려에서 중국으로 수출된 고려청
자를 한참 시간이 지나 일본에서 요청하여 이번에는
중국에서 일본으로 수출했던 것이다. 14세기 한·
중·일 3국 간 무역의 규모와 내용이 상당했음을 보
여주는 증거물이라 하겠다. 이와 반대로 2005년에는
14세기에 난파된 고려 배 두 척이 중국 산둥반도 펑
라이시(蓬萊市) 해안에서 발견된 적도 있었다.

이후 원나라 선박에서 발견된 대량의 유물은 국립중앙박물관, 국립광주박물관, 국립해양유물전시관 등이 나누어 보관하게 되었고, 그중 국립해양유물전시관은 '신안선'이라 이름 붙여진 원나라 무역선 유물을 바탕으로 만들어진 곳으로 1994년 개관했다. 신안선 뒤로도 한반도 내 여러 난파선 조사 내용이 꾸준히 추가되면서, 바다에서 발견된 보물을 소개하는 특화된 박물관으로 운영하고 있다. 완도선(1984), 목포 달리도선(1995), 군산 십이동파도선(2004), 태안선(2007), 태안 마도선(2009) 등 신안선 이후 10척 이상의 난파선이 그것이다. 시대로 치면 통일신라부터 고려, 조선까지의 난파선이 한반도 앞바다에서 발견되어 이곳에서 그 유물들이 소개되고 있다. 오죽하면 이곳 박물관은 특별전마저도 종종 해외 박물관이 소장하고 있는 난파선 유물을 소개할 정도. 세계적으로도 무척 보기 드문 주제를 가진 박물관이라 하겠다.

　버스에서 내리니 시원한 바닷바람이 불며 주변을 상쾌하게 만든다. 물론 때때로는 생각 이상의 강풍이 불기도 하니, 모자를 쓰고 간다면 특별히 조심하자. 바닷가 바람은 가끔 꽤 무섭거든. 목포에 올 때마다 오는 곳인데 어쨌든 오랜만의 방문이네.

　박물관 앞마당에는 선박, 닻 등이 널찍널찍 배치

박물관 앞마당에는 선박, 닻 등이 널찍널찍 배치되어 있다. ©책읽는고양이

되어 있는데, 사람과 비교하여 크기가 참으로 크다.
바다라는 거대 자연과의 경쟁이 만들어낸 인간의 결
과물이겠지. 그리고 국립해양유물전시관 주변에는
목포자연사박물관, 목포문예역사관 등 여러 박물관
이 모여 있으니, 시간이 되면 쭉 방문해도 좋을 듯하
다. 한편 매번 이곳에서 내 눈길이 특별히 닿는 곳은
입암산(笠巖山)이라는 작은 산이다. 국립해양유물
전시관 건물을 등지고 목포자연사박물관 방향을 보
게 되면 등장하는 산인데, 은근 겉모습이 서울 종로
의 인왕산을 닮아서 말이지. 나만 그런가? 패스.

최영이 지휘한 선박 314척

국립해양유물전시관은 바닷가에 딱 걸쳐 만들어졌기에 내부 전면에 유리창을 크게 만들어 바다를 볼 수 있게 디자인되어 있다. 이렇게 유리창 너머로 시원하게 펼쳐진 푸른 바다를 보면 역시나 지금도 배가 여기저기 다니고 있으니, 이처럼 전라남도 해안가는 고대부터 삼국 시대, 통일신라, 고려, 조선, 현대까지도 배가 왔다 갔다 하는 주요 루트라 하겠다. 특히 통일신라 시대부터 조선 시대까지는 수도로 물자를 나르는 배가 끊임없이 이쪽 바다를 다녔기에 이중 난파된 일부 배가 남서 해안에 발달한 갯벌에 묻히면서 소위 보물선이 된 것이다. 공기 흡입을 최대한 막아주는 갯벌의 영향이라 하겠다. 즉, 한

국립해양유물전시관 내부 전면 유리창. 바로 바다에 면해 있어 배가 지나다니는 모습이 보인다. ©책읽는고양이

국의 남서 해안은 경주 못지않게 유물이 대거 숨어 있는 장소라는 사실. 앞으로도 어떤 보물선이 등장할지 모르니 긴장하고 있어야지.

이제 1~2층에 배치된 박물관 전시를 쭉 보도록 하자. 특히 이곳에서는 고려 시대 선박을 축소 복원한 것을 자주 만날 수 있다. 이는 신안선이라는 원나라 무역선 외에도 난파된 고려 선박 여러 척을 조사하는 과정에서 남아 있는 목재를 바탕으로 당시 배의 형태를 충분히 그려낼 수 있었기 때문이다. 물론

태안군 마도 해역에서 발견된 마도 1호선을 재현하여 전시 중인 국립태
안해양유물전시관. ⓒ황윤 마도 1호선에서 발견된 목간과 젓갈(박스). ⓒ책
읽는고양이

축소 복원한 것말고 실제 바다에서 발견된 선박 그
대로 보존처리하여 전시하는 내용도 있으니, 주목하
자. 말 그대로 타임머신을 타고 과거로 간 느낌을 주
니까.

이곳 고려 난파선 중 가장 유명한 배는 2009년,
태안군 마도 해역에서 발견되어 '마도 1호선' 이라
는 이름이 붙여진 배다. 오죽하면 목포 국립해양유
물전시관에서 마도 1호선을 옛날 형태로 제작하여
바다에 띄워 항해까지 시켜보았을 정도다. 물론 이
곳 박물관 내에도 마도 1호선 유물이 많이 전시되어
있다.

마도 1호선은 출발 시기가 적힌 목간이 발견되었
기에 1207년 10월경부터 1208년 2월까지 전남 해남,
나주, 장흥에서 화물을 싣고 출발하여 개성을 향하
다가 태안군 앞바다에서 침몰한 것을 파악할 수 있
었다. 또한 길이 10.8m, 너비 3.7m, 높이 2.89m의 고
려 시대 조운선으로 약 30톤의 화물을 실었다. 그로
부터 약 120년 뒤의 원나라 무역선인 신안선보다는
작았으나, 꽤나 많은 화물을 실었던 것이다. 특히 이
배에서는 각종 곡물류와 고려 도자기, 석탄, 숫돌,
수저, 더 나아가 육류 및 젓갈 같은 생활 유품이 발
견되었는데, 덕분에 고려 시대 생활상을 보여주는
중요한 증거물이 된다. 마도 1호선 내용을 바탕으로

국립태안해양유물전시관 전경. ©황윤

태안군에는 국립태안해양유물전시관이 2018년부터 개관하였으니, 신안선을 바탕으로 목포에 개관한 국립해양유물전시관의 후배 격이라 하겠다.

충청도 태안에서는 마도 1호선 외에도 1호선 근처에서 마찬가지로 바다에 침몰한 마도 2호, 3호, 4호까지 계속 발견된다. 이중 1~3호는 고려 선박이고 4호는 조선 선박이다. 당시 바닷길을 이용하는 것이 얼마나 험난했는지를 잘 보여준다. 나주에 모인 고려군 역시, 바다를 건너 제주에 가야 했기에 두려움이 무척 컸을 것이다. 아무리 선박 제작 기술과 배를 운영하는 실력이 뛰어난 고려라 할지라도 자연의 힘은 어떤 식으로 다가올지 알 수 없었을 테니까.

그렇다면 이쯤에서 배를 타고 제주에 간다면서 굳이 시간을 내서 이곳까지 방문한 이유를 이해할 수 있겠지. 맞다. 목호의 난을 진압하기 위하여 제주도로 파견되던 1374년, 나주에 모인 고려군의 심정을 조금이라도 더 이해하기 위함이다. 당시 배의 형태 및 선박 운영 모습을 확인하면서 목조 선박에 타는 심정 역시 대입해보자는 것이지.

다만 이문(吏文) 2권 "제주행병도통사(濟州行兵都統使) 최영의 보고서"에 따르면 당시 고려군은 포획한 왜선 300척을 타고 제주로 이동했다고 기록되어 있다. 그 내용은 다음과 같다.

> 황제와 왕의 뜻을 삼가 받들어 관, 군인 등을 거느리고 1374년 8월 12일에 포획한 왜선 300척에 분승하여 즉시 진도로 나가 여러 장수들과 회합하였습니다.
>
> 제주행병도평의사사신(濟州行兵都評議使司申)

이문은 고려 공민왕 19년(1370)부터 조선 성종 9년(1478)까지 고려·조선과 명이 주고받은 외교문서 중 이문(吏文) 문체를 익히기 유용한 문서를 골라 정리한 책이다. 명나라가 순수한 한문 이외에 속어(俗語)나 특수용어를 외교문서에 함께 쓰는 경우가 잦으면서 이를 이문이라 정의하고 교육할 필요성이 생겼기 때문이다. 즉, 위 최영의 보고서는 명나라 황제에게 알리는 용도로 활용되었던 문서였던 것이다.

그런데 최영의 보고서 중 포획한 왜선 300척을 타고 제주도를 평정했다는 내용은 과연 사실일까?

공민왕(恭愍王, 재위 1351~1374) 때 고려가 일본 해적으로 인해 입은 피해는 우리의 상상 이상으로 컸다. 1350년부터 1392년까지 40여 년 동안 총 394건이나 되는 왜구의 침공이 기록으로 남아 있을 정도다. 이를 격퇴하는 과정에서 최영, 이성계 등 전쟁 영웅들이 주목을 받았으며, 1380년, 최무선의 화약 무기가 등장하면서 비로소 왜구의 침입을 적극적으로 억제할 수 있게 된다. 화약 덕분에 화력으로 단번에 적선을 불태울 수 있는 능력이 고려에 생겼기 때문이다. 이에 역으로 왜구의 집결지이자 출발지인 대마도 정벌을 조선 초기까지 수차례 감행하면서 오랜 기간 지속된 왜적의 침입은 마감된다.

한편 왜적 침입이 끊임없이 일어나고 있을 때 몽골의 원나라를 쫓아내고 중국을 확보한 명나라에서는 매번 황제 주원장이 직접 고려 공민왕을 힐난하는 글을 보내는 중이었다.

내가 듣기에 그대들 나라에서는 왜구들이 마음

대로 연해를 약탈하여 인민들이 멀리 도피하려고 하는데도 진압하지 못한다고 한다. 그 왜구가 바다를 건너와서 소란을 일으키니 우리의 연해 수어관(守禦官)에게 명하여 적선 13척을 사로잡았다. 만약 탐라 목호가 이 도적과 함께 서로 합하여 한곳에 있으면 죽이고 사로잡기 어려울 것이다.

《고려사》 공민왕 21년(1372) 9월 18일

말 그대로 고려가 왜구들이 마음대로 침범하는데도 이를 막지 못하는 것을 언급하며 자신들, 즉 명나라는 이번에 왜선 13척을 잡았다고 자랑하는 내용이다. 그리고 이들 왜구와 제주도 목호가 손잡고 대항하기 전에 고려는 빨리 이들을 처리하라며 닦달하고 있다.

왜구가 매양 침입해오니, 그대는 곧 300~500척의 배를 준비하여 군인들로 하여금 그들을 사로잡게 한다면, 곧 좋은 방책이 될 것이다.

우리는 그대들에 비해서 바다로부터 더 멀리 떨어져 있지만, 왜구가 오면 나는 사람을 보내 나포하게 했다. 왜구를 잡지 못하였으므로, 우리는 명주위(明州衛)의 대지휘(戴指揮)와 태창위(太倉衛)의 서지휘(徐指揮) 두 사람을 사형에 처했다. 또 어지휘

(於指揮)를 보내 왜구를 잡아들이도록 하였는데,
나포한 왜구 가운데 젊은 왜인(倭人)의 입을 찌르
고 불알을 깠더니, 드디어 바다도 잠잠해졌다.

《고려사》 공민왕 22년(1373) 7월 13일

이 역시 마찬가지로 고려가 300~500척 배를 미리
준비하여 왜선을 잡으면 될 것 가지고 뭐하고 있느
냐는 황제의 힐난이었다. 그러면서 황제 주원장 자
신은 침범한 왜구를 제대로 막지 못한 명나라 장교
의 목을 엄벌로 베고 반대로 왜선을 나포하여 왜구
를 잡으면 본보기로 죽이니 바다가 잠잠해졌다면서,
고려 왕도 이처럼 하라며 친절한 척 방법을 과하게
알려주고 있다.

덕분에 고려 공민왕 입장에서는 일국의 왕으로
서 정말 자존심이 상할 대로 상하게 된다. 안 그래도
계속된 왜구의 침입으로 피해가 누적되고 있음에도
막을 방도가 나오지 않아 화가 나는데, 옆에서 깐죽
대는 이가 계속 놀리는 듯 행동을 보이니 더욱 화가
날 수밖에 없었다. 이에 1374년, 공민왕이 최영에게
계책을 준비하도록 명하자 최영은 무려 배 2,000척
을 건조하여 왜구를 잡고자 하였다. 이 과정에서 배
만드는 일을 피하기 위해 도망가는 백성들이 많아
지니 결국 중도에 멈추게 되지만, 그럼에도 어느 정

도 숫자의 배는 건조했던 것으로 보인다.

그리고 이때 만든 배 314척을 이용하여 최영은 1374년, 제주도에서 벌어진 목호의 난을 제압했던 것이다. 그렇다면 최영은 왜 고려 배를 이용했으면서도 포획한 왜선 300척을 사용했다는 외교문서를 명나라에 보냈던 것일까? 실제로도 이 시점에는 고려가 왜선을 대거 포획했다는 기록은 보이지 않는다. 오히려 수군이 탈 배가 없어서 바다를 통해 아무 곳이나 침범하던 왜적을 막지 못해 매번 얻어맞기 바빴기 때문이다.

결국 명나라 황제 홍무제가 워낙 옆에서 깐죽대는 행동을 보이니 그가 고려에 충고했던 3가지, 즉 "배 300~500척을 확보하여 왜구를 물리치고 제주도 목호까지 제압하라"를 최영, 바로 내가 이번에 다 해냈으니 이제 좀 조용히 하시라는 의미를 지닌 보고서였던 것이다. 300척 규모의 왜선을 포획하려면 최소 1만 5,000명의 왜적을 제거해야 가능한 수치인데, 과장법이 심하긴 했다. 그럼에도 불구하고 이후로도 명나라 주원장에게 잔소리로 계속 시달리자 최영은 결국 요동 정벌까지 계획하게 된다.

이렇게 당시 흐름을 읽고나니, 결과적으로 이곳에서 과거의 목조 선박을 확인하면서 고려 배에 탄 병사의 감정을 이해해도 괜찮다는 결론이 나온다.

중국 배, 고려 배

　박물관을 한 바퀴 쭉 돌고나서 유리창 바깥으로
바다가 보이는 박물관 휴게실 의자에 앉았다. 의자
옆에는 복원된 배 하나가 전시되어 있어 나름 근사
하군.

　한편 지금 눈으로 보아도 정말 거대한 크기의 신
안선. 선박을 구성하던 나무를 바다에서 꺼내 보존
처리한 뒤 원래의 배 형태로 재결합하여 전시하고
있는 이곳 박물관은 선박 내부에서 발견된 어마어
마한 유물과 함께 압도적인 전시 물량을 보여준다.
이런 배가 있었으니, 당시 사람들이 거친 바다도 충
분히 도전할 만했을 것이다.

　중국에서 제작한 배는 길이 34m, 너비 11m의 신

중국에서 제작한 길이 34m, 너비 11m의 신안선. 배 아랫부분이 V자형이다. ©책읽는고양이

안선이 대표적이라면 고려에서 제작한 배는 길이 10.8m, 너비 3.7m의 마도 1호선, 그리고 길이 17.1m, 너비 6.2m의 산둥반도에서 발견된 고려선 등이 실존한다. 전반적으로 고려 배가 중국 배보다 크기가 작은 듯한데, 기록을 살펴보면 현재까지 발견된 고려 배보다 더 큰 배도 있었던 모양이다.

궁예가 보장(步將) 강선힐(康瑄詰)·흑상(黑湘)·김재원(金材瑗) 등을 태조(왕건)의 부장(副將)으로 삼아 배 100여 척을 더 만들게 하니, 큰 배 10여 척은 각각 사방이 16보(步)로서 위에 망루를 세우고 말도 달릴 수 있을 정도였다. 태조는 군사 3,000여 인을 지휘하여 군량을 싣고 나주로 갔다.

《고려사》태조총서 914년

궁예는 왕건에게 배 100척을 건조하도록 했는데, 이때 큰 배 10척은 16보, 즉 길이 30m에 이르렀다고 기록되어 있다. 오죽하면 배에서 말을 달릴 수 있다는 과장법까지 등장할 정도였다. 이로써 원나라 신안선 크기와 유사한 배가 왕건에 의해 만들어졌음을 알 수 있다. 2004년 나주 영산강 변에서 발견된 고려 선박 부재가 이를 뒷받침한다. 단지 부재 몇 개만 발견되어 완벽한 형태를 파악할 수는 없지만, 그럼에도 지금까지 고려 선박을 조사한 것을 바탕으로 발견된 부재를 대입해보면 길이 30m를 족히 넘는 배로 추정되기 때문.

다만 왕건의 선박 기록과 나주에서 발견된 선박 부재와 별도로 현재까지 어느 정도 형태가 유지된 채 발견된 고려 배 중 가장 큰 것은 앞서 보듯 길이 20m 이내에 너비 6m 조금 넘는 수준이다. 이를 바탕으로 국내 연구자들은 《고려사》 기록에 등장하는 초마선(哨馬船)이라는 선박을 디자인해본다. 고려 때부터 조선 초기까지 사용된 조운선 중 가장 큰 배였던 초마선은 곡물 1,000석(50톤)을 실을 수 있도록 만들어졌으며 길이는 약 20m, 너비는 약 7m, 깊이는 약 3.5m로 추정한다. 그리고 돛대는 2개를 세웠다. 즉, 마도 1호선보다 40% 정도 부피가 더 큰 선박이었던 것. 물론 이런 선박은 조운선뿐만 아니라 개조하면 군선으로도 운영이 가능했다. 그런데 크기는 이처럼 중국 배보다 작아도 고려 배에는 대단한 장점이 있었다.

원종15년(1274) 원나라 황제가 일본을 정벌하기 위해 김방경(金方慶)과 홍다구(洪茶丘)에게 전함(戰艦)을 만드는 일을 감독하게 했다. 나라 사람들은 배를 만드는 데 만약 만양(蠻樣: 蠻은 남중국, 즉 남송) 식으로 하면 비용이 많이 들고 제때 만들지 못할 것을 근심했다. 동남도도독사(東南道都督使)로 전라도에 있던 김방경은 이에 고려의 조선기술 (本國造船樣式)로 배 만드는 일을 감독했다.

《고려사》 김방경 열전

그 장점 중 첫째는 위 《고려사》 내용처럼 중국 배에 비해 제작 시 비용이 덜 들고 더 빨리 제작할 수 있었다는 점. 당시 원나라 황제 쿠빌라이는 일본을 정벌하고자 고려에 원정을 위한 배를 만들도록 했는데, 이때 남송에서 만든 배, 즉 신안선 형식의 배보다 고려의 배가 더 효율적인 제작이 가능했던 것이다.

세자가 황제를 뵈었을 때⋯ 정우승(丁右丞)이란 자가 아뢰기를, "(2차 일본 정벌 때) 강남(江南: 남송)의 전선(戰船)은 크기는 하지만 부딪치면 깨어졌습니다. 정벌에 실패한 원인입니다. 만약 고려에서 다시 배를 만들게 해 일본을 치면 성공할 것입니다."라고 했다.

《고려사》 충렬왕 18년(1292) 8월

그 장점 중 둘째는 배가 튼튼했다는 점이다. 중국

배는 크기는 크나 부딪치면 쉽게 부서지는 반면 고려 배는 튼튼하여 잘 부서지지 않는 장점이 있었다. 선박 안전성 부분에 있어서 고려 배가 우위에 있었음을 의미했다. 고려 배의 경우 얇은 나무판자를 사용한 중국 배에 비해 두꺼운 나무판자 및 통나무를 그대로 가공하여 배를 만들었기에 단단한 외판을 지니고 있어 가능했던 일이었다. 예를 들면 1281년, 여몽연합군 즉 고려와 몽골 군대가 연합하여 일본을 두 번째로 공격했을 때 뜻밖의 강풍으로 3,500여 척의 배가 서로 충돌하여 부서지면서 큰 패배를 당한다. 이때 몽골의 원나라가 파병한 군대는 파견 병력 대부분인 10만 명 이상이 죽거나 포로로 잡혔으나, 고려군은 2만 6,989명 중 7,500여 명이 죽거나 포로가 되었고 1만 9,397명이 생환에 성공했다. 고려 배는 중국 배와 달리 튼튼하여 강풍에도 부서지지 않은 것이 많아 패배가 결정되자 빠르게 일본에서 탈출이 가능했기 때문이다. 덕분에 고려 선박으로는 다음과 같은 해전도 가능했다. 한번 살펴볼까?

1019년 3~4월에 여진 해적이 배를 타고 일본을 습격한 적이 있었다. 이때 이들의 모습에 대한 묘사는 한 일본인의 일기에 등장한다.

도둑들의 배는 길이가 혹은 12심(尋 : 1심은 8척,

대략 2.4m) 혹은 8~9심이 되며 한 배에 노는 30~40개가 있다. 배에 탔던 50~60명 또는 20~30명이 힘을 뽐내며 육지로 뛰어오르면 그다음에는 활과 화살을 차고 방패를 짊어진 자 70~80명가량이 서로 따라 선다. 이러한 것이 10~20대(隊)나 되는데 그들은 산에 오르고 들을 건너 소와 말과 개를 잡아먹으며 늙은이나 아이들은 모조리 베어 죽이고 남녀의 건장한 자는 몰고 가서 배에 실은 수가 400~500명이며 곡식과 쌀을 운반해 간 것은 그 수효를 헤아릴 수가 없다.

《소우기(小右記)》 관인(寬仁) 3년(1019) 8월

헤이안 시대 귀족이자 지식인이었던 후지와라 사네스케(藤原實資)의 일기인 《소우기(小右記)》에는 여진 해적이 일본을 공격한 내용이 담겨져 있으니 위의 글처럼 묘사력이 매우 탁월하다. 한때 칼과 화살을 지닌 조직력이 뛰어난 여진 해적이 배에서 내려 해안가를 휩쓸고 다녔던 것이다. 당시 여진 해적은 일본뿐만 아니라 한반도 동해안까지 침범하고 있었는데, 이에 고려에서는 이들 여진 해적이 일본을 습격하고 돌아갈 때를 기다리고 있다가 1019년 4월 29일, 공격을 가했다. 이 부분 묘사도 후지와라 사네스케의 일기에 담겨 있다.

고려국의 병선 수백 척이 쳐들어가 여진을 치자, 적들은 힘을 다해 싸웠으나 고려군의 사나운 기세 앞에 적수가 되지 못했다. 고려의 병선은 선체가 높고 크다. 무기가 많이 있어 배를 뒤집고 사람을 죽이자, 적들이 고려군의 용맹을 감당할 수 없었다. 고려 배에 들어가 보니 이같이 넓고 큰 것을 본 적이 없었다. 이층으로 만들어져 상층에는 노가 좌우에 각각 4개가 있으며 노를 다루는 자가 4~5명 정도 있었다. 병사 20여 명이 전투에 대비하고 있었다. 하층에는 좌우에 각각 7~8개의 노가 있다. 뱃머리는 적선과 충돌하여 깨부수기 위해 선체 바깥에 쇠로 만든 뿔이 있다. 선내에는 철갑옷과 크고 작은 칼과 갈퀴 등의 무기가 준비돼 있다. 동시에 큰 돌(大石)들을 쌓아놓고 던져서 적선을 부쉈다.

《소우기(小右記)》관인(寬仁) 3년(1019) 8월

이때 고려 조정은 수군이 해적으로부터 구출한 일본인 남녀 259명을 일본으로 돌려보냈는데, 당시 구출된 일본인 여인 쿠라노 이와메(內臟石女)가 고려 배에 탄 후 자신이 보았던 것을 일본에 돌아가서 그대로 진술하였고, 이를 후지와라 사네스케가 자신의 일기에 남겼던 것이다.

특히 이 일기에서 주목해서 볼 점은 고려 배의 뱃머리에 적선과 충돌하여 깨부수기 위해 쇠로 만든 뿔을 달았다는 것. 배끼리 부딪치는 전술은 우리 측에도 위험한 방법이라 자주 쓰지 않았겠지만, 이렇듯 뱃머리에 준비를 해두었던 것이다. 또한 노는 상층, 하층 합쳐서 좌우에 각각 12개씩 총 24개가 있었다. 이런 배를 과선(戈船)이라 불렀는데, 백병전에 능숙한 여진 해적들이 접근하여 배 안에 뛰어들지 못하도록 뱃전에는 빈틈없이 짧은 창검을 꽂아놓기도 했다. 또한 던져서 적선을 부수기 위한 돌이 배에 준비되어 있었던 것으로 보아 이는 화포가 등장하기 이전에도 돌 등으로 적선에 타격을 주는 방법이 존재했음을 보여준다. 그렇다면 배에 원거리 공격이 가능한 투석기가 달려 있었던 것일까?

여기까지 따라오면 누구나 머리에 떠오르는 배가 있을 것이다. 그렇다. 이들 고려 전함은 다름 아닌 우리에게 익숙한 거북선의 선조였던 것. 거북선역시 고려 이후에도 한반도에서 이어지던 튼튼한 디자인의 배를 기반으로 하였기에 선보일 수 있던 군함이기도 했다.

쟈릴타이(車羅大)는 일찍이 수군 70척에 깃발을 무수히 달고서 압해(押海)를 공격하고자 하면서 저를 시켜 관인(官人) 한 명과 함께 다른 배를 타고서 전투를 독려하게 하였습니다. 압해 사람들은 큰 배에다 포(砲) 2개를 설치하고 기다리고 있어서, 양쪽 군사들은 서로 대치만 하고 싸우지 않았습니다. 쟈릴타이는 바닷가 언덕에서 그것을 바라보면서 저희를 불러 말하기를, "우리 배는 포를 맞으면 틀림없이 산산조각이 날 것이니, 당해낼 수가 없다."라고 하고서는 다시 배를 옮겨서 공격하도록 명령하였습니다. 압해 사람들은 도처에 포를 미리 설치해두었기 때문에 몽골인들이 마침내 물 위에서 쳐들어오는 도구를 폐기해버렸습니다.

《고려사》 열전 반역 한홍보

1256년 6월, 몽골군을 이끌던 쟈릴타이는 70척의 수군을 이끌고 목포 서쪽에 위치한 압해도에 도착했다. 그런데 고려인들이 압해도에서 큰 배에다가 포를 2개 설치하고 기다리고 있는 것이 아닌가? 이때 포는 화약을 쏘는 포가 아니라 돌을 쏘는 투석기를 의미했다. 이처럼 투석기를 단 고려 배가 등장하자 쟈릴타이는 고려의 공격을 받으면 자기네 몽골 배는 산산조각이 날 것이라면서 결국 후퇴하였다.

이처럼 튼튼한 배 위에 투석기를 단 고려 배는 당대에 적군이 함부로 접근하기 힘든 군선으로 군림

했다. 하지만 고려가 몽골의 원나라에 항복한 뒤로
는 원나라의 견제로 제대로 된 수군을 갖추지 못하
게 되었고, 그 결과 왜구들의 노략질을 제어하지 못
하는 최악의 상황을 맞이하게 된다. 원나라는 고려
가 복속한 후 대규모 상비군을 가지지 못하게 했으
며, 그나마 존재하는 군대마저 수시로 사찰을 받도
록 만들었기 때문이다. 일제강점기에 일본이 식민
지 조선 내 조선인 군단을 갖추지 못하도록 한 것과
마찬가지였다. 고려 말 왜적의 끊임없는 침입은 국
권을 제대로 갖추지 못한 시절이 만들어낸 최악의
결과였음을 알 수 있다.

튼튼한 고려 배가 탄생한 배경

아참, 시간을 확인해 봐야겠다. 폰을 꺼내 보니, 집중해서 관람하느라 시간 흐르는 줄 몰랐는데 벌써 오후 1시가 거의 다 되어가네. 매번 그렇듯 목포의 국립해양유물전시관은 대단히 만족감을 주는 장소이다. 전시 내용도 재미있지만 무엇보다 수백 년 전에도 지금과 마찬가지로 배를 이용하여 물건을 대량 옮기는 모습에서 사는 방식에 큰 차이가 없음을 보여주니까.

이제 박물관 밖으로 나온다. 카카오택시를 불렀으니, 음, 기다려볼까?

잠시 서 있으니까, 도착하는 택시.

"국제여객터미널 가시죠?"

"네, 맞습니다."

택시 타고 10분 거리니까 금방이다. 그런데 바다를 따라 시원하게 달리는 택시에서 이런 생각이 갑자기 드는 것이다.

콜럼버스가 1492년 8월 3일, 유럽에서 출발해 대서양을 건너 미국에 도착한 것이 1492년 10월 12일이었다. 이는 대항해 시대의 획기적인 사건으로 역사에 남았다. 이때 콜럼버스가 탄 배인 '산타 마리아호'는 길이 18m, 너비 7.5m로, 고려 시대에 곡물 1,000석을 실을 수 있던 초마선이 길이 20m, 너비는 약 7m이었기에 큰 차이가 나지 않았다. 그렇다면 길이 34m 수준의 신안선과 비교하면 훨씬 작은 배였음을 알 수 있다. 이렇게 작은 배로 콜럼버스는 대서양을 건넌 것이니, 참으로 그 무모한 용기가 놀라울 따름. 역시 역사에 이름을 남긴 사람에게는 특별한 무언가가 있는 거다.

그렇다면 고려의 배로는 넓은 바다로 항해가 가능했을까? 사실 고려 배는 태평양, 대서양 같은 넓은 바다를 항해하기에는 장점보다 단점이 많다고 한다. 이는 배 디자인이 지니고 있는 한계였으니, 고려 배는 밑바닥이 평평한 평저선이었기 때문. 즉, 단면으로 볼 때 U자형의 배였다.

보통 배의 단면을 잘라 보았을 때 V자 형태를 지

고려 배인 마도선 1호는 평저선인 U자형 배(위 ⓒ황윤)이고, 원나라 신안 선은 V자형(아래 ⓒ책읽는고양이)에 가깝다.

닌 것을 첨저선, U자형을 지닌 것을 평저선으로 구별한다. V자형은 바다 표면과 마찰 부분이 적은 만큼 저항이 적어 속도가 빠른 반면, U자형은 마찰 부분이 커서 속도는 느린 대신 선회력이 뛰어났다. 즉, U자형 배는 방향 전환에 유리하다는 의미. 또한 V자형은 속도를 강조했기에 파도와 강한 바람이 있는 넓은 바다를 장거리 항해할 때 유리한 반면, U자형은 느리고 풍랑에는 취약한 편인 대신 강과 연안 바다를 왔다 갔다 하는 다용도로 사용하기에 좋았다.

U자형은 넓고 깊은 바다로 나가는 데는 약점이 분명 있었으나, 인접한 중국, 일본 정도 오가면 되는 고려 입장에서는 평저선을 선호했던 것이다. 앞서 박물관에서 확인한 원나라 신안선이 V자에 가깝고, 마도 1호선 등 고려 선박은 U자형이라고 이해하면 좋을 듯하다.

이러한 기본 정보를 바탕으로 더 상세히 대입해 보자면 다음과 같다. 우선 고려, 조선 시대에는 강과 연안 바다를 모두 물류 이동을 위한 통로로 활용했고, 그래서 지금과 달리 대부분의 항구가 강 하구에 위치하고 있었다. 쌀 등 운반할 물자를 강 하류의 항구에서 실은 뒤 육지와 가까운 얕은 바다를 따라 수도로 이동시켰으니까. 제주도로 떠나는 최영의 군대가 당시 바다에 접한 목포가 아닌 영산강 하류인 나주에서 출발한 것도 이 때문이다. 그런데 강 하구에 위치한 항구는 당연히 수심이 얕기 마련이라 V자형보다 U자형의 배가 더 유리했으며, 더 나아가 당시에는 배 수리가 필요할 때에는 수시로 배를 해안으로 끌어올렸기에 평평한 바닥을 지닌 배가 더 유리했다.

그뿐만 아니라 한반도에는 서남 해안으로 갯벌이 크게 발달하였고 조수 간만 차가 매우 커서 V자형의 배는 바다의 높낮이에 따라 제대로 정박하기 힘들었다. 반면 U자형의 배는 바닥이 평평해 설사 썰물이 되어 바닷물이 다 빠져나가더라도 안정적으로 서 있을 수 있었다. 이런 자연 조건 역시 U자형 배를 선호한 이유가 된다. 여기에다 서해와 남해에 섬과 암초가 많은 것도 중요한 이유였다. 선회력, 즉 방향 전환이 쉬운 U자형의 배는 갑자기 암초를 발견하더라도 빠르게 피하는 것이 가능했으나, 속도가 우선시되는 V자형 배는 갑자기 암초를 발견할 경우 피할 방법이 없었다.

고려, 조선 시대에는 갈수록 U자형 배를 더욱 특화시키는 방법으로 발전하였다. 부족한 속도는 노와 돛을 이용하여 대처하고, 선체는 더욱 단단하게 만들었으며, 배 밑바닥에 무거운 물건을 두어 파도와 바람에도 버틸 수 있는 균형성을 갖추도록 했다. 그 결과 조선 중기에는 무거운 대포를 주렁주렁 매달고 공격하는 배까지 등장한 것이다. 임진왜란 때 크게 활약하여 대중에게도 익숙한 판옥선이 그것으로, 이때가 한반도에서 만든 U자형 평저선의 기술적 최고 전성기라고 하겠다. 당시 이순신이 왕에게 보고한 내용에 따르면, 대형 판옥선의 경우 길이 105자, 너비 39자 7치, 즉 길이 30m 이상에 너비 12m의 배였다. 조선 시대 들어와 신안선과 비슷한 대형 크기이면서도 훨씬 더 튼튼한 배를 전투선으로 사용했음을 알 수 있다. 이는 고려 말 경험을 바탕으로 왜적을 방비하기 위한 조선 초기의 꾸준한 노력이 만든 결과물이었다.

부산항처럼 깊은 바다 옆에 항구 시설을 구축하고 강 대신 철도나 도로가 항구로 연결되어 물류 이동을 하는 시대가 열리기 전까지 한반도는 자연적 구조에 따라 U자형 배를 선호할 수밖에 없었다. 그렇다면 U자형 배는 한반도 자연환경에 맞춘 특유의 디자인이라 하겠다. 이로써 제주도로 떠나던 고려 배의 일반적인 모습도 확인을 했으니, 이제 배를 타고 직접 최영 군대가 떠난 루트에 따라 제주도로 가볼 시간이다.

택시에서 내리니까 목포 국제여객터미널이로군. 오랜만!

3
배를 타고 제주로

목포항 국제여객터미널

목포항 국제여객터미널은 '국제'라는 멋있는 명칭이 붙어 있으나 실제로는 외국으로 가는 배가 존재하지 않는다. 과거 상하이에 가는 배가 있었다고 하는데, 이미 오래전에 노선이 없어지고 제주도 가는 배만 남아 있다. 덕분에 오래전 나 역시 이곳에서 제주도까지 배를 타고 간 적도 있었으나 요즘은 배편 노선이 좀 바뀐 것 같더군.

바깥에서 보니, 건물의 푸른색 유리창에는 '목포제주카페리터미널'이라 크게 스티커를 붙여놓았다. 카페리는 자동차까지 싣고 이동이 가능한 배라는 의미로, 여객과 짐을 동시에 옮기는 2만 7,000톤 급 거대한 배 두 척이 하루에 두 번 제주도를 왔다 갔다

하는 중이다. 예를 들어 목포와 제주를 왕복하는 퀸 제누비아호의 경우 길이 170m, 너비 26m, 높이 20m 로 당연히 고려, 조선 시대 배와는 크기에서부터 비교조차 되지 않게 크다. 세계적인 조선업체인 현대미포조선에서 건조한 배라니 믿을 만하겠지. 이처럼 요즘 들어 국내에서 사용하는 카페리가 한국의 기술로 새롭게 건조되어 하나씩 교체되는 중이다. 앞으로는 육지의 여러 항구에서 제주도로 가는 것뿐만 아니라 일본, 중국으로 가는 배도 한국에서 만든 카페리가 주로 사용될 듯하다.

다만 추자도를 거쳐서 제주도로 가는 배는 본래 목포항 국제여객터미널에서 출발한 적도 있었지만, 지금은 해남우수영으로 옮겨졌다. 굳이 추자도를 거쳐서 제주도에 가고자 한다면 해남우수영으로 이동할 수밖에 없다. 목포항 국제여객터미널에서 출발하는 카페리는 추자도를 거치지 않고 추자도 서편으로 쓱 지나 제주도에 도착하거든. 나는 추자도를 거쳐서 제주도에 가야 하므로 목포항 국제여객터미널에 들어가서 퀸스타 2호 티켓을 발권하고 나왔다. 이제 주차장에 대기 중인 해남우수영으로 가는 무료 셔틀버스를 타면 준비 끝. 물론 티켓이 있어야 무료 탑승이 가능하다.

그런데 왜 배를 타면서도 목포에서 제주도로 바

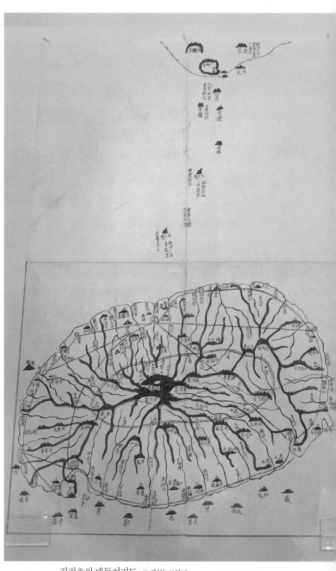

김정호의 대동여지도. © 책읽는고양이

로 가지 않고 이렇게 수고로움을 더하여 추자도에 들른 뒤 제주도로 가려는 걸까?

과거 최영의 군대가 그랬거든. 1374년 8월, 나주에서 출발한 314척의 배들은 영산강을 따라 바다로 나와서 해남의 육지 쪽으로 붙어 남쪽으로 이동하다 완도군 보길도라는 섬에 정박했다. 이번에는 여기서 남쪽으로 이동하면서 거친 비, 바람을 만나 선단이 뿔뿔이 흩어지는 등 큰 고생 끝에 추자도에 도착하였다. 그리고 추자도에서 출발하여 다음날인 1374년 8월 28일, 드디어 목표한 제주도에 이른다.

즉 '나주→목포→해남을 따라 이동, 완도군 보길도→추자도→제주도'가 최영 부대의 이동 루트였던 것이다. 이처럼 당시에 추자도는 제주도를 가기 위해서는 반드시 기항해야 하는 중간 지대였음을 알 수 있다. 지금의 추자도는 낚시를 목적으로 방문하는 외부인을 제외하면 약 1,600명이 살고 있는 평화로운 섬이다. 연 관광객은 5만 명 정도라 한다.

"버스 출발합니다."

오후 1시 30분이 되니 출발하는군. 좋다. 이제 약 40분간 목포에서 해남우수영으로 이동한다.

고려 시대 제주도

버스는 해남우수영 여객선 터미널이 목표다. 이 곳에서 오후 2시 30분 출발하는 선박 퀸스타 2호를 타면 추자도를 거친 뒤 제주도까지 갈 수 있으며 오후 4시에 추자도, 5시 30분에는 제주도에 도착할 예정이다.

자, 이제 40분간 버스 여행을 하면서 고려 시대 제주도에 대해 정리해볼까.

겨울 12월 탐라국의 태자 말로(末老)가 내조하자 성주왕자(星主王子)의 벼슬을 내려주었다.

《고려사》 태조 21년(938) 12월

925년, 고려 태조 왕건에게 이미 사신을 파견하여 지역의 특산물을 바쳤던 탐라국은 936년, 전라도 지역을 통치하던 후백제가 멸망하면서 한반도가 고려로 완전히 통합되자 다시금 움직임이 빨라졌다. 이에 938년 12월, 탐라국의 태자인 말로가 직접 왕건을 만나러 왔으며, 고려 왕은 탐라국 태자에게 성주왕자(星主王子)라는 작위를 주었다. 이때부터 탐라국 왕은 성주(星主)라는 직함을 사용하였으며 고려 시대 내내 성주 시대를 맞이하게 된다.

하지만 11세기 말까지 여전히 탐라국은 고려에 예속된 채 반독립적으로 운영되었는데, 고려 정부는 탐라 토착 세력과의 접촉을 통해 간접적으로 제주도를 관리하였다. 오죽하면 10세기, 고려 광종 시대부터 도입된 과거 시험의 경우에도 탐라인들은 빈공과, 즉 외국인 과거 시험에 응시하도록 했을 정도였다.

임술 중양절(重陽節)이었으므로 저관(邸館)에서 송(宋)과 탐라(耽羅), 흑수의 여러 나라 사람들에게 잔치를 베풀었다.

《고려사》고려 현종 10년(1019) 9월

이처럼 고려는 외국인을 위해 잔치를 할 때 역시 탐라 사람들을 송나라나 말갈인과 함께 외국인으로 취급하였다. 그러나 탐라는 점차 고려의 지배권 안으로 자연스럽게 흡수되었으니, 어느 순간부터 탐라의 지배자들에게 명예 형식의 장군직을 수여하는 것을 넘어 내부 권력 승계 때에도 고려 정부의 적극적 개입이 이루어졌기 때문이다.

> 12월 경신 탁라국(乇羅國) 성주(星主) 유격장군(游擊將軍) 가리(加利)가 아뢰기를, "왕자(王子) 두라(豆羅)가 최근에 죽었는데, 하루도 후계자가 없어서는 안 되므로 호잉(號仍)을 왕자로 삼게 해주십시오."라고 하며, 이어서 토산물을 바쳤다.
>
> 《고려사》 고려 정종 9년(1043) 12월

고려의 유격장군이라는 벼슬을 지냈던 탐라국의 성주 가리는 왕자 두라가 죽었기에 호잉이라는 인물을 왕자로 삼게 해달라며 사신을 보냈다. 이렇듯 형식적이라 할지라도 고려가 점차 탐라국 권력자의 승계권에도 영향력을 미치면서 제주도의 독립적 성향은 점차 약화될 수밖에 없었다. 그 결과 1105년, 고려 숙종 때 이르러 기존의 탐라국이 아니라 탐라군(耽羅郡)으로 지정되면서 고려의 지방 통치 체제인 군현제에 제주도가 포함된다. 그리고 고려 의종대(1146~1170)에 이르면 다시 한 번 탐라현으로 조정된 뒤 이곳에 지방관이 파견되면서 드디어 고려가 보낸 관리를 통해 제주도가 통치되는 시기를 맞이한다. 즉, 실질적으로는 12세기 중반이나 되어서야 제주도는 고려의 행정구역 중 하나가 된 것이다. 이 과정에서 반대로 탐라국 사람들이 제주도가 아니라 고려 조정으로 나와 적극적으로 활동하는 경우도 생겨났다.

> 고유(高維)를 우습유(右拾遺)로 삼았다. 중서성에서 아뢰기를, "고유는 탐라 출신이므로 간성(諫省)에는 합당하지 않은데, 만일 그 재주를 아깝게 여긴다면 다른 관직을 제수하길 요청합니다."라고 하자, 이를 받아들였다.
>
> 《고려사》 고려 문종 11년(1057) 1월

이처럼 고려 왕은 고유라는 인물을 본래 간성(諫省)이라 하여 중앙정부의 정치기구에서 일하도록 하고 싶었으나, 신하들이 그가 탐라 출신이라며 반대하여 다른 관직을 제수하게 된다. 이때는 아직 제주도가 탐라국으로 불리며 고려가 아닌 외국으로 인정받고 있었기에, 고유라는 인물은 빈공과를 통해 고려 조정에서 일을 시작한 인물이었다. 마치 통일신라 시대 최치원이 당나라의 외국인 전용 과거시

험인 빈공과에 합격한 뒤 당나라에서 공직을 받고 일한 것과 유사한 느낌이다. 그럼에도 고유는 최종적으로 명예직에 가까운 정2품 상서우복야(尚書右僕射)까지 승진을 하였으니 나름 장관급 대우까지 받았던 것이다.

고유의 아들인 고조기(高兆基)는 제주도가 고려의 지방 행정 체제에 들어간 시기에 고려인으로서 과거에 합격한 후 서북면병마판사, 상서좌복야, 중서시랑평장사 등을 맡으며 아버지보다 더 높은 지위까지 올라섰다. 특히 그가 1149년, 역임한 중서시랑평장사(中書侍郎平章事)는 실질적 권한이 있는 정2품의 재상 위치였기에, 아버지가 탐라 출신이라 못 이룬 꿈을 아들에 이르러 이루었음을 알 수 있다. 이처럼 11~12세기에 활동했던 고유, 고조기 부자는 탐라인이라는 정체성을 지닌 채 고려인으로서 활동했던 것이다.

하지만 이렇듯 하나의 국가로서 결합되기 시작하던 고려와 제주도의 관계는 다시 한 번 큰 소용돌이에 빠지게 된다. 13세기 초부터 몽골군의 고려 침입이 시작된 것이다. 가히 국가적 재앙이었다.

중국 남부와 일본 사이의 제주도

목포 국립해양유물전시관에서 만난 원나라 무역선인 신안선은 본래 중국 남부에 위치한 닝보(寧波)에서 출발하여 제주도 주변 바다를 지나 일본 후쿠오카에 도착하는 것이 목표였다. 그러나 중간에 문제가 생겨서 표류하다 목포의 신안 근처에서 침몰하고 말았다. 이처럼 당시 배는 자연 바람을 이용하여 움직였기에 아무리 경험 많은 뛰어난 선원이 탑승했더라도 엔진을 이용하는 지금과 달리 원하는 방향으로 그대로 간다는 보장을 할 수 없었다. 그런만큼 일부 학자들은 중국과 일본 사이에 위치한 제주도가 당시 해상 중간 기착지 역할을 한 것으로 추정하기도 한다. 추정인 이유는 정확히 그랬다 하는 기록은 없기 때문.

조정에서 의논하기를 제주는 바다 바깥에 있는 큰 진(鎭)이므로 송(宋) 상인과 섬나라 왜인(倭人)이 무시로 왕래하기 때문에 특별히 방호별감(防護別監)을 파견하여 비상시를 대비해야 한다고 하였다.

《고려사》 고려 원종 원년(1260) 2월

고려 기록에 따르면 제주에 송나라와 일본 사람들이 무시로 왕래하기에 비상시를 대비하여 방호별감을 파견해야 한다는 부분이 있다. 방호별감은 몽골군이 고려를 침범해오자 방어 임무를 위해 만든 군사직으로, 제주도에도 외국인이 자주 방문하니, 그 필요성을 느낀 것이다. 이에 고려 정부는 지방 관료인 제주부사에게 방호사(防護使)를 겸직하도록 하였다. 이처럼 제주도에는 당시 송나라와 일본 사람들이 분명 많이 왕래하고 있었다.

기록 이외에 고고학적 흔적으로는 12세기 남송 청백자들이 제주도 법화사에서 발견되었고, 북제주군 한경면 신창리 주변 해저 유적에서는 13세기경 중국 남송의 무역선에 실렸던 것으로 보이는 중국 도자기가 발견되기도 했다. 즉, 중국 도자기들이 제주도 주변 바닷길을 통해 이동하였고 그 과정에서

제주도 법화사에서 발견된 다양한 도자기들. ©책읽는고양이

일부 배가 제주도에 정착하면서 중국 도자기가 사용되기도 했음을 증명한다.

전 제주부사(濟州副使) 노효정(盧孝貞)과 판관(判官) 이각(李珏)이 재임 시에 일본 상선이 폭풍을 만나 제주 해역에서 난파하였는데 노효정 등이 능견(綾絹)과 은, 진주 등의 물건을 노략질하였다고 탄핵하여 보고하였다. 이에 노효정에게서 은 28근, 이각에게서 은 20근을 추징하고 섬으로 유배 보냈다.

《고려사》 고려 고종 31년(1244) 2월

그러다보니, 위 기사처럼 표류하여 제주도를 잘못 방문한 외국 배를 제주도 지방관이 직접 나서서 노략질하는 경우까지 생겨났다. 오죽하면 제주도를 총 관리하는 제주부사가 바로 아래 지위인 판관과 함께 일본 선박의 물건을 노략질한 것이 걸려 중앙 정부에서 이들의 재산을 추징하고 유배시킨 일이 있었을 정도였다.

이처럼 제주도는 당시 중국 남부와 일본을 연결해주는 바닷길 중간 지대였기에, 고려의 지방으로 포함된 이후, 개성의 중앙정부에서 큰 관심을 두고 관리하고 있었다. 그런데 이러한 제주도의 이점을 제대로 주목한 외부 세력이 등장하니 그것은 바로 몽골이었다. 더 정확히는 몽골이 중국에다 세운 대제국 원나라라고 해야겠다.

아, 마침 버스가 도착했네. 이제 내려야지.

해남우수영 여객선 터미널

오후 2시 10분에 도착한 이곳은 과거 조선의 전라우수영이 있던 곳이다. 그래서 지역명을 해남우수영이라 했나보다. 그런데 전라우수영 하니 갑자기 생각나는 분이 있네. 임진왜란 때 크게 활약했던 전라우수사 이억기(李億祺)가 바로 그 주인공이다.

이억기는 무과에 합격한 무인이자 조선 왕실의 후손으로 조선 제2대 임금인 정종이 바로 그의 조상이라 하겠다. 임진왜란 때는 전라좌수영에 있던 이순신과 함께 크게 활약했으며, 이순신이 선조에게 밉보이며 파직당한 뒤 서울로 압송되자 그의 무죄를 적극적으로 변호하기도 했다. 하지만 이순신을 대신한 원균 아래에서 치른 1597년 7월, 칠천량 해전(漆川梁海戰)에서 그는 일본군에 의해 장렬히 전사하고 만다. 이 해전에서 조선 수군은 원균의 졸전 끝에 거북선을 포함하여 무려 70여 척의 군선이 붕괴되는 최악의 상황을 맞이했다.

하지만 칠천량 해전에서 대패한 후에도 조선 수군에는 아직 한 명의 영웅이 남아 있었으니, 이순신은 자신이 살아 있는 한 결코 조선의 바다를 포기할 생각이 없었다. 조선 정부는 급하게 이순신을 삼도수군통제사(경상, 전라, 충청 수군통제사)로 다시 임명했고, 이순신은 큰 패전 후 모은 불과 13척의 배를 이끌고 133척의 일본 배와 대결에 임한다. 객관적으로 누가 보아도 이길 수 없는 상황이었다. 그러나 놀랍게도 조선 수군은 1597년 9월, 단 한 척의 배도 잃지 않고 일본의 31척을 격파하는 기적 같은 승리를 거두었으니, 이를 명량대첩(鳴梁大捷)으로 기억하고 있다. 온갖 악조건임에도 승리하면서 이순신은 그동안 한반도에 등장했던 수많은 전쟁 영웅들과 어깨를 나란히 하는 군신(軍神)의 위치에 올라선 것이다. 그리고 명량대첩으로부터 불과 1여 년 뒤인 노량대첩에서 "나의 죽음을 알리지 말라"라는 유언과 함께 조선군에게 또 한 번의 승리를 주고 전사함으로써 한반도에서 가장 위대한 장군으로 역사에 기록된다.

한국인이면 누구나 다 알고 감동하는 이 이야기를 갑자기 하는 이유는, 이곳 해남우수영 여객선 터미널 바로 옆이 다름 아닌 명량대첩이 벌어진 울돌목이기 때문. 해남과 진도 사이에 있는 해협이 바로 그곳이다. 이렇듯 의미가 남다른 장소인 만큼 당연히 이순신과 관련한 장소가 주변에 여럿 존재한다.

우선 진도대교가 있는 해남군 쪽으로는 명량대첩해전사기념전시관이 위치하며, 이 전시관 아래로 내려가면 바다 위로 '고뇌하는 성웅 이순신상' 이 있다. 이순신의 영웅적인 모습이 아닌 인간적인 고민이 담긴 보기 드문 조각으로 잘 알려져 있지. 특히 썰물일 때는 조각이 바다 위로 높이 올라서고 밀물일 때는 조각의 발아래 부분까지 물이 잠겨서 묘한 분위기를 만든다. 한편 진도대교 건너편의 진도 입구에는 거대한 크기의 '충무공 이순신 동상' 이 위치하며, 이는 우리에게 익숙한 영웅이자 장군으로서의 강인한 모습의 조각이다. 이외에도 1688년, 건립한 보물 503호 해남 명량대첩비(海南鳴梁大捷碑)가 해남우수영 여객선 터미널 북쪽으로 600m 거리에 위치하고 있다. 조금 높은 지대에 세워진 비석은 높이 2m 67cm, 폭 1m 14cm로 꽤나 웅장함을 보여준다. 비석에는 이순신의 명량대첩 업적이 새겨져 있다.

이렇게 위대한 역사를 지닌 장소에서 배를 타고

명량대첩이 벌어진 울돌목에 위치한 고뇌하는 님을 이순신 상.
건너편 진도대교을 줄에 세워진 거대한 '충무공 이순신 동상' (왼쪽).

보물 503호 해남 명량대첩비(海南鳴梁大捷碑), ⓒ책읽는고양이

제주도에 가게 되었으니, 참으로 만족스럽군. 다만 이 주변은 이처럼 조선 시대에는 일본을 상대로 큰 승리를 거둔 위대한 장소이지만, 고려 시대에는 진도에 위치한 삼별초가 몽골 및 고려군 연합군과 대결을 펼치다가 패배한 장소이기도 하다. 그렇게 패배한 삼별초는 진도를 떠나 제주도로 옮겨서 최후의 항전을 계속하게 된다.

그럼 배를 타고 이동하면서 최영의 군대가 제주도로 파견되는 1374년보다 약 100년 전인 1271년, 최영과 같은 루트로 진도에서 제주도로 피신하던 삼별초의 움직임까지 함께 따라가보기로 할까?

퀸스타 2호

시간이 되었으니, 해남우수영 여객선 터미널 안으로 들어간다. 내가 탈 배는 퀸스타 2호로 길이 39.35m에 배수량 364톤의 쾌속선이다. 크기로 본다면 고려, 조선 시대 활동한 대형 목조선 크기 정도 되겠다. 물론 과거의 목선에 비해 더 크기는 하다만, 그럼에도 이 정도면 고려 시대 배를 탄 느낌을 주기에 안성맞춤이겠지. 다만 쾌속선이라는 이름답게 35노트까지 속도가 나오는데, 이는 시속 65km 수준이다. 바다에서는 꽤 빠른 편이라 하겠다. 덕분에 추자도를 거쳐 잠시 정박했다가 제주도로 가는 데도 불과 3시간이면 도착한다. 반면 고려 시대 배는 3~5노트 정도였으니 가장 빨라야 시속 10km에 불과했다.

해남우수영 여객선 터미널에서 볼 수 있는 거북선 모양을 한 유람선. ⓒ책읽는고양이

2만 7,000톤 급의 목포에서 제주도로 떠나는 배
에 비해 퀸스타 2호는 크기가 작아서 파도에 약한
편이니, 멀미약을 먹어두어야겠지. 터미널 안에 잠
시 있다가 배를 타러 이동하는데, 퀸스타 2호 옆으
로는 거북선 모양을 한 유람선과 판옥선 한 척이 보
인다. 참으로 어울리는 한 쌍이군.

퀸스타 2호는 승객실이 1~2층으로 구분되어 있
는데, 바다를 보기 위해 그나마 높은 2층 쪽 창가에
앉았다. 외관과 달리 내부에서 본 창문은 그리 깨끗

하지는 않네. 아무래도 바다의 파도 속에서 운행하다보니 그런 듯하다. 속도가 빠른 편이라 안전벨트도 해야 한다. 배가 그리 높지 않아서 마치 바다에 붙어 있는 느낌이네. 오호! 재밌다.

시간이 되자 배 내부에 설치된 TV로 비상시 대피 요령 등 여러 정보가 나오기 시작하고, 이윽고 배가 슬슬 움직이면서 항구에서 벗어났다. 육지와 헤어지고 난 뒤로는 출렁출렁하는 파도가 이어지는 넓은 바다가 펼쳐졌다. 가만히 앉아 일렁이는 파도를 보다보니, 일기예보에 오늘 날씨가 좋다고 했음에도 이상하게 평소와 달리 걱정이 스멀스멀 일어나는군. 기계 엔진을 장착한 현대적 기술로 만들어진 배를 타도 이 정도 걱정이 드는데, 나무로 만든 배를 타고 제주도로 떠나는 기분은 어땠을까? 그것도 바다에 익숙하지 않은 사람들의 기분은?

어쨌든 이제 목표했던 대로 배를 타고 제주도로 가기 시작했으니, 다음 이야기를 정리해보기로 하자. 몽골과 제주도의 만남을 정리할 타이밍이군.

4
추자도의 전설

삼별초의 난

고려는 12세기 중반까지 주변 국가와 비교해도 남다른 전성기를 맞이했으나, 그 후 점차 국력이 하락하기 시작했다. 그 과정에 무신 정권이 등장하는데, 무신들이 난을 일으켜서 고려 왕을 사실상 허수아비로 둔 채 권력을 장악했던 것이다. 이렇듯 칼을 찬 인물들이 권력을 장악하자 이번에는 이들 무신들끼리 권력 투쟁이 벌어졌다.

그 결과 '이의방→정중부→경대승→이의민→최충헌→최우→최항→최의→김준→임연→임유무'로 차례차례 무신 권력이 이어졌다. 이 과정에서 권력을 장악한 무신 가문이 새롭게 바뀔 때마다 매번 칼을 드는 쿠데타가 일어났다. 해당 기간은 1170년부터 1270년까지 100년이었으며, 특히 '최충헌→최우→최항→최의'로 이어진 4대 60년에 걸친 최씨 가문의 세습 권력 권위는 거의 고려 왕실에 버금가는 상황이었다.

바로 이때 하필이면 몽골의 침입이 있었는데, 1225년 몽골 사신이 고려의 국경 지대에서 살해당하면서 양국의 관계는 험악해졌으며 1231년 1차 몽골 침공을 시작으로 1259년까지 무려 9차례에 걸친 몽골 침공이 이어졌다. 이때 고려 정부는 무신 정권이 장악하고 있었음에도 오히려 적극적 국토방위를 포기하고, 집권자인 최우의 결정에 따라 1232년, 강화도로 수도를 옮긴다. 결국 나라를 지키는 능력을 지닌 무신이 아니라 자신의 권력을 유지하는 데 급급한 무신들이었던 것이다. 고금을 통틀어 쿠데타를 일으킨 군부 세력은 자국 안에서는 칼로 억압하며 통치를 이끌어내지만 외적과의 전쟁에서는 약한 모습을 보이곤 하니, 딱 그런 상황이었나보다. 정통성 부족이 만들어낸 소극적 행동이라 하겠다.

무신 정권은 해전에 약한 몽골의 공격을 피하는 데는 4면이 바다인 강화도가 안성맞춤이라 여겼다. 이들의 예측대로 강화도는 안전했으나 고려 전국이 28년간 몽골의 공격을 받아 처참한 지옥도가 펼쳐졌다. 그런데도 갈수록 더해지는 무신 정권의 무책

임과 방관으로 인해 더 이상 해결 방법이 나오지 않으니, 결국 고려 왕은 결단한다. 당시 몽골은 칭기즈칸이 죽은 후 그의 후손들에 의해 여러 나라로 쪼개졌는데, 이중 중국 지역을 장악하고 원나라를 세운 이는 쿠빌라이(忽必烈, 재위 1260~1294)였다. 고려는 1259년, 쿠빌라이가 대칸으로 즉위하는 시점에 맞추어 왕실 주도로 몽골에 항복하기로 한다. 이때 고려의 항복을 받아주는 대신 몽골이 내세운 조건 중 하나는, 더 이상의 저항을 포기한다는 약속으로 강화도에서 개성으로 고려의 수도를 옮기라는 것이었다.

그 과정에서 결국 삼별초가 난을 일으켰다. 이는 학창 시절 국사 시간에도 꽤 중요하게 배운 사건이기도 하지. 그때 민족 저항 정신으로 배웠나? 기억이 가물가물. 여하튼.

이들 삼별초는 무신 정권 중 최씨 가문이 권력을 잡았을 때 구성된 야별초(夜別抄)를 기반으로 한 사병 겸 정규군 성격을 지닌 부대였다. 이후 야별초는 좌별초와 우별초로 구분하여 운영되다가 몽골에 포로로 잡혀갔다가 도망 온 자들로 편성된 신의군과 함께 삼별초(三別抄)로 최종 편제되었다. 이렇게 구성된 삼별초는 소규모 부대로 몽골군과 전투한 경력도 일부 있으나, 사실상 강화도 내에 안주하며 무신 정권의 친위대로서 주로 활동하였다. 특히 최씨 무신 가문이 붕괴된 이후에는 다음 무신의 쿠데타마다 중요한 무력 기반으로 동원되기까지 한다. 최충헌 가문의 4대 계승자인 최의는 김준이 삼별초를 동원하여 살해했으며, 김준 역시 임연이 동원한 삼별초에 의해 죽음을 맞이했다. 즉, 새로운 무신 집권자가 삼별초 도움을 받아 정적을 제거하고 나중에는 또다시 삼별초를 동원한 다른 이에 의해 재거되는 일이 반복되었던 것.

최종적으로는 고려 왕 원종(元宗, 재위 1259~1274)과 삼별초가 손잡고 1270년 5월 14일, 마지막 무신 정권의 실권자인 임유무를 죽이게 된다. 어느덧 삼별초는 자신들의 집단 안위를 위해서는 무신 실권자에 대한 배신도 서슴지 않는 마치 용병 집단같이 변질되어 있었던 것이다. 오죽하면 임유무가 죽고 개성 환도가 최종적으로 결정되자, 삼별초는 1270년 5월 23일, 강화도에 있던 나라의 창고를 마음대로 털 정도였다. 이는 고려 왕에게 무신 집권자를 제거할 때 자신들이 보여준 공을 잊지 말라는 협박과도 같았다.

그러자 고려 왕 원종은 삼별초를 한 번 더 설득해 보다 더는 안 되겠다고 여겼는지, 1270년 5월 29일, 별안간 삼별초 해산을 명령했다. 당시 고려 왕 입장에서는 통제가 되지 않는 삼별초를 더 이상 그대로 두면 안 되겠다고 여겼던 모양이다. 또한 실제로도 이들은 무신 정권이 남긴 마지막 잔재이기도 했다.

이에 1270년 6월 1일, 장군 배중손이 불만이 커진 삼별초를 이끌고 난을 일으켰다. 삼별초는 고려 왕족 중 한 명인 승화후(承化侯) 왕온(王溫)을 협박하여 왕으로 세우고, 여성들과 재물을 약탈한 뒤 1,000척의 배를 타고 남쪽 섬인 진도로 이동했다. 과거 같으면 삼별초를 기반으로 배중손이 무신 정권을 새롭게 잇는 집권자가 되었을 테지만 이제는 그것이 불가능해졌기에 내린 결정이었다. 항복한 고려 왕을 지원하고 고려를 장악하기 위해 몽골군이 이미 개성에 파견된 상황이었기 때문이다. 그뿐만 아니라 삼별초 참가 인원이 기록된 명부를 고려 왕에게 압수당한 상황이라 그 명부가 몽골군에게 전달될 경우 저항 세력으로 찍혀 생존을 기대하기 힘들었다. 저항 세력에 대한 몽골의 잔인함은 가히 상상을 초월했으니까.

이처럼 고려 왕과 완전히 척지게 되면서 몽골과의 계속된 항전은 이들에게 남은 마지막 선택지가 되고 말았다.

제주도로 간 삼별초

몽골과 고려 왕에 대항하여 섬 진도로 세력을 옮긴 삼별초는 한때 위세가 등등해 남해안의 여러 지역을 장악하고, 육상으로는 나주, 전주까지 공격하면서 당당한 독립 세력으로 일어서고자 했다. 그 과정에 1270년 11월 3일, 삼별초는 제주도까지 함락시킨다.

이때 고려 정부에서는 제주도에 대한 삼별초의 공격 가능성을 높게 보고 병력을 미리 파견하여 막도록 했었다. 물론 실패했지만. 해당 내용은 고려 시대 학자였던 김태현(金台鉉, 1261~1330)의 묘지명에 구체적으로 기록되어 있다.

아버지인 감찰어사(監察御史) 김수(金須)는 여

러 차례 추증되어 문하시중(門下侍中)이 되었다. 시중(侍中, 김수)은 일찍이 고려 고종 을묘년(1255)에 진사로 과거에 급제하였는데, 성품과 용모가 뛰어나게 아름다웠으며 담력과 지략이 다른 사람보다 뛰어나서 중앙과 지방의 관직에 종사하면서 청렴하고 유능하다는 칭송을 받았다.

지원(至元) 연간의 기사년(1269)에 어사(御史)를 거쳐 지영광군주사(知靈光郡州事)가 되어 나갔다. 이듬해에 삼별초가 난을 일으켜 강도(江都)의 사람과 물자를 노략질하고는 배를 타고 남쪽으로 내려갔으니, 뜻은 먼저 탐라(耽羅)를 점거하려는 데에 있었다. 고려에서 장군 고여림(高汝霖)을 보내 쫓아가 토벌하도록 하고, 또 전라도에 첩을 내려 정식 외관 중에 뛰어나서 사람들이 믿고 따르는 자를 골라 군사를 거느리고 함께 나가도록 하였다.

시중이 그 선발에 뽑혀서 집에 머무르지 않고 드디어 초군(抄軍)을 거느리고 탐라에서 고여림을 빨리 만났으니, 적들은 아직 진도를 차지하고 있으면서 탐라에는 다다르지 못하였다. 이에 밤낮으로 성을 쌓고 무기를 설치하여 탐라로 오는 길을 끊어서 들어오지 못하도록 꾀하였다. 그러나 탐라의 수령과 사람들이 주저하면서 힘이 되지 아니하여 적이 다른 길로 이르렀는데도 알아채지 못하였다. 시

중이 평소에 대의(大義)로써 사졸을 격려하였더니 사람들이 크게 감동하여 용기백배하여 힘껏 소리치며 다투어 나가 적의 선봉을 거의 다 죽였다. 그러나 탐라 사람들이 적을 도와주게 되니 아군의 수는 적고 적군의 수는 많아서 마침내 고 장군과 함께 진중에서 전사하여 돌아오지 못하였으니, 사람들이 지금까지 원통하게 여기고 있다. 공은 나이 10세에 고아가 되었다.

고려 김태현 묘지명

이처럼 고려 정부에서는 장군 고여림과 영암부사(靈巖副使) 김수를 제주도로 파견하여 성을 쌓고 병력을 준비하였다. 이들이 제주에 방어를 위해 쌓은 성은 환해장성으로, 지금은 '탐라의 만리장성'으로도 잘 알려져 있다. 물론 당시 김수와 고영림이 준비한 성은 삼별초가 침입할 가능성이 큰 항구 쪽에 일부 방어선을 구비하는 것에 불과했고, 고려 시대와 조선 시대에 걸쳐 계속 개축되면서 현재의 규모 있는 모습을 하게 된다. 방문해서 실제로 보면 꽤 멋지다. 제주 특유의 검은 돌로 만들어진 성이 해안가를 따라 쭉 이어지는 형태가 매우 매력적이기 때문. 다만 성 자체는 보존이 잘 안 되어서 직접 가서 볼 때는 일부 잘 정리된 성곽 정도만 보면 될 듯하다.

다시 이야기로 돌아와서. 어쨌든 고려 정부에서 파견된 군대는 나름 방어선을 구축하고 삼별초를 기다렸으나 문제가 발생했다. 제주도 사람들이 전혀 호응을 하지 않았던 것. 아니, 오히려 상륙하던 삼별초를 도와주는 제주도 사람들까지 있었다. 결국 제주도에 도착한 삼별초에게 김수, 고영림을 포함한 고려의 병사들은 죽음을 맞이한다.

그렇다면 제주도 사람들은 왜 이렇게 고려 군대를 차갑게 대했던 것일까? 12세기 중반에 이르러서야 지방관이 파견되는 등 고려의 일부가 된 제주도이나, 행정적 지배 체제를 구축한 뒤로 고려 정부의 태도는 제주도민에게 대단한 실망으로 다가왔다. 오죽하면 정부에서 파견된 대부분의 제주 지방관은 자신의 재산을 확보하는 데 좋은 장소로서 제주도를 인식하고 있었다. 즉, 국가 몰래 제주도 토산물을 대거 확보하여 재산을 늘리는 '치부하기에 좋은 땅'이었던 것이다. 이는 탐라국이라는 외국에서 고려로 포섭된 지 얼마 되지 않았기에 문화나 정체성이 고려와는 다른 지역이라는 관념이 강했고, 그 결과 지방관이 고려 본토에 비해 과격하고, 함부로 토착민을 대하는 경우가 잦았기 때문이다. 이에 제주도민들은 청렴한 지방관을 기억해두었다가, 욕심이 가득한 이가 지방관으로 파견되면 난을 일으키고 이전의 청렴한 이를 다시 부임시켜 달라 주장하기도 했다.

결국 고려 정부에서는 백성들의 고통과 수령의 잘잘못을 조사하기 위하여 파견하던 안무사를 제주도에 자주 보내게 된다. 제주도에 파견되던 탐라현령이 7품직이었던 것에 비하여 제주도에 파견된 안무사는 더 높은 4~5품직을 지니고 있었기에, 왕명에 따라 이 지역에 현령이 배치된 이후 악화된 백성들의 생활을 파악하고 위무할 수 있었다. 하지만 바다 건너 있는 제주도의 위치적 한계로 중앙 정부가 세밀히 파악하지 않으면 언제나 제주 지방관의 치부 때문에 큰 고통을 받는 상황이 이어졌던 것이다. 그러다보니 제주도는 고려 정부에 대항하던 삼별초를 도와주게 되었고, 이는 곧 12세기 중반부터 시작된 고려 정부의 제주도에 대한 직접 통치가 사실상 실패로 돌아갔음을 의미했다.

한편 진도의 삼별초는 이순신 장군이 일본군을 상대로 방어에 성공한 울돌목에서 몽골과 고려 연합군에게 패배를 당한다. 이에 삼별초 봉기를 이끈 배중손은 1271년 5월, 진도에서 자신이 왕으로 모시던 왕온과 함께 죽음을 맞이했다. 그러자 배중손에 이어 김통정이 남은 병력을 이끌고 진도를 탈출하여 마지막 저항지인 제주도에 도착한다. 이로 말미암아 제주도에는 상상도 못할 규모의 피해가 이어지게 된다.

추자도의 최영 사당

와우. 처음에는 바다를 본다고 당당하게 앞좌석에 앉았다가 갈수록 속이 안 좋아져서 뒷자리로 옮겼다. 티켓에는 자리가 지정되어 있으나 실제로는 자유석에 가깝다. 이에 사람들도 대부분 티켓 번호가 아닌 자신이 원하는 자리에 앉는다. 그런데 배가 작으니 확실히 파도에 따라 위아래로 움직이는 것은 어쩔 수 없나 보군. 내가 탄 퀸스타 2호가 고려 시대 배보다 훨씬 큰데도 이렇다. 덕분에 어느 순간부터는 창문을 통해 바다를 보지 않고 배 안에 위치한 TV에 집중하고 있다. 잡념을 떨쳐야 파도를 잊고 마음이 편안해진다.

기록에 따르면 추자도로 오는 동안 큰 폭우를 만

났던 최영의 부대는 과연 어땠을까? 당연히 파도와 바람에 따라 흔들리는 배 안에서 많은 사람들이 큰 고통을 받았을 것이다. 나 역시 오늘 경험으로 느낄 수 있군. 큰 파도가 없음에도 이 정도니까.

오후 4시가 되니, 상추자도에 위치한 추자항 여객선 터미널에 드디어 도착했다. 배가 항구에 도착하자 사람들이 하나둘 일어났다. 추자도가 워낙 낚시로 유명해서 그런지 딱 보아도 낚시를 좋아하는 사람들의 모습이 눈에 자주 띈다. 내리는 사람 말고 타는 사람도 꽤 많다. 이 사람들은 추자도 구경을 끝내고 제주도로 가는 듯하다. 하긴 나도 예전에 제주도에서 배를 타고 추자도에 온 적이 있었다. 오히려 육지에서 추자도에 오는 사람보다 제주도에서 추자도에 오는 사람이 더 많을 듯한데, 정확히는 모르겠다. 사람이 오르고 내릴 때마다 작은 배라 그런지 조금씩 흔들흔들한다.

오늘은 추자도에서 내릴 생각이 없으니, 더 있다가 배를 타고 제주도로 가야지. 그런데 참. 이곳 추자도에는 다름 아닌 최영 장군 사당이 있다는 사실. 상추자도에 위치한 추자항 여객선 터미널에서 걸어서 10분 정도 거리의 적당히 높은 언덕에 위치한 최영 사당은 이곳에 서서 아래를 보면 항구를 포함한 마을과 더불어 바다가 넓게 펼쳐져 있다. 누가 보아도 마을과 바다를 지켜줄 사당의 장소로 안성맞춤이다.

사당 주위로는 자연석을 모아 사각으로 보호하듯 벽을 세웠고, 기와로 지붕을 인 붉은 사당 건물에서는 날카로운 묘한 기운이 느껴진다. 실제로 나는 특정한 장소에서 기(氣)를 잘 느끼는 편인데, 특히 최영과 관련한 장소에서는 그 힘이 남다르다. 고양시에 있는 최영의 묘를 방문했을 땐 남다른 기운과 함께 그날따라 차가운 바람이 내게로 마구 불어와 굉장히 무서웠다. 그래서 얼떨결에 무덤 앞에서 언젠가 최영 장군의 일화를 책으로 쓰겠다고 입 밖으로 약속을 했는데, 그 뒤로 바람이 딱 그치는 거다. 기묘한 이야기. 음. 약속한 최영의 일화는 언제 책으로 내려나?

여하튼 이야기를 다시 돌아와서. 생각난 김에 이곳에 최영 사당이 생긴 이유를 살펴보자. 남아 있는 기록에 따르면 제주도에서 일어난 목호의 난을 제압하기 위해 최영의 부대는 배를 타고 이동하다가 추자도에 도착하였고, 최영은 이곳에서 병력을 정비하면서 궁핍하게 살고 있는 주민들을 안타깝게 여기게 된다. 이에 그물을 깁고 물고기 잡는 방법을 알려주어 추자도 사람들의 풍족한 생활이 가능해졌다. 그 뒤에 추자도 사람들은 최영의 덕을 기리며 사당을 짓고 해마다 중요한 날이 되면 풍어와 풍농을

빌며 제사를 지냈다고 한다.

글쎄. 그런데 이 이야기가 과연 사실일까? 추자도는 작은 섬인지라 한반도 내 어느 지역 사람들보다 바다와 가깝게 살고 있다. 백제, 신라, 고려까지 육지와 적극적으로 교류하며 지냈던 제주도와도 무척 가깝다. 그런 추지도 사람들이 신사 시대부터 인류가 시도했던 그물로 낚시하는 방법을 그때까지 몰랐다고?

한편 2002년 간행된《제주의 마을》이라는 책에는 다음과 같은 추자도 이야기가 기록되어 있다. 당시 추자면 대서리에 살던 최철주(남, 69세)가 제보한 내용이다.

지금부터 130년쯤 전의 일이다. 마을에 바보가 한 명 살았는데, 어느 날부터 물 위를 걷는가 하면 꼭 최영 장군처럼 행세를 하는 것이었다. 마을 사람들 사이에 최영 장군 영혼이 들렸다는 소문이 돌았다.

마을 유지들이 생각하기에, 아무리 그래도 바보한테 장군님 영혼이 들렸을까 싶어서 잡아오라고 하였다. 시험해봐서 아니면 혼쭐을 내주리라 생각했던 것이다. 그러고는 역시 마을에서 제일 똑똑한 박명래라는 사람을 데려오라고 하였다.

추자도 최영 장군 사당 정면. © 책읽는고양이

추자도 최영 장군 사당 내부. 영정과 함께 "조국도통사 최영대장지신위(朝國都統使 崔瑩大將之神位)"라 씌어 있는 위패가 모셔져 있다. 최영 장군 귀신 들린 이야기 속 나무 위패는 사라지고, 지금은 돌로 된 위패가 보인다. ⓒ 책읽는고양이

당시 최영 장군 사당에 있는 위패는, 무슨 글귀가 새겨져 있는 것이 아니고, 나무를 비단으로 싸서 모셔놓은 것이었다. 그래서 박명래는 바보한테, "장군님, 위패를 무엇이라고 썼으면 좋겠습니까?" 하고 물었다. 진짜 장군 영혼이 들리지 않으면 절대 대답할 수 없는 질문이었다. 마을 사람들이 '역시 똑똑한 박명래구나!' 하고 속으로 생각하는데, 바보가 느닷없이 지필묵을 가져오라고 하였다.

그러더니 "먹을 갈아라. 붓을 들어라. 명래야, 붓을 들어라." 하고는 "조국도통사 최영대장지신위(朝國都統使 崔瑩大將之神位)라고 써라." 하였다. 그 말에 모여 있던 사람들이 깜짝 놀라 "장군님 영혼이 틀림없구나." 하고 바보를 모셨다고 한다. 지금 최영 장군 사당에 있는 위패는 그때 쓴 것이라고 한다.

《제주의 마을》 최영 장군 귀신 들린 이야기

이는 조선 말기에 추자도에 있었던 이야기로 마을에서 바보라 불리던 사람에게 최영 귀신이 들려서 벌어진 소동이다. 글도 몰랐던 인물의 입에서 "조국도통사 최영대장지신(朝國都統使 崔瑩大將之神)"이라는 말이 등장하니, 마을 사람들이 모두 깜짝 놀랐다는 것이다. 추자도에서 최영이라는 이름이 얼마나 귀하게 모셔졌는지를 보여주는 이야기다.

그렇다면 왜 이곳에서 최영은 이처럼 높은 평가를 받았던 것일까? 지금까지 보았듯 제주도를 방문한 타 지역 사람은 참 많았다. 백제, 신라에서 사신이 방문한 적이 있었고 고려 시대에는 지방관이 직접 파견되었다. 더 나아가 삼별초, 삼별초를 토벌하려는 고려군과 몽골군, 그리고 제주도를 지배하던 원나라 관리 등 최영 이전에도 제주도를 방문한 사람은 무척 많았던 것이다. 이들은 당시 항해 기술의 한계로 육지에서 제주도로 이동하는 동안 기착지로서 대부분 추자도를 활용했다. 이는 곧 추자도에도 제주도만큼 수많은 타 지역 사람들이 방문했다는 의미다.

하지만 최영에게는 다른 사람들과는 분명 다른 무언가가 있었다. 무려 2만 5,000명에 다다르는 고려의 제주도 원정군을 총괄했던 최영. 당시 그는 제주도 목호의 난을 제압하면서 제주도 문화권에 포섭되어 있던 추자도에 이전과 비교할 수 없을 만큼 큰 충격을 주었던 것이 틀림없다. 자세한 내용은 제주도에 가서 더 펼쳐 보이기로 하자.

어쨌든 그 결과, 그동안 추자도의 바다를 지켜주던 신(神)이 어느 순간부터 최영으로 바뀌게 된다. 즉, 육지에서 온 전설 속 누군가로부터 낚시를 하는

추자도 최영 장군 사당. © 책읽는고양이

방법, 농사를 짓는 방법 등을 배웠다 하여 추자도에서 신으로 모시고 있던 오랜 존재가 있었는데, '목호의 난' 이후 그 자리를에 최영이 대신하게 된 것이다. 결국 최영으로부터 낚시 기술을 배웠다는 내용은 사실 과거부터 모셔온 전설 속 선인의 흔적임을 알 수 있다. 이처럼 1374년, 최영의 추자도 방문은 그동안 모시던 신의 존재를 바꿀 정도의 대사건이었다. 당연히 제주도 역사에도 최영은 지금까지 연결되는 엄청난 영향을 남기게 된다.

제주도에 도착

오후 5시 30분, 제주항 여객선 터미널에 도착했다. 도착하고 주변을 살펴보니, 내가 탄 배와 비교도 안 되게 큰 크기의 선박들이 보인다. 역시 바다를 건널 때는 큰 배가 최고인 듯하다. 아무래도 큰 배는 파도에도 흔들림이 덜하니까. 이번 여행에서 크게 고생한 것은 아니나 배 밖 파도를 보며 괜히 긴장감을 지닌 채 3시간 정도 배를 탔더니 몸이 조금 뻐근하다. 그래도 당시 바다를 건너던 최영 군단의 경험을 간접적으로 했으니, 대만족.

다만 아쉬운 점은 1374년, '목호의 난'을 제압하기 위하여 최영과 함께 온 2만 5,000여 명의 병력은 제주항이 아니라 제주시 서쪽에 있는 명월포(明月

浦)에 상륙했다는 점. 1270년 삼별초 군대가 제주도를 공략할 때도 명월포로 왔다. 또한 최영 부대보다 딱 100년 먼저인 1274년, '삼별초의 난'을 제압하기 위하여 고려와 몽골의 연합군 1만 2,000명이 상륙한 곳도 다름 아닌 제주시 서쪽에 있는 명월포였다. 즉 고려 시대만 하더라도 명월포 주변이 제주항보다 더 활용도가 큰 항구였던 모양이다. 반면 조선 시대에는 제주시 동쪽에 위치한 화북포, 조천포가 발달했다. 시대마다 번성한 항구가 달랐음을 알 수 있다. 따라서 제주항에 도착한 현재 나의 모습은 최영 군단의 이동을 정확히 재현하지는 못한 셈이다. 어차피 말을 타고 나주까지 온 다음 나주에서 목선을 타고 제주도까지 갈 수도 없는 노릇이니까.

제주항은 1735년, 제주 목사 김정에 의해 항구 시설이 건설되면서 비로소 규모 있는 항구로서 변화가 시작되었다. 그 전에는 산지천이라는 제주시를 흐르는 하천을 따라 하류에 만들어진 작은 포구에 불과했거든. 특히 제주항은 수심이 얕고 협소하여 이곳에 배를 대려면 큰 배에서 작은 배로 갈아타서 상륙하는 수고로움이 필요했다. 어쨌든 제주 목사 김정이 제주도민을 동원하여 방파제를 조성하면서 그나마 조금 사용하기 편한 장소가 된 제주항은 근대에 들어와서 본격적으로 개발이 된다.

일제강점기 시절, 일본은 제주의 도청과 가까이 있는 제주항을 주목하고 국비와 민간 자본을 투자하여 항만 공사에 돌입했다. 1차 공사는 1926년 12월 16일 착공해 1927년 5월 개항했다. 그 뒤로도 공사는 3단계에 걸쳐 계속 진행됐고, 최종 공사는 1929년 3월 31일 마무리됐다. 당시 최고의 건설 재료로 통하던 콘크리트를 이용해 서방파제 580m, 부두 야적장 361m, 접안 시설 100m가 축조된 것이다. 그리고 이때 항만 공사를 위해 바다를 매립하면서 동원된 골재는 제주읍성을 허물면서 나온 성벽의 돌을 적극 사용하였다. 그렇다. 지금은 사라진 제주읍성의 성벽은 여기 항만의 기반이 되어 바다 아래 있는 것이다.

해방 이후에도 제주항은 제주를 대표하는 항구로서 꾸준히 정비 사업이 이루어졌으며, 지금은 제주항 연안여객터미널과 제주항국제여객터미널로 나뉘어 운영 중이다. 제주 화물의 70% 가까이를 이곳에서 담당할 정도로 그 위상이 남다르다고 하겠다. 남해안의 여러 항구에서 출발하는 카페리가 화물과 여객을 동시에 이동시킬 때 도착하는 항구 역시 제주항.

자, 이렇게 제주항에 대한 정보를 정리했으니 밖으로 나가볼까? 이미 배에서 내린 사람들은 줄을 지어 길을 찾아 걸어가고 있으니 뒤를 조용히 따라가면 될 듯하다. 이번 여행을 포함해 제주항에 세 번 배를 타고 온 경험이 있지만, 그리 자주 온 것은 아니라서 매번 상세한 구조는 잊어버려서 말이지. 이렇게 항구 밖으로 금방 걸어 나오니, 길가에 버스 터미널이 있고 그 뒤로는 택시 정류소가 있다. 배를 타서 피곤하니, 택시를 타자.

"저, 제주목 관아요."

"아. 관광 오셨어요? 제주목 관아는 오후 6시 문을 닫습니다."

시간을 확인하니, 5시 50분이다. 택시로 달려가도 이미 문은 닫혔겠군.

"그럼, 제주읍성 성터 쪽으로 가겠습니다."

"제주성지 말씀이죠? 알겠습니다."

택시는 시원하게 제주도 도로를 달렸다.

5
제주도에서 하루 숙박

제주읍성

　제주읍성에 도착했다. 과거에는 제주시에 타원형 형태로 둘레 2.28㎞ 규모의 성이 있었으나, 지금은 이곳 '제주성지'라 불리는 성터를 포함하여 7군데 잔존 구간이 듬성듬성 남아 있다. 그나마 이곳이 150m 정도 길이로 꽤 길게 성 형태가 복원, 보전되어 있어 과거의 당당했던 읍성의 모습을 확인할 수 있다. 당연히 과거 읍성 내부에는 관아를 포함한 제주의 주요 시설물이 위치하고 있었다.

　역시나 치밀하게 쌓은 돌로 성벽을 구성하고 있는데, 멀리서 보면 육지에도 남아 있는 읍성 형태이나 가까이서 보면 확실히 제주 특유의 현무암임을 알 수 있다. 검고 구멍이 송송 뚫린 제주를 대표하는 돌. 참 매력적이네. 지금은 잘려진 부분을 통해 성벽의 단면을 볼 수 있는데, 그 두께가 상당하다.

한때 당당히 서 있던 제주읍성은 1910년에 내려진 읍성철거령으로 차례차례 헐리게 된다. 우선 1913년부터 1918년 사이에 제주읍성의 성문 및 문루가 차례로 철거되었다. 그리고 최종적으로 제주항만을 건설할 때 매립되는 골재로 성벽의 돌이 사용됨으로써 1920년대 들어오면 나머지 성벽도 거의 다 사라진다. 당시 내려진 읍성철거령은 당연히 조선 정부가 내린 명령이 아니고, 1910년, 국권 강탈과 함께 일제에 의해 내려진 명령이었다. 사실 이 시기가 되면 대포의 엄청난 발전으로 근대적 병력 앞에서 조선의 성곽은 방어용으로는 거의 의미가 없어진 상황이기는 했다. 다만 일제의 읍성철거령으로 수많은 조선의 성이 사라지면서 읍성 안에 위치한 관아는 일본의 행정기관으로, 그 주변 지역민이 살던 삶의 터전에는 일본인 주택이 빠르게 들어서게 된다. 사실상 읍성의 파괴와 함께 지역 최고 번성 지역에 일본인이 쉽고 자유롭게 들어갈 수 있는 기회가 만들어졌으니, 일본은 이 부분을 노리고 읍성을 철거하도록 했던 것이다.

그런데 제주도는 비교적 가까운 시절인 근대뿐만 아니라 그 이전에도 이와 비슷한 경험을 한 적이

제주읍성과 제이각. ⓒ제이슨 그랙시

있었다. 몽골의 제주도 지배 시절이 그것으로 이때 몽골은 탐라총관부(耽羅摠管府)를 위한 관청을 제주도에 설치했으니, 그 위치가 현재 제주목 관아 근처였다. 조선 시대 지리서인《신증동국여지승람(新增東國興地勝覽)》의 "제주목, 고적조"에 제주성 북쪽 해안에 옛 관부의 흔적이 남아 있는 터가 있는데, 원이 제주도에 설치했던 달로화적부(達魯花赤府)·군민안무사부(軍民按撫使府)로 추정된다고 기록되어 있기 때문. 더 정확히는 제주시 북초등학교 후문 우체국 물류센터가 바로 그 추정지이다. 덕분에 지금도 우체국 물류센터로 가면 '원제국의 총관부 터'라고 표지석이 세워져 있다. 약 750년 전에 원나라의 다루가치가 제주도 관리를 위해 파견된 장소라 하겠다.

좁은 계단을 따라 이른바 '뷰가 좋다'는 제주읍성의 제이각(制夷閣)에 올라가 주변을 살펴보다가 갑자기 배가 고파짐을 느꼈다. 금강산도 식후경이라 했는데, 오늘 이른 점심을 먹은 후 아무것도 안 먹은 지 오래다보니, 제이각에서 보이는 아름다운 제주 풍경도 다가오지 않는다. 그럼 근처 동문재래시장으로 가서 저녁을 먹은 뒤 예약한 게스트하우스로 자러 가야겠다.

동문재래시장

　동문재래시장은 오래된 제주의 재래시장인데, 지금은 낮밤 할 것 없이 관광객으로 미어터지는 1급 관광지가 되었다. 마침 저녁 시간이라 그런지 오후 6시 40분이 된 지금이 가장 장사가 잘 될 때인 모양이다. 우와. 진짜 사람 많다. 오래전부터 이곳에서 장사를 계속하시던 분들은 대성공의 시대를 맞이하는구나.

　그런데 동문재래시장이라는 이름에 '동문'이 붙여진 이유는 무엇일까? 맞다. 눈치 빠르면 금방 알 수 있는 일인데, 제주읍성의 동성문 자리에 있어서 붙여진 이름이다. 과거에는 이 근처에 동성문이 있었던 것이다. 지금은 사라졌지만.

한치물회. ⓒ책읽는고양이

　그럼 뭘 먹지? 워낙 많은 음식점이 있어서 재래시
장의 길을 따라 쭉 걸어본다. 그래. 해산물을 먹자.
식당 중 한치물회가 눈에 띈다. 제주도에서 잡힌다
는 오징어 일종인 한치는 나름 별미로 통하니까.
　"여기 한치물회 하나요."
　"네, 알겠습니다."
　잠시 기다리니 한치물회가 식탁에 올려졌다. 채
소와 붉은 육수가 아래에 있고 가장 위에는 하얀색
의 한치 회가 곱게 장식되어 나온다. 쓱쓱 비벼서 입
에 넣으니 오돌오돌한 식감이 참으로 시원하네. 그
렇다. 맛이 시원하다. 이 맛을 느끼러 제주도에 온
것이지.
　싹싹 야채와 함께 비벼 먹고 나서 가게 밖으로 나
와 걸으니, 이번에는 호떡 가게가 눈에 보인다. 그

래, 호떡도 하나 사자. 종이컵을 가위로 잘라서 호떡을 넣어 주는데, 당연히 종이컵 부분을 잡고 먹으면 된다. 재래시장 어디서나 만날 수 있는, 특별한 호떡 맛은 아니다. 그럼에도 밥을 먹고나서 마무리로 입에 넣기 좋다.

배가 불렀으니, 다시 에너지가 충전되어 조금만 더 구경하고 게스트하우스를 가기로 결정했다. 다음 코스는 제주목 관아다. 관아의 문은 닫혔지만 그럼에도 만날 수 있는 건물이 있으니까.

제주목 관아 관덕정

한 10분 정도 걸어서 관덕정에 도착했네. 제주목
관아는 문이 굳게 닫혀 있으나 관덕정만 보아도 충분
히 만족한다. 관덕정(觀德亭)은 현재까지 제주도에
남아 있는 건물 중 가장 오래된 것으로, 세종 30년인
1448년에 제주 목사 신숙청(辛淑晴)이 병사들을 훈
련시키기 위해 지었다. 물론 그 뒤로 여러 번 중수가
있었다고 하는군. 한편 신숙청은 동시대에 활동했던
유명인 신숙주(申叔舟)와 이름이 비슷하지만 성의
한자부터 다르니 가족이나 형제는 당연히 아니다.

여하튼 신숙청이 제주의 병사들을 훈련시키기
위해 지은 곳인지라, 관덕(觀德)이라는 이름부터 유
교 경전《예기(禮記)》사의(射義)편에 나오는 "활을

쏘는 것은 높고 훌륭한 덕을 쌓는 것이다(射者所以觀盛德也)”라는 글에서 유래하였다. 관덕정은 비단 제주뿐만 아니라 조선 시대 전국의 여러 지방관청에 있던 건물의 이름이기도 했으니, 다들 그 이름답게 해당 지역에서 관(官) 주도로 활을 쏘는 공간으로 활용했었다. 서울 창경궁에도 관덕정이 있어 왕이 정자에서 활을 쏘았고 정자 앞 넓은 빈터는 무과시험장으로 쓰였다고 한다.

관덕정을 제외한 제주목 관아 건물들은 안타깝게도 2002년 12월에 복원된 것이다. 일제강점기에 집중적으로 파괴되어 흔적도 찾아볼 수 없었는데, 근래 발굴 조사를 통해 동헌, 내아 건물 터 등의 위치와 규모를 확인하였다. 그 후 발굴 과정에서 확인된 초석·기단석 등을 토대로 하고, 1702년에 제작된 《탐라순력도(耽羅巡歷圖)》에 그려진 제주목 관아 건물 형식으로 구성하여 완성했다. 그나마 기록문화 안에 건물 형식이 남아 있어 다행이었다.

그런데 이곳 제주목 관아를 발굴, 조사하는 과정에서 600~900년 전후, 즉 통일신라 시대에 사용되었던 토기와 집터부터 고려 시대의 도자기 및 집터 등이 확인되었기에, 조선 시대 관아가 들어서기 전인 7~13세기부터 이미 상당한 규모의 마을이 구성되어 있었음을 알 수 있었다. 즉, 탐라국 때부터 이 주변

관덕정, 현재까지 제주도에 남아 있는 건물 중 가장 오래된 것이다. ⓒ책 읽는고양이

제주목 관아 터 발굴. 통일신라 시대에 사용되었던 토기와 집터부터 고려 시대의 도자기 및 집터 등이 확인되었다. 국립제주박물관. ⓒ 책읽는 고양이

은 이미 문화적 · 행정적으로 매우 중요한 장소였던 것이다. 특히 1998년 제주시와 제주박물관이 함께 펴낸 《제주시문화유적분포지도해설집》에 따르면 관덕정의 동쪽 제주우체국 자리에 성주청(星主廳)이 있었다고 추정하더군.

성주청? 그렇다. 이는 곧 탐라국의 지배자였던 성주가 집무를 보던 관청을 의미한다. 그럼 이를 확인하러 가볼까? 조금만 걸어가면 등장하는 3층짜리 제주

우체국 건물. 한국 도시의 어디서나 쉽게 볼 수 있는 사각 디자인의 건물인데, 쭉 걸어가다 보면 건물 거의 끝 길가에 성주청 터 표지석이 나온다. 읽어볼까?

탐라국의 전통을 이어온 성주청(星主廳) 터. 제주도는 삼국 시대에 탐라(耽羅)라는 고대 국가를 형성하고 있었으나 통일 신라 때부터 간섭을 받으면서 탐라의 왕후에게 성주(星主) 왕자(王子)의 봉작이 세습되어 고려 시대까지 이어졌다. 1403년(태종 3) 성주 제도가 폐지되어 조선 시대에는 진무청으로 존속했다. 1910년 이곳에 제주우편수급소가 생기고 1927년 제주우편국 청사가 들어섰다.

성주청지(星主廳址) 표지석

표지석에 나오는 진무청(鎭撫廳)은 조선 시대 제주목 관아 중 군사적 임무를 맡아보는 서리들의 집무실이자 군관청이다.《탐라순력도(耽羅巡歷圖)》에 그려진 제주목 관아 건물 중에도 진무청이 등장한다.《조선왕조실록》에 따르면 조선 태종 때 마지막 성주 고봉례가 제주에서 이어오던 세습 작위인 성주와 왕자라는 명칭이 분수에 맞지 않다 하기에 성주청 터 표지석과 달리 1404년 성주는 좌도지관(左都知管), 왕자는 우도지관(右都知管)으로 바꾸도록

성주청이 있었던 자리로 추정하는 제주우체국. ©책읽는고양이

했다. 그리고 더 시간이 지나 1445년이 되자 세종은
그나마 세습 형식이었던 좌우 도지관마저 폐지하고
준수한 이를 뽑아 각각 상진무(上鎭撫)와 부진무(副
鎭撫)로 삼도록 하였다. 이들 상진무, 부진무가 일하
는 곳이 진무청이니, 이에 '진무청 건물 = 과거 성주
청'으로 파악한 것이다. 이처럼 현재 학자들은 과거
성주청이 제주목 관아의 군관청 쪽에 위치한 것으
로 추정하는 중이다. 물론 지금은 제주우체국이 세
워져 있다.

그렇다면 현재의 제주목 관아를 중심으로 하여

성주청 터 표지석. ©책읽는고양이

동쪽에 있는 제주우체국에는 성주의 집무실이, 제주
목 관아의 북쪽에 있는 제주 우체국물류센터에는
원나라의 탐라총관부(耽羅摠管府)가 자리 잡고 있
었다. 또한 조선의 관아는 고려 시대 관아를 기반으
로 하였기에 고려 후기에는 이곳에 고려 관청, 원나
라 관청, 성주 관청 등이 모여 있었음을 알 수 있다.
이렇게 제주도에 깃발을 꽂은 주인이 무려 셋이나
되던 시기는 도대체 어떤 모습이었을까? 또 어떻게
하다가 이렇게 복잡한 시대를 맞이했던 것일까?

　이 부분까지 오늘 다 가기에는 너무 시간이 흐른
듯하다. 어느덧 오후 8시가 넘어서 꽤 어두워졌다.
이제 예약한 근처 게스트하우스로 걸어가서 자야겠
다. 은근 오늘 여행 코스가 좀 많아서 피곤하네.

6
국립제주박물관

아침을 먹고

여행을 가면 따뜻한 물에서 몸을 좀 녹여야 피로가 풀린다. 워낙 열심히 걷고 구경하다보니, 저녁이 되면 다리가 아파서 어쩔 수 없다. 그래서 따뜻한 물이 항시 대기 중인 24시간 찜질방에서 주로 자는 일이 많았는데, 이번 여행에서는 조금 다르게 게스트하우스를 이용해보기로 했다. 묘하게 나는 제주도 하면 한라산보다 게스트하우스가 가장 먼저 떠오르더라. 특히 인터넷으로 살펴보니, 주택을 개조한 게스트하우스 안에 1인실 방도 있는데, 가격도 저렴하고 깔끔해 보였거든.

게스트하우스의 장점은 음… 모든 게스트하우스가 그런 것은 아니겠으나, 서비스로 아침을 주는 곳이 많다는 점이다. 물론 대단한 정찬을 즐길 수 있는 것은 아니고 대부분 빵과 잼 그리고 우유 등이지만, 이 또한 내가 가장 좋아하는 아침 메뉴이기도 하다. 빵에다 잼을 바른 뒤 버터까지 덧바르면 정말 맛있으니까. 그런데 놀랍게도 이번에 예약한 게스트하우스에서는 미역국에다 밥까지 아침으로 준비되어 있었다. 그래, 아주 좋은 기회이니 밥도 먹고 빵도 먹자. 아침을 배불리 먹고 움직이는 것이 확실히 여행할 때 도움이 될 테니. 오! 먹어보니, 미역국이 생각보다 훨씬 맛있군.

그럼 오늘 계획은 무엇일까? 밥을 먹으며 계획을 정리해보자면. 어쨌든 최영의 부대를 따라 제주도까지 왔으니, 우선 제주도가 어떤 곳인지 살펴보기 위해 국립제주박물관에 들르도록 하자. 실제 나는 여행을 가면 해당 도시의 박물관에 반드시 들른다. 이는 지역의 역사, 문화, 더 나아가 관람을 위한 지도 역할을 박물관에서 충실히 해주기 때문이다. 지도? 그렇다. 박물관에서는 해당 지역의 주요 유물을 소개하면서 유물이 출토된 곳과 그곳이 어디에 위치해 있는지 등을 상세히 알려주고 있다. 이것만 잘 파악해도 역사 여행 코스를 짤 때 매우 큰 도움이 된다. 그러므로 국립제주박물관에 가서 오늘 파악해야 할 유적지를 쭉 정리하기로 하겠다.

다음으로는 음… 결국 최영의 부대가 상륙한 곳과 함께 동시대 제주도를 이해할 수 있는 여러 지역을 찾아 이동해야겠지. 자, 그럼 아침도 다 먹었고 준비가 끝나는 대로 밖으로 나가야겠다.

오전 9시 35분이 되어 게스트하우스 밖으로 나오니, 택시 한 대가 기다리고 있다. 제주도 오기 전에 미리 예약을 해둔 택시다. 오늘 여행은 '제주도 택시 투어'로 내가 원하는 장소와 시간에 맞추어 하루 동안 택시를 빌려 타고 자유롭게 여행을 할 수 있는 방법이다. 가격도 생각보다 저렴하고 무엇보다 교통과 운전 스트레스에서 해방될 수 있으니 강력 추천. 여행 와서 몸 편하게 보고 즐기는 것만 할 수 있다면 얼마나 행복한가. 바로 그것을 제주도 택시 투어가 해줄 수 있다. 또한 중간중간 제주도의 진짜 중요한 정보도 제주도에 거주하는 기사를 통해 생생하게 얻을 수 있다.

"안녕하세요."

"네, 안녕하세요."

명함을 주며 반갑게 인사하는 기사님.

"혼자 여행하시는 건가요?"

"네, 이런 경우는 흔치 않나 보군요."

"혼자 택시 투어 하는 분은 솔직히 자주 없죠. 하하."

인사는 이 정도로 마치고 택시를 탔다.

"국립제주박물관, 부탁합니다."

택시는 신나게 국립제주박물관이 있는 동쪽으로
달려갔다.

박물관 소개

2001년에 개관한 국립제주박물관은 제주의 초가 지붕을 형상화한 둥근 지붕을 이고 있는데, 한라산이나 돌하르방 모자를 상징하는 것처럼 보이기도 한다. 흥미로운 건축 디자인이다. 그 외 건물 외관이 딱 눈에 띄는 매력을 지닌 것은 아니나, 제주 화산석으로 마감한 건물 겉면의 검은색과 질감이 제주만의 개성을 드러낸다.

오전 10시 오픈에 맞추어 박물관 안으로 들어갔더니 국립제주박물관의 진짜 아름다운 공간이 등장한다. 중앙홀에 들어와 천장을 올려다보면 탐라국의 개국 신화와 한라산, 삼다도(돌·바람·여자)를 형상화한 돔형 스테인드글라스가 있다. 푸른 바다를

국립제주박물관. 둥근 지붕 모양이 특징이다. ©책읽는고양이

배경으로 가운데 한라산과 함께 있는 전설 속 제주
도. 그 표현이 거의 예술 작품 수준이다. 박물관 천
장만 보고 있어도 마음이 절로 시원해지는 느낌이
다.

　그동안 국립제주박물관에 와서 가장 만족했던 전
시는 "조선 선비 최부, 뜻밖의 중국 견문"으로 2015
년 개최한 특별전이었다. 15세기 최부라는 관료가
제주도에서 나주로 배를 타고 가다가 풍랑을 만나
명나라에 도착하여 중국을 견문한 뒤 조선으로 돌아
온 이야기다. 전시 완성도가 워낙 높다는 소문을 들

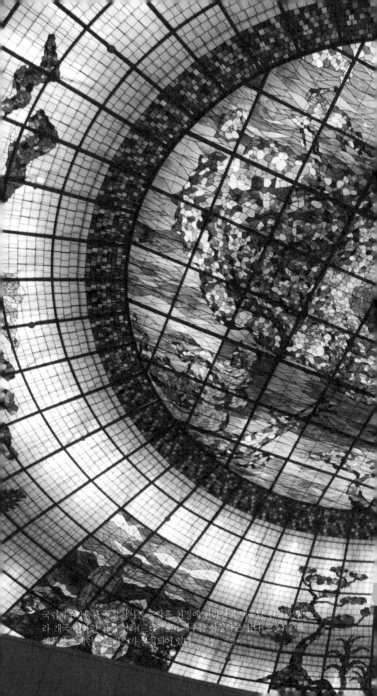

국립제○○박물관 △실 전시실 중앙홀 천장에 한라산의 백록담 그림과 달
라 개국 신화의 ○○ 설화(□□□□) 개주를 상징하는 ○○가 (□○를 제
해진한 ○레인 글라스가 설치되어 있다. ○○○○○○이

고, 김포에서 아침 비행기로 제주도에 와서 전시를
본 뒤 저녁 비행기로 돌아간 적이 있다. 제주 공항 옆
제주시 용담동 마을 유적을 바탕으로 개최했던 "탐
라"라는 제목의 2018년 전시도 기억난다. 이 역시 고
대 제주도 왕국이었던 탐라를 살펴보는 내용이었다.
이때는 배를 타고 온 김에 구경했었다.

이번 여행 주제와 어울리는 내용은 2017년 개최
했던 '삼별초'로, 삼별초가 강화도→진도→제주도
로 이동한 과정과 함께 삼별초가 사라진 후 몽골이
제주도를 통치하던 시대까지 읽어보는 특별전이었
다. 이 역시 아주 훌륭했던 전시. 무엇보다 국내 유
물뿐만 아니라 일본에서도 관련 유물을 빌려와 전시
하는 노력을 보였다. 덕분에 삼별초가 사라진 후 고
려와 원나라 연합군이 제주도 남해안 등에서 배 900
척을 만들어 일본을 공격하다 실패한 내용까지 전시
로 잘 갖추고 있었다. 이때는 내가 뭘 타고 제주까지
왔는지 기억이 안 나네. 아무래도 비행기일 확률이
85%인 거 같다.

이처럼 국립제주박물관은 제주에 맞는 내용을 주
로 특별전으로 꾸며 전시하고 있다. 다른 지역 국립
박물관으로 그대로 옮겨와 선보여도 좋겠다고 생각
될 만큼 수준 높은 전시다. 그럼 오늘은 이번 여행 콘
셉트에 맞게 "삼별초 특별전" 당시 전시된 유물을

다시금 기억할 수 있는 공간으로 움직이기로 하자.
국립제주박물관 상설전시 중 고려 전시실이 바로 그
곳이다.

쿠빌라이를 만난 성주 양호

참, 어제 배를 타고 오면서 삼별초가 진도에서 제주도로 이동한 내용까지는 정리를 했다. 그렇다면 이곳 국립제주박물관 상설관에서 고려 전시실에 들어서기 전에 원 황제 쿠빌라이를 만난 제주 성주 이야기를 잠시 정리해보아야겠다.

몽골에 정언(正言) 현석(玄錫)을 파견하였는데, 제주 성주(星主)와 동행하기 때문이다.

《고려사》 고려 원종 7년(1266) 12월 6일

이 당시 고려 정부는 왕실 주도로 몽골과 평화 협상을 진행 중이었다. 그 과정에서 몽골에 사신을 파견했는데, 이때 제주 성주와 동행하게 된다. 여기서 중요한 점은 고려 공식 기록에는 위와 같이 탐라가 아니라 제주라 표기되어 있었다는 점. 이는 고려 고종 때인 1214년부터 공식적으로 제주라는 이름을 사용했기 때문이다. 제주(濟州)라는 한자에서 제(濟)는 건너다의 뜻이니, 이는 곧 '바다 건너(濟) 있는 고을(州)' 이라는 의미를 지니고 있었다. 탐라국이 고려와 합쳐졌으므로, 육지의 관점에 따라 지역명을 새롭게 정했던 것이다.

> 백제가 그 나라 신하 양호(梁浩)를 보내 알현하자 비단을 차등 있게 주었다.
>
> 《원사》 지원 4년(1267) 정월

반면 원나라에서는 동 시점에 성주 양호가 황제 쿠빌라이를 만난 것으로 되어 있다. 이 시기에는 성주를 이어가던 고씨 세력을 대신하여 왕자 세력이었던 양씨가 성주가 되었던 모양이다. 또한 성주 양호에 대해 백제의 신하라 표기하여 현재의 고려와 구별되는 국가처럼 기록했다. 이는 당시 원나라가 제주도에 큰 관심을 가지면서 일부러 백제를 부각시켜 본래부터 제주도가 고려와 구별되는 독자적 국가였음을 강조했던 것이다. 그래야 소속감을 약하게 만들어 제주도를 고려에서 떼어내 원나라로 편입시키기 쉬울 테니까.

성주 양호와 쿠빌라이의 만남이 있은 직후, 원나라는 1268년과 1269년에 각각 한 차례씩 제주에 사람을 파견하였다. 파견의 궁극적인 목적은 첫째, 일본과 남송 정벌에 필요한 선박의 일부를 제주에서 직접 건조하도록 요청하기 위한 것이었고, 둘째는 제주도 주변의 해로를 탐사하기 위한 것이었다. 한편 원나라에서 돌아온 성주 양호는 1267년 제주도 동쪽의 함덕포 근처에서 문행노(文幸奴)가 난을 일으키자 고려의 제주 지방관인 최탁(崔托)과 함께 이를 토벌하였다. 아무래도 성주 양호가 원나라에 복종하며 제주도에서 몽골의 해외 공격을 위한 배를 건조할 분위기가 이어지자, 그에 반발하는 분위기가 만들어졌던 것이다.

그러다 1270년 11월 3일, 제주도를 함락한 삼별초가 원나라를 방문했던 성주 양호를 쫓아내고 제주도를 장악했다. 이때 제주 사람들은 오히려 삼별초를 지원하며 반겼으니, 이 김에 원나라와 고려의 억압에서 탈출할 수 있는 좋은 기회로 여겼던 모양이다.

"일본과 먼저 전쟁을 벌이면 성패의 정황을 예측하기 어려운 데다 뒤에 문젯거리가 있을까 걱정되니, 먼저 탐라를 평정함이 좋을 듯합니다. 그런 뒤에 일본의 종속 여부를 살피면서 서서히 그 일을 의논해야 할 것입니다. 또 탐라국 왕이 일찍부터 알현하러 왔었으나, 이제 반란을 일으킨 역적들이 그 군주를 축출하고서 그 성을 차지하여 어지럽게 하니 군사를 일으켜 그들을 토벌함이 의리상 앞서 할 일입니다." 하였다.

《원사》 지원 9년(1272) 11월 15일

이에 원나라에서는 일본을 정벌하기 전 삼별초부터 무너뜨리기로 한다. 이 당시 몽골의 원나라는 중국 남부 지역에서는 남송이, 동쪽으로는 일본이 여전히 자신들의 천하에 종속되지 않았기에, 이들 두 나라 중간에 위치한 제주도를 주목하고 있었다. 지도를 펴놓고 큰 그림을 그려보니, 바다를 이용할 때 제주도가 매우 좋은 병참기지가 될 수 있었으니까. 이를 위해 쿠빌라이 황제를 만나러 왔었던 성주 양호와의 의리를 이야기하며 삼별초 토벌에 나선 것이다. 이에 따라 고려 정부 역시 몽골의 원나라와 함께 삼별초 토벌에 나서게 된다.

칙서를 내려 둔전군 2,000명과 한군(漢軍) 2,000명, 고려군(高麗軍) 6,000명을 징발하고, 이에 무위군(武衛軍) 2,000명을 더하여 탐라(耽羅)를 정벌하게 하였다.

《원사》 지원 9년(1272) 11월 15일

이윽고 쿠빌라이 황제의 명에 따라 총 1만 2,000명의 삼별초 토벌대가 구성되었고, 이 중 6,000명은 고려의 군사였다. 그리고 병사를 태운 선박은 총 160척이었으며, 이들은 총 3개 부대로 나뉘어 좌군은 명월포로, 우군은 군항포로, 중군은 함덕포로 향했다. 제주시에서 서쪽으로는 명월포와 군항포가 있었고, 동쪽으로는 함덕포가 있었다. 이처럼 3부대로 나누어 삼별초가 대응하기 힘들도록 섬 좌우로 함께 공격해 들어갔다.

삼별초 역시 가만있지 않고 그동안 제주 사람들을 동원하여 해안가에는 환해장성을 더 높고 더 길게 쌓고, 해안가에서 떨어진 140~200m 높이의 구릉에는 항파두리성을 구축하였다. 특히 항파두리성은 제법 높은 지대에 위치하였기에, 북쪽 방향으로 제주 앞바다와 추자도 근해까지 오가는 선박을 확인할 수 있었다. 하지만 이 과정에서 제주 사람들을 대거 동원하여 고달픈 토목 공사를 계속 이어갔기에, 제주에서는 삼별초에 대해서도 큰 불만이 갈수록 쌓여갔다. 삼별초가 해방군인 줄 알았는데, 그것이 아니

제주도 북쪽 해안가에 남아 있는 환해장성의 잔해. ⓒ 책읽는고양이

었으니까.

결국 삼별초나 원나라나 고려 정부나 누구라 할 것 없이 제주도를 자신의 뜻에 맞게 이용하기에만 바빴던 것이다. 그뿐만 아니라 제주도 내 성주, 왕자 등 권력자들 역시 외부 세력과 결탁하여 변화의 시대에 어떻게든 자신들의 힘을 유지하는 것에만 집중하고 있었다. 그 결과 제주도에 사는 일반 백성들은 어디로도 피할 수 없는 큰 고통에 끊임없이 시달렸다.

고려 전시실

　고려 전시실에 들어왔다. 여기서 가장 먼저 눈에 띄는 유물은 역시나 고려청자들이다. 고려 시대를 상징하는 고려청자는 세계에서 중국 다음으로 오래된 자기(瓷器)로서 그 의미가 각별하다고 하겠다. 덕분에 한반도에서는 자국이 만든 자기를 세계 어떤 지역보다 빠른 시점부터 사용할 수 있었다. 학교를 다닐 때 국사 교과서에서 고려청자를 강조하는 이유도 바로 이 때문. 문화·생활사 부분에 자부심을 가질 만한 역사이니까.

　그런데 국립제주박물관이 소장하고 있는 고려청자는 고려의 중심지인 개성이나 강화도에서 발견된 것을 옮겨와 전시하는 것이 아니라 이곳 제주도에서

항파두리성에서 출토된 기와. ⓒ책읽는고양이

출토된 것이다. 당시 고려청자는 매우 귀한 물건인
지라 누구나 쉽게 사용할 수 있는 흔한 물건이 아니
었다. 이는 곧 고려 시대 제주도에 고려청자를 사용
할 만큼 상당히 높은 계급의 사람이 존재했음을 의
미한다.

　하나씩 살펴보자면, 우선 삼별초가 저항을 했던
주요 장소인 항파두리성에서 고려청자를 비롯하여
기와, 그리고 고려 갑옷 및 몽골병(蒙古甁) 등이 출
토되었다. 항파두리성에서 출토된 고려청자는 일상
용으로 사용하던 그릇이 많이 보이고, 기와도 그 흔

항파두리성에서 출토된 고려 갑옷. ©책읽는고양이

적이 잘 남아 있다. 이 중 시기를 알려주는 기와가 운 좋게 발견되었으니, "고내촌(高內村)…신축이월(辛丑二月)…"이라는 명문(銘文)이 새겨진 기와 조각이 그것이다. '신축년'은 가장 가까운 연대를 취하면, 고려 고종 28년(1241)에 해당한다. 그렇다면 삼별초가 제주도로 오기 30여 년 전부터 이미 기와를 올린 건물이 항파두리성 안에 있었다는 의미다. 한편 고려 갑옷은 조각조각 분해된 출토 시 형태 그대로 전시 중이다. 혹시 몽골과 고려 연합군에게 무너지던 삼별초가 입었던 갑옷이 아닐까?

항파두리성에서 출토된 몽골병. ©책읽는고양이

　　항파두리성에서 출토된 몽골병은 주로 몽골 병사
들이 사용하던 항아리로, 입구 주변에 두 개 또는 네
개의 귀가 달려 있어 여기다 끈을 꿰어 음식을 저장
하거나 운반할 때 사용했다. 주로 음료수를 담았던
것으로 보이는데, 물이나 술뿐만 아니라 유목민들이
특히 좋아하던 우유도 담지 않았을까? 당시 우유는
당장 마실 것을 제외하면 가루로 만들어두었다가 마
실 때 뜨거운 물에 녹여 사용하곤 했으니까, 이를 위
해 미리 짜 모은 소나 말의 젖을 항아리에 잠시 보관
했겠지. 여하튼 몽골병이 항파두리성에서 출토되었

다는 것은 삼별초가 무너진 이후 몽골인이 그 성을 사용했음을 의미한다.

즉, 제주 삼별초의 항전으로 유명한 항파두리성에는 삼별초가 제주도로 오기 30년 전부터 기와 건물이 있었고, 삼별초가 사라진 뒤에는 몽골의 군대가 주둔하였다. 이처럼 출토 유물은 기록에는 사라졌거나 또는 남아 있지도 않은 부분까지 풍부하게 이야기를 채워주는 역할을 한다. 이번 여행에서 매우 중요한 장소이니, 항파두리성은 조금 이따 방문할 예정.

다음으로 박물관 전시에 따르면, 제주도에는 법화사(法華寺), 수정사(水精寺), 원당사(元堂寺) 등 큰 규모의 사찰이 있었고 주로 이들 사찰에서 고려청자를 비롯한 중국 도자기, 기와 등이 발견되었다. 당연히 출토된 고려청자는 이들 사찰이 고려 시대에 활발하게 운영되고 있었음을 알려주는 중요한 증거가 된다. 그뿐만 아니라 고려청자가 출토된 만큼 제주도를 넘어 육지에서도 충분히 인정받는 사찰이었을 것이다.

이 중 법화사에서는 '지원육년기사시중창십육년기묘필(至元六年己巳始重刱十六年己卯畢)'이라는 명문이 새겨진 기와가 출토되어 큰 주목을 받았다. 지원 6년은 1269년이고, 지원 16년은 1279년이다. 한

至元六年己巳 始重刱 十六年己卯畢

'지원 6년(1269)에 중창을 시작하여
지원 16년(1279)에 중창을 마쳤다.'

법화사에서 출토된 기와. © 책읽는고양이

마디로 1269년 중창을 시작하여 1279년 완공되었음을 알려주는 기와라 하겠다. 또한 중창이라는 의미를 볼 때 본래 사찰이 창건되어 있었으나 어떤 이유로 크게 확장했음을 알 수 있다. 그런데 법화사가 중창되던 시기와 삼별초가 제주에서 몽골과 고려 연합군에 항전하던 시기가 마침 겹친다는 사실. 삼별초의 항전이 1270년부터 1273년 사이 일어났기 때문이다. 오늘 오후 늦게 법화사에 가볼 예정이니, 더 자세한 부분은 그곳에 가서 살펴보기로 하자.

자, 그럼 고려 시대의 제주도, 그리고 몽골이 제주도에 남긴 유물까지 쭉 확인했으니, 이제 여기서 본 내용과 장소를 바탕으로 제주도 곳곳을 다녀보기로 하자. 그 과정에 최영의 부대가 이동한 장소도 함께 확인해볼 시간이다.

불탑사로 가는 길

국립제주박물관에서 오늘 방문해야 할 유적지를
쭉 확인한 후 밖으로 나와서 택시를 다시 탔다. 원하
는 여행 장소에 도착하면 기사님은 휴식을 취하면서
이처럼 주차장에서 기다려주니, 관광객의 경우 너무
나 편한 이동이 가능하다. '제주도 택시 투어' 꼭 기
억해야지. 다음에도 이용하게.

"불탑사로 가겠습니다."

불탑사는 국립제주박물관에서 동쪽으로 차로 10
분 정도 거리에 있다. 시계를 보니, 오전 11시 13분이
군. 오늘 안에 계획된 장소를 다 확인할 수 있을지 약
간 걱정이 드네. 그래도 가는 동안 제주 역사 이야기
를 더 이어가자면.

몽골과 고려 연합군의 1만 2,000명 군사는 1273년 4월, 드디어 배를 타고 추자도를 거쳐 제주도에 도착하였고 삼별초와 대대적인 전투를 벌였다. 제주도에서 삼별초를 이끌던 김통정은 패색이 짙어지자 70여 명의 휘하 부장과 함께 산속으로 피신했지만 더 이상의 저항은 쉽지 않았다. 어차피 잡히면 죽음이 당연했던 김통정은 치욕을 당하기 전에 자살을 택했으며 1,300명은 포로로 잡혔다. 몽골과 고려 연합군은 포로 중 우두머리 6명만 사람이 다니는 길에서 본보기로 바로 참수했다. 남은 포로들은 배에 태워 육지로 옮겼으며, 그중 본래 제주에 살던 사람들은 예전처럼 살도록 했다. 하지만 이때 몽골인들이 죄 없는 제주도 사람까지 포로로 대거 잡아 가는 등 피해가 이어졌다.

다음으로 삼별초를 대신하여 몽골 병사 500명, 고려 병사 1,000명이 제주도에 주둔하였으며, 이들은 이후 일본 원정을 위하여 제주도를 관리하게 된다. 삼별초가 항전을 위해 크게 구축한 항파두리성에는 이때부터 몽골과 고려 군대가 주둔했던 것으로 보인다. 그와 동시에 제주도는 빠른 속도로 원나라 황제 쿠빌라이의 목표였던 일본 공략을 위한 중요 병참기지로 탈바꿈하였다. 1273년 6월, 원나라는 탐라 다루가치를 제주도에 설치한다. 다루가치(達魯花赤)는 원나라 정부가 파견한 지방관으로서, 이는 곧 제주도를 원나라가 직접 관리하겠다는 의지의 표현이었다.

삼별초 난이 제압된 지 1년이 채 안 되어 수많은 배가 전라도 남해안과 제주도 등에서 건조되기 시작하였다. 1274년 10월, 고려가 제작한 900척의 배에 몽골군과 한인군 2만 5,000명, 고려군 8,000명, 사공 6,700명 등 도합 3만 9,700명이 승선하여 일본을 공격한다. 가볍게 대마도를 제압한 연합군은 이후 규슈에 상륙하여 승리를 이어가나, 배로 돌아가 있던 밤중에 폭풍우가 불면서 많은 배가 파손되거나 침몰되었기에 11월 27일 귀국을 결정하였다. 자연재해로 무려 1만 3,500명이 고국으로 돌아오지 못한 충격적인 패배였다.

하지만 쿠빌라이는 여전히 일본을 공략하는 꿈을 포기하지 않았다. 이에 제주도에는 1276년부터 몽골의 말 기르는 전문가가 파견되어 말 160필을 방목하면서 원나라의 국립 말 목장이 운영되기 시작하였다. 말 160필을 방목하기 위해 한라산 중산간의 원시림이 대거 제거되고 목축지로 탈바꿈되었다. 이미 1073년, 고려 문종이 탐라국으로부터 말을 선물로 받은 적이 있는 등 말 생산지로 제주도가 어느 정도 알려져 있기는 했으나, 본격적으로 군마를 공급하기 위한 목장으로 만들어진 것은 바로 이때부터였다. 그리고 지금까지도 제주도는 한국에서 말을 가장 많이 생산하는 곳으로 알려진다.

특히 당시 말로 세계를 제패했던 몽골이 직접 제주도를 말 목장으로 선택하였기에 갈수록 목장의 규모는 넓어지고 키우는 말의 수준 역시 높아져갔다. 몽골인들은 제주도가 생각보다 큰 섬인 데다가 호랑이, 표범, 늑대와 같은 말을 위협할 만한 동물이 전혀 없으며, 더 나아가 기온이 몽골이 위치한 북방에 비해 따뜻했기에 목축업에 이상적인 장소라 여겼던 모양이다.

그리고 1276년, 중국에서 최후까지 몽골에 저항하던 남송이 멸망하자, 1280년, 일본 공략을 위한 몽골과 고려의 2차 연합군이 다시금 편성되었다. 원나라군 1만 명, 고려군 전투병 2만 명, 뱃사공·수부 1만 7,000명, 함선 900척에 얼마 전 원나라에 복속된 남송에서 병사 10만 명이 추가로 동원되었다. 하지만 그 결과는 또다시 거친 강풍에 수많은 배가 파손되거나 침몰되면서 연합군의 패배로 마무리된다.

이렇듯 본래 목표였던 일본 공략이 두 차례에 걸쳐 실패로 돌아가면서 제주도에 대한 전략적 가치는 예전 같지 않아졌다. 그러자 기회를 보던 고려 충렬왕은 1294년 5월, 원나라 황제에게 '탐라를 고려에

되돌려 줄 것'을 과감히 요청한다. 마침 같은 해 2월 쿠빌라이가 죽고 그의 손자인 성종 테무르가 황제에 올랐을 시점이었다. 무엇보다 충렬왕은 개인적으로 새로운 원나라 황제의 고모부이기도 했으니, 쿠빌라이와 그의 후궁 사이에서 태어난 제국대장공주(齊國大長公主)가 다름 아닌 충렬왕의 왕비였기 때문. 이로써 고려 왕은 원나라 황제의 부마가 되었고, 실제로 부마국왕(駙馬國王) 작위를 받기도 했다. 그 결과 한때 충렬왕이 원나라 황실 내 서열 7위에 이를 정도였다.

어느덧 황실 가족 중 어른이 된 고모부의 요청이라 그런지 몰라도 원나라의 새로운 황제 성종은 제주도를 고려로 돌려주도록 명했다. 그러나 여전히 몽골은 제주도에 대한 관심이 지대하였기에, 섬에 대한 전반적인 통치권은 고려에게 넘겼음에도 제주도 말 목장 운영 등은 계속 몽골인을 통해 직접 관리하고자 한다. 이런 과정이 이어지면서 제주도 사람들은 점차 몽골 문화에 빠르게 동화되었다. 물론 원나라의 남다른 관심도만큼이나 제주도를 찾거나 이주하는 몽골인의 숫자 역시 크게 늘어나고 있었다.

7

제주도 돌로 만든 상징들

불탑사 오층석탑

도착했다. 택시에서 내려 사찰 안으로 들어간다.

제주도의 수많은 오름 중 하나인 원당봉, 그 중턱에 위치한 불탑사 오층석탑은 고려 시대에 만들어졌으며 보물 1187호로 지정되었다. 지금은 1914년 재건된 불탑사라는 사찰 안에 탑이 있으나, 고려 시대에는 원당사(元堂寺)라는 사찰이 이곳에 있었다. 현재의 원당봉(元堂峯)이라는 오름 이름도 원당사가 이곳에 있어 지어진 것이다.

탑이 참 매력적인 형태다. 구멍이 송송 뚫린 현무암으로 쌓은 오층석탑은 산뜻한 비례미를 보인다. 가만, 탑 뒤로 탑이 있는 지면보다 조금 높게 기단 형태로 고려 시대 건물 터가 있군. 그러고 보니 기단이

탑 북쪽에 위치하고 있네. 즉, 고려 시대 원당사는 지금과 달리 북쪽으로 대웅전이 있고 남쪽에 오층석탑이 있는 구조였다. 마침 사찰 입구에 표지석이 있다.

원 제국 시대 제주도의 3대 사찰의 하나였던 원당사 터. 13세기 말엽 원에 의해 창건된 것으로 보이며 원나라 기황후(奇皇后)가 삼첩칠봉(三疊七峰)의 명당자리에 절을 지어 불공을 드리기 위하여 세웠다는 전설이 있다. 17세기 중엽까지 존속되었던 것을 알 수 있으며 1914년 이곳에 불탑사가 재건되었다. 지금도 경내에 당시 세웠던 오층석탑이 보물 제1187호로 지정되어 보존되고 있다.

원당사지(元堂寺址) 표지석

원당사의 창건 설화에 의하면 원나라 황제인 순제가 대를 이을 자식이 없어 고민하던 어느 날, 꿈속에 한 스님이 북두의 명맥(命脈)이 비친 삼첩칠봉의 터를 찾아 절과 탑을 세우고 기도하면 태자를 얻을 것이라고 전했다. 이에 고려 출신이었던 기황후는 제주도의 동북 해변에서 삼첩칠봉을 찾아 탑과 큰 사찰을 세우고 정성껏 기도를 드려 태자를 얻었다고 전해진다. 그렇다. 이처럼 원당사에는 기황후와 연결되는 설화가 있는 것이다.

불탑사 오층석탑. ⓒ책읽는고양이

이미 많은 사람들이 알고 있듯이 기황후는 공녀 출신이다. 당시 고려에서 몽골의 원나라에 바치는 공물 중 하나가 다름 아닌 공녀였다. 그 결과 원의 간섭을 받았던 14세기부터 약 100년간 고려의 여자 수천 명이 공녀로 끌려갔다. 처음 공녀로 끌려간 고려의 여자들은 원나라 궁궐에서 궁녀가 되거나 귀족들 집에서 허드렛일을 하곤 했다. 하지만 시간이 지날수록 고려 여자에 대한 몽골 왕족이나 귀족의 선호도가 높아지면서 첩이나 부인이 되는 경우가 늘어났으며, 그런 문화 속에 수많은 공녀 중에서 원 황제의 눈에 띈 기황후는 1339년, 후궁 신분으로 첫 황자까지 낳는다.

다만 기황후의 아버지인 기자오(奇子敖, 1266~1328)가 총부산랑(摠部散郎)이라 하여 정6품 공직을 지닌 인물이었기에 본래부터 낮은 신분 출신은 분명 아니었다. 원나라로 뽑혀온 공녀라 할지라도 본래 고려 가문의 위치에 따라 원나라에서 시작되는 출발선이 달랐을 테니까. 그럼에도 몽골계, 그것도 일부 유력 가문에게만 부여되던 황후 자리에 고려인 출신이 오른 것은 매우 놀라운 사건이었다. 황자를 낳은 1년 뒤인 1340년, 기황후는 제2황후로 책봉된다. 한편 제1황후가 된 것은 1365년.

그럼, 이쯤에서 한번 생각해보자. 몽골에 항복한

고려는 그 뒤로 고려 왕과 몽골 왕실 여자가 결혼하는, 소위 부마국으로 이어지고 있었다. 그런데 고려로 시집온 원나라 공주는 원나라에서 고려로 파견된 관리부터 고려의 높은 관료까지 함부로 대하지 못할 정도의 높은 권력을 가지고 있었다. 고려 왕과 결혼하던 원나라 공주의 경우 핏줄에 있어 황실 내에서는 방계에 속하는지라 A++ 급 최상위 출신은 아니었지만, 당시 원 황제의 후손이라는 혈통에서 오는 권위는 상당했기 때문. 방계라는 한계로 고려 왕과 결혼한 공주의 자손이 원나라 황위를 노릴 수준이 아니었을 뿐이지 그럼에도 A+급은 되었던 것이다. 덕분에 고려 왕도 무신정권 시대 무력하게 무너졌던 왕실의 권위를 원나라 공주 출신의 왕비를 통해 채움으로써 고려를 넘어 원나라 황실 내에서까지 발언권을 가질 정도였다.

그런데 기황후는 이것을 넘어 아예 원나라 황제의 첫 황자를 낳고 황후까지 되었으니 원나라에서도 함부로 대할 수 없었겠지만, 고려에서는 더욱 함부로 행동할 수 없는 위치가 된 것이다. 1353년에는 한 발 더 나아가 기황후의 아들이 황태자까지 되었다. 당연히 미래 권력의 어머니라는 권위는 상상을 뛰어넘는 힘으로서 다가왔다.

기철(奇轍) · 기원(奇轅) · 기주(奇輈) · 기륜(奇
輪)은 기황후의 세력을 믿고 방자하였으며, 그 친척
들도 연줄을 믿어 교만하고 횡포하였다.

《고려사》 열전 반역(叛逆) 기철

이렇게 기황후의 힘이 막강해지자 고려에서 기황
후의 오빠들이 설치고 다녔다. 기철이 그 대표적 인
물로, 이들 기씨 가문은 원나라 황실이라는 든든한
배경을 가지고 고려에서 온갖 세도를 부렸다. 오죽
하면 공민왕 이전 고려 왕의 경우 기씨 가문이 원 황
실과의 적극적 교류를 통해 교체한 적이 있었을 정
도로 위세를 보였으며, 새로 즉위한 공민왕(恭愍王,
재위 1351~ 1374)과도 대립하며 친원파의 우두머리
로 활동했을 정도였으니까.

한편 기황후의 아들이 황태자가 된 시기에 공민
왕과 왕비였던 몽골 왕족 출신의 노국대장공주(魯國
大長公主)가 함께 기황후의 어머니 집을 방문하여
잔치를 베풀자, 원나라에서는 기황후의 남편인 순제
가 자신의 10번째 아들인 만만태자(欒欒太子)를 파
견하여 장모를 대접했다. 이때 원에서 온 만만태자
와 노국대장공주가 나란히 남쪽을 향해 앉고, 왕은
서쪽에, 기황후의 어머니와 기씨 일가는 동쪽에 앉
았다. 남쪽을 향해 앉는다는 것은 최고 권력을 의미

하므로 원나라 왕자와 원나라 왕족 출신의 노국대장
공주가 이들 중 서열이 가장 높았던 것이다.

그뿐만 아니라 원나라에서는 기황후의 죽은 아버
지 기자오를 영안왕(榮安王)으로 봉한 데 더해 기자
오 3대 선조까지 모두 왕으로 봉했다. 이로써 고려
왕의 왕씨 가문과 원나라 황태후를 배출한 기씨 가
문은 원나라 기준에 따르면 왕(王) 봉작을 받은 동일
한 서열이 된다. 그 결과 원나라 장관급인 요양성평
장(遼陽省平章) 관직을 받은 기철은 요동을 관리하
면서 더욱 오만해졌다. 오죽하면 자신의 어머니를
뵈러 고려로 온 김에 시(詩)를 지어 공민왕에게 하례
하면서 그 시에 자신을 신(臣)이라 칭하지 않았던
것. 이는 자신을 신하가 아닌 고려 왕과 거의 동일한
서열로 여기며 행동했음을 보여준다.

공민왕의 대반격

1356년 5월 18일, 드디어 칼을 갈고 갈던 공민왕은 기철 일당을 완전히 제거하면서 본격적인 반원정책을 선보였다. 궁중에 연회를 베푼다 하여 기철 일당을 모은 뒤 숨겨둔 병사들을 꺼내 동원하여 몽둥이로 쳐서 죽이고 도망가는 자는 추적하여 죽였으며, 이들 친원파 집안의 노비들은 나라에 소속시켰다. 일이 마무리되자 그동안 남들에게 뺏어 모은 이들의 거대한 재산을 본래 주인들에게 돌려주도록 명했다.

우리 태조(왕건)께옵서 창업하여 왕통을 물려주시면서 관직을 설치하고 법을 세우니, 위아래가 서로를 지키면서 오늘에 이르렀다. 우리 충헌왕(忠憲王, 고종)께서 원(元) 조정에 귀부하자, 세조(世祖, 쿠빌라이)께서 옛 풍속을 고치지 않아도 된다고 허락하여 위문하고 구제하여 주었다. 이로부터 우리나라가 열심히 조공을 하여 일찍이 신하의 예절을 조금도 어긴 바가 없었다.

이제 기철(奇轍)·노책(盧頙)·권겸(權謙) 등이 원 조정의 뜻과 선왕께서 창업하고 왕통을 물려준 법은 생각하지 않고, 권세를 믿고 임금을 능멸하여 방자하게 위세를 부려 민(民)에게까지 독을 미쳐 끝이 없었다. 내가 원 황실의 인척(姻戚)이기 때문에 그가 말하는 것은 하나같이 다 열심히 따라주었는데, 여전히 부족하다고 여겨 몰래 반역을 도모하고 사직을 위태롭게 하려고 하였다. 다행히도 천지와 선조의 신령에게 도움을 받아 기철 등을 다 처형하였으며, 흉악한 무리 중 도망간 기유걸(奇有傑)·기완자불화(奇完者不花)·노제(盧濟)·권항(權恒)·권화상(權和尙) 등의 죄도 용서하지 않을 것이다.

《고려사》 열전 반역(叛逆) 기철

이처럼 기철 일당을 처치한 공민왕은 위와 같은 교서를 발표한다. 고려를 창업한 왕건과 원나라를 창업한 쿠빌라이의 뜻에 따라 기철을 처치했다고 한 것이다. 이때 태조 왕건이야 고려의 창업자이니 언급하는 것이 이해되나, 원나라 창업자 쿠빌라이를 언급한 이유는 무엇 때문이었을까?

과거 쿠빌라이는 고려가 항복하던 때에 불개토풍(不改土風)이라는 약속을 했었다. 한자 그대로 "몽골이 고려의 풍속을 고치도록 강요하지 않겠다."는 것이나, 실제로는 고려의 왕실과 제도 그리고 영토와 주민 등을 그대로 유지토록 하겠다는 의미로 통하게 된다. 이에 고려는 자신들의 전통과 체제를 지킬 필요가 있을 때마다 쿠빌라이의 약속을 언급하며 원나라의 개입을 막았다. 그리고 이때마다 원나라 역시 나라를 창업했던 쿠빌라이의 약속인지라 고려의 완강한 뜻을 이해해주곤 했다. 그렇다면 이때 공민왕은 기씨 일가가 쿠빌라이의 약속을 어기는 행동을 했다고 주장했음을 보여준다. 즉, 기씨 일가가 쿠빌라이의 뜻과 달리 고려 왕실과 제도를 함부로 바꾸고 능멸했다는 주장이다.

얼마 전에는 기씨(奇氏) 형제가 반란을 도모하다 처형당하였는데, 그들과 탐라의 목호인 홀홀달사(忽忽達思)가 연관되었으므로 사람을 파견하여 추궁하게 했으나, 재상 윤시우(尹時遇) 등이 모두 그들에게 살해당하였습니다.

이와 함께 곧바로 1356년 6월, 공민왕은 제주도에 군관을 파견하였고, 10월에는 제주도에 있던 탐라만 호부를 폐지해달라고 원나라에 요청한다. 겉으로 보이기만 요청이고 사실상 고려가 접수하겠다는 의미였다. 원나라는 일본 공격에 실패한 후 고려에게 제주도의 관할권을 돌려준 상황이었으나, 여전히 목마장 관리 등을 구실로 탐라만호부가 설치되어 운영 중이었기 때문이다. 하지만 후대에 기록된 위《고려사》의 내용대로 제주도에서 말을 키우던 목호가 공민왕의 행동에 반발하며 고려 관료를 죽이는 일이 발생했다.

양광도(楊廣道) · 전라도(全羅道)에 사신을 보내 제주(濟州) 사람 및 화척(禾尺)과 재인(才人)을 잡아들여 서북면의 변경을 지키는 병사로 충원하였다.

공민왕은 제주도 목호의 반응을 보고 곧바로 1356년 9월, 양광도(현재의 충청도, 경기도 및 강원도 일부)와 전라도에 있는 제주도 사람을 잡아들여

향후 원나라와 대결할 가능성이 큰 북방에 수비병으로 보내버렸다. '눈에는 눈 이에는 이'로 대응한 것이다. 이처럼 제주도 지역은 당시 기씨 세력과 상당히 친밀한 관계를 유지했으며, 원나라와도 깊은 관계를 가졌다. 이에 공민왕은 제주도를 고립시키고자 육지 여러 곳에 있던 제주도 사람들을 다른 지역으로 옮겼음을 알 수 있다.

자, 높이 3.85m에 제주 현무암으로 만들어진 불탑사 오층석탑은 충분히 감상했으니, 이제 다음 코스로 가보기로 하자. 제주에 남긴 몽골의 흔적으로 석상도 있으니까 말이지. 절 앞에 택시가 기다리고 있으니, 이동.

돌하르방 유래

사람들에게 제주도 하면 떠오르는 마스코트 중 하나로 돌하르방이 있다. 사실 어제 저녁 제주목 관아에 방문했을 때도 관덕정 앞에 돌하르방이 여럿 서 있었지만, 탐라 성주가 업무를 보던 성주청을 집중적으로 찾아보느라 그냥 넘어갔던 것 같다. 이제 제주도에서 몽골의 흔적을 찾는 과정의 일환으로 돌하르방을 정리할 때가 되었군.

현무암으로 만든 돌하르방은 벙거지 같은 모자를 쓴 머리, 툭 튀어나온 눈, 넓적한 주먹코, 무심해 보이는 표정이 일품으로, 어떻게 보면 친근해 보이기도 하고 어떻게 보면 살짝 무섭다. 지금은 돌하르방으로 불리고 있으나 이는 1971년, 정부에서 명칭을 정하면서 그리된 것이고, 조선 시대만 하더라도 벅수머리, 우석목(偶石木), 옹중석(翁仲石) 등으로 불렸다.

돌하르방은 제주도 전역에 총 48기가 제작되었는데, 조선 시대까지는 제주도 북쪽에 위치했던 제주읍성, 제주도 서남쪽에 위치했던 대정현성, 제주도 동남쪽에 위치했던 정의현성 등의 성문 밖에 세워져 있었다. 성문 밖에서 나쁜 기운을 막아주는 역할로 세워진 것 같다. 하지만 근대 이후 성이 하나둘 허물어지고 사라지면서 여전히 과거의 자리를 지키는 것도 있으나 상당수는 이곳저곳으로 옮겨져 전시되는 상황이다.

그런데 돌하르방이 어디서 영향을 받고 어떤 과정을 거쳐 제주도에 등장했는지에 대해 많은 의견이 있나보다. 그래서 등장한 의견이 1) 13~14세기 원나라 석상의 영향을 받았다는 설, 2) 10~12세기 거란이 세운 요나라의 유물 중 돌하르방과 닮은 것이 만주에서 발견되었기에, 이 디자인이 몽골을 통해 유입되었다는 설, 3) 18세기 한반도 육지 영향을 받아 제주도에 등장했다는 설 등이다. 하지만 조선 시대 기록인 《탐라기년》과 《증보 탐라지》에 따르면, 1764년, 제주 목사 김몽규가 돌하르방을 건립했다는 내용이 남아 있다. 즉 설사 원나라 영향을 받았더라도 두 시기 사이에 약 400년의 차이가 존재하는 것이다.

그렇다면 14세기의 몽골과 18세기의 제주 목사 김몽규 사이에 중간 역할을 했던 다리가 분명 있지 않을까? 이를 알아보기 위해 지금 복신미륵이라 불리는 2기의 미륵 석상을 찾아가 보고자 한다. 택시를 타고 서쪽으로 약 15분을 달리면 우선 동미륵(東彌勒)이 등장하고, 동미륵에서 다시 택시를 타고 서쪽으로 4분 정도 가면 서미륵(西彌勒)이 등장한다. 이처럼 두 석상 간 거리가 직선으로 1.6km 떨어져 있으며, 우연의 일치인지 두 미륵 사이에는 과거 제주 읍성이 위치하고 있었다. 지금도 지도를 꺼내 두 미륵 간 직선을 쭉 그으면 놀랍게도 제주 관청 바로 북쪽으로 지나가며, 두 석상 간 중간 위치는 과거 원나라의 탐라총관부(耽羅摠管府)가 있던 자리에 가깝다.

복신미륵의 모자

동미륵(東彌勒)이 있는 곳에 도착했다. 사실 제주
도에서는 동자복이라 더 자주 부르는 듯한데, 숙종
30년인 1704년, 제주 목사였던 이형상이 저술한 《남
환박물(南宦博物)》에도 등장하는 불상이다. 《남환
박물》은 이형상이 1702년 3월부터 이듬해 6월까지
제주 목사로 재직한 이후 제주 지방의 문물을 소개
하기 위해 저술한 책이다. 책의 내용을 보면 현재 동
미륵이 있는 곳에는 만수사(萬壽寺)라는 사찰이 있
었고, 서미륵이 있는 곳에는 해륜사(海輪寺)라는 사
찰이 있었다고 한다. 하지만 동미륵이 있는 곳에 있
던 사찰은 어느덧 사라지고 단지 돌로 만든 낮은 벽
과 계단 등이 불상 주변을 감싸고 있을 뿐이다. 만수

동네록. ⓒ 내일는 고양이

사라는 사찰은 이형상이 헐어버렸다고 한다.

어쨌든 이형상의 기록에 따르면 최소한 1702년에는 이미 복신미륵이 존재하고 있었으니, 1764년 제주 목사 김몽규가 돌하르방을 건립할 당시에도 당연히 존재했던 석상이었다. 특히 모자를 머리에 쓰고 조금 튀어나온 눈과 과장된 표정, 그리고 과감히 생략하여 표현된 손 등은 돌하르방의 그것을 닮아 있다. 그러나 더 자세히 보면 돌하르방에 비해 옷 형태가 세세하게 묘사되어 있고, 표정 역시 좀 더 사실적인 데다 손은 가슴 부분에 모아 마치 신하가 예를 차리는 모습이다. 모자의 디테일한 형태 역시 무척 구체적이다. 평균 1m 87cm의 키를 지닌 제주시에 있는 돌하르방에 비해, 동미륵의 경우 훨씬 큰 2m 86cm인 것도 포인트.

여기까지 확인하고 이번에는 서미륵(西彌勒)을 향해 택시를 타고 간다. 서미륵은 서자복이라 불리는데, 과거의 해륜사라는 사찰 대신 지금은 새로 재건된 용화사(龍華寺) 내부에 위치하고 있다. 들어가서 한번 볼까?

서미륵은 2m 73cm의 키로 동미륵보다 조금 작지만, 좀 더 둥글둥글한 형태가 매력적이다. 역시나 눈은 조금 튀어나와 있고 표정은 과장된 듯 웃는 형태이며 옷 역시 세세하게 묘사되어 있다. 무엇보다 모

서미록. ©화원는고양이

자 부분이 역시나 동미륵처럼 디테일한 형태를 잘 보여준다. 그렇다. 결국 두 석상 모두 저 모자가 포인트인 것이다.

사실 복신미륵이라 알려진 두 부처상은 제작 시기에 대해 다양한 의견이 존재했었다. 남아 있는 문서 기록에 따르면 1702년 이전에 존재한 것은 분명하나, 그 이상은 제작 시기를 정확히 알려주는 기록이 없었기 때문이다. 한때 조선 후기에 만들어진 것으로 보기도 했었는데, 더 자세히 조각을 연구하면서 모자 부분을 특히 집중하게 된다.

조선 시대 갓보다 짧은 갓양태 테두리 위로 둥그런 모자가 묘사되어 있고, 모자 정상부로는 마치 장식처럼 석조 모양이 한 층 더 올라가 있다. 이를 볼 때 분명 돌하르방의 벙거지 같은 모자는 아닌 것이다. 그런데 이와 유사한 모자 장식을 지닌 석조 불상은 파주 용미리 마애이불입상, 보령 금강암 석불좌상, 안성 대농리 석불입상, 수원 파장동 석불입상, 서울 약사사 석불입상 등 한반도 내 꽤 많은 지역에서 발견된다. 그리고 해당 석조 불상들은 마침 고려 말에서 조선 초기까지 만들어졌다.

그렇다면 이와 같은 모자를 사용하는 풍습이 고려 말에서 조선 초기까지 있었던 것은 아닐까? 대표적으로 고려가 원나라의 부마국 시대일 때 태어나서

발립을 쓴 원나라 황제 성종의 초상화.

활동했던 고위 관료 이조년(李兆年, 1269~ 1343)의
초상화가 이 의문에 답을 준다. 이조년의 초상화는
조선 후기에 다시 베껴 그려졌는데, 그 그림을 통해
고려 말 복식을 확인할 수 있기 때문이다. 그는 붉은
도포에 붉은 끈으로 허리를 매고 머리에는 모자를
쓰고 있다. 그런데 그 모자의 형태가 짧은 양태 테두
리 위로 둥그런 모자가 올라와 있고 모자 정상부에
는 장식이 달린 모양이다. 이런 모자를 소위 발립(鉢
笠)이라 하였으니, 복신미륵의 모자와 무척 닮았네.
바로 이 발립이 고려 말부터 조선 초까지 유행했던
모자였다.

이처럼 고려 말에서 조선 초까지 유행했던 모자,

발립은 한때 상당한 인기를 누렸으며 그 기원은 다름 아닌 원나라 고위층이 사용하던 모자에서 비롯되었다. 몽골의 황제부터 고위 귀족과 관료 및 승려들이 착용한 모자가 발립이었기 때문. 이는 곧 원나라로부터 영향을 받아 고려, 조선 시대 초기까지 이어진 모자임을 의미했다. 그렇게 보니 제주도 복신미륵의 전반적인 모습, 그러니까 모자부터 옷의 묘사까지 초상화 속 이조년이 입은 모자와 옷과 무척 닮아 있는 듯하다. 스마트폰으로 이조년의 초상화를 클릭한 뒤 미륵 석상과 바로 확인하니 정말 더 그렇게 보이네. 이렇게 구체적으로 보니까, 꽤 정성을 들인 조각품이었군.

결국 제주시에 위치한 복신미륵은 그 복식으로 보아 고려 말에 만들어졌을 확률이 높은 것이다. 그리고 현무암으로 만들어진 만큼 제주의 상징처럼 조선 시대까지도 오랜 기간 잘 보존되다가, 1764년 들어와 제주 목사 김몽규가 제주읍성의 입구에 돌하르방을 세울 때 그 디자인이 다시금 응용되기에 이른다. 마침 18세기에 들어오면 전라도 등지에서 석상을 세우는 문화가 크게 유행하기 시작한다. 나주 운흥사 장승이 1719년, 남원 실상사 장승이 1725년 등으로 이외에도 정확한 시기를 알 수 없지만 18세기에 전라도에서 만들어지던 석상이 여럿 존재한다.

관덕정 앞에 서 있는 돌하르방. 모자가 위로 길게 솟아 있는데, 이는 조선 중후기 유행하던 벙거지 모자를 묘사한 것이다. ©책읽는고양이

　바로 그 문화가 바다를 건너 제주에도 영향을 주었다. 특히 전라도 지역에 만들어진 석상 중에는 돌하르방처럼 벙거지 같은 모자를 쓴 경우도 보이니, 결국 그 모자도 육지의 유행을 받아오며 제주도에서 응용했을 가능성이 높다.

　하지만 제주도는 인조 7년(1629)부터 순조 25년(1825)에 이르기까지 약 200년 동안 육지와 직접 교류가 단절되어 있었다. 조선 조정에서 제주도 사람들은 육지로 올 수 없다는 악법 중 악법인 출륙금지법을 만들어 운영했기 때문이다. 이는 곧 육지 사람만 제주를 오고 갈 수 있었다는 의미다. 새로운 제주 목사 김몽규가 제주도에 돌하르방을 제작하라 명하자, 전라도 지역에서 유행하던 석상을 직접 본 적이 없고 오직 그림과 글로만 겨우 이해한 제주도 지역 석공들은 마침 비슷한 디자인을 가지고 있던 복신미륵에 주목한다. 그리하여 복신미륵의 표현법을 기반으로 제주도 특유의 현무암에 육지에서 유행하던 석상 모습을 제작하였으니, 그 결과가 현재의 돌하르방이었던 것이다.

이처럼 13~14세기 원나라와 18세기 돌하르방의 약 400년 격차는 복신미륵을 통해 충분히 극복이 가능하다. 한마디로 복신미륵은 조선 시대 후반에도 몽골과 제주도를 이어주는 다리 역할을 충실히 한 것이다.

제주도로 이주한 몽골인들

이제 복신미륵까지 확인했으니, 제주도 특유의 현무암으로 만들어진 고려 시대 유물은 대충 정리해 본 셈이다. 자, 준비 중인 소설 자료를 모으기 위해 다음 코스인 항파두리성으로 가야겠다. 기다리던 택시에 몸을 싣고 이동해볼까. 제주읍성과는 거리가 약간 떨어져 있어서 차로 약 30분을 달려야 도착.

달리는 택시 창 바깥으로 제주도의 아름다운 풍경을 내다보다가 드는 궁금증. 도대체 당시 몽골인이 제주도로 얼마나 많이 이주했기에 기황후를 위한 사찰까지 세우며 기씨 일가와 친밀한 관계를 유지하고, 더 나아가 원나라 복식을 하고 있는 복신미륵까지 등장했는지 궁금해지는군.

년도	내용	유배 및 이주민
원 세조 10년(1273)	삼별초 평정(관원, 주둔군)	진수군, 다루가치 파견
원 세조 12년(1275)	원나라 범죄자 1차 유배	도적 100여 명
원 세조 13년(1276)	말 160필 방목	목호 파견
원 세조 14년(1277)	원나라 범죄자 2차 유배	죄인 70명 유배
원 세조 19년(1282)	몽골과 한인 군사 탐라 주둔	1,700명
원 인종 04년(1317)	위왕아목가 일행 유배	위왕아목가 일행
원 순제 06년(1340)	패린해 대왕 탐라에 귀양	패란해 대왕
명 태조 02년(1369)	원나라 목수 원세 일행 이주	원세 일행(가족 포함)
명 태조 15년(1382)	원 왕족 1차 유배	양왕가족과 백백태자 일행
명 태조 15년(1382)	원 유민 1차 이주(탐라에 정착)	원 유민
명 태조 15년(1382)	북원 유민 2차 이주	북원 유민
명 태조 21년(1388)	북원 왕족 2차 유배	달달친왕 등 황족 일행
명 태조 25년(1392)	양왕 자손 애안첩목아 등 제주 안치	애안첩목아 일행

원나라 주민의 탐라 유배 및 이주 현황
김경주, 「고고자료로 살려 본 원과 제주」, 『제주-몽골 교류 740주년 기념 제37회 환몽 국제학술대회 발표자료집』, 2016, 164쪽.

위의 연표는 역사 기록에 남아 있는 몽골인의 제주 이주 내용이다. 물론 남아 있는 기록에 한계가 있으니, 이주한 몽골인을 모두 기록했다고는 볼 수 없겠지. 그런데 표를 보면 알 수 있듯 원나라에서는 희한하게 죄인들을 제주도로 유배하는 경우가 많았는데, 나중에는 일반적인 죄인을 넘어 왕가 인물들을 유배 보내기도 했다. 명나라가 들어선 뒤에도 중국

대륙 내 원나라 잔당을 항복시킨 후 해당 지역의 몽골 지배층을 제주도로 유배시키고자 했는데, 고려와 조선 정부는 이를 적극 수용하였다.

여기서 주목할 점은 몽골의 원나라는 엄연히 황제국이었기에 직계는 황실 가문이지만 방계는 왕 신분을 얻고 일정 지역을 통치하도록 했다는 것이다. 그 결과 한때 중국의 한 지역을 통치했던 왕 신분의 몽골 최고 귀족이 제주도에 유배 오게 되었으니, 이는 곧 칭기즈칸의 후손들이 제주도에 자리 잡았음을 의미한다. 그 결과 현재의 몽골에게도 제주도는 단순히 아시아 또는 한반도에 있는 일개 섬으로 인식되는 것이 아니다. 몽골의 역사학자가 제주도를 방문하고 일부 학자는 유학까지 오는 것 역시 과거에 이와 같은 인연이 있었기 때문이니, 그들의 역사 인물 중 가장 높은 자리에 있는 칭기즈칸의 후손이 살아가던 장소가 제주도이니까.

한편 당시 황제의 고모부였던 충렬왕의 요청으로 1294년, 제주도는 고려의 행정 소속으로 돌아왔으나, 그럼에도 몽골의 제주도 목장에 대한 간섭과 운영권은 여전했음을 이야기했었다. 1276년, 제주도로 몽골 말 160필이 도착하면서 시작된 목장은 충렬왕 2년(1276)에는 동아막, 충렬왕 3년(1277)에는 서아막이 설치되면서 제주도 목장을 크게 동서로 나누어 운영하게 된다. 이렇게 설치된 제주도 목장은 고려의 행정력이 미치지 못한 치외법권적 공간이었으며, 원나라가 설치한 14개 왕실 목장 중 하나였다. 이렇게 제주도에 살며 말을 기르던 몽골인을 목호(牧胡)라 하였는데, 이들 목호를 전담하는 관리 역시 원나라에서 직접 파견했을 정도로 제주도 목장에 지대한 관심을 두었다.

오죽하면 1300년에는 사망한 원나라 황후의 마구간 말을 제주도의 목장으로 보내 말 품질을 더욱 높이도록 했을 정도다. 뉴스나 다큐멘터리 등을 통해 한 번 교배 가격만 수백만 원에 몸값이 백억 원을 넘는다는 씨수말, 그리고 새끼를 낳는 씨암말 등의 이야기를 들어본 적이 있을 것이다. 경주마 중 성적이 특별히 좋은 말을 뽑아 교배시켜 더욱 뛰어난 말을 얻는 것이, 선진국의 경우 거대한 말 산업이 되어 있을 정도다. 한국도 2010년 이후 경마 선진화를 위해 한국보다 말 산업이 발달한 미국에서 좋은 성적을 보인 말을 씨수말로 수입하는 일이 잦아지고 있다. 마찬가지로 당시 원나라에서는 황후가 사용했을 정도로 뛰어난 말이 가득했던 마구간을 바다 건너 제주도로 옮겨 더 뛰어난 품질의 말을 기르도록 했던 것이다.

이런 말 목장을 지닌 제주도였기에 반원 정책을

세운 공민왕에게도 중요한 지역이 될 수밖에 없었다. 원나라와 대립하려면 군사력이 필요하고, 이때 군사력 중 최고는 역시 기마병, 즉 말이 필요했기 때문이다. 그러나 고려 정부가 제주도와 원나라의 관계를 끊고자 하자 그동안 제주에서 말을 기르던 목호들이 제주 목사 등 고려가 파견한 지방관을 죽이며 적극적으로 저항했으니, 1356년부터 1376년까지 20년 동안 총 5회에 걸친 목호의 난이 이어졌다. 이중 가장 유명한 목호의 난이 바로 1374년, 최영이 난을 진압하기 위해 2만 5,000명의 병력을 이끌고 제주도에 도착한 사건이었다.

8
상륙한 최영 부대와의
치열한 전투

항파두리성

오후 12시 45분이 되어 항파두리성에 도착했다. 이곳의 정식 명칭은 항파두리 항몽유적지이다. 몽골을 상대로 마지막까지 저항했던 삼별초의 의지를 강조하기 위해 이처럼 이름을 정했나보다. 택시를 탄 채 우선 성곽 주변을 쭉 돌아본다. 세월이 많이 지났음에도 토성의 형태가 주변에 어느 정도 남아 있기에 과거의 모습을 충분히 유추해볼 수 있다. 조사 결과 항파두리성은 외성과 내성의 이중 구조로 만들어졌다. 즉, 중심 건물 주위로 성을 쌓고 그 성 밖에 겹으로 성을 하나 더 둘러쌓은 구조다. 물론 이중 구조를 한 이유는 외부로부터 더 완벽한 방어를 하기 위함이지.

당시 적도들(삼별초)은 이미 제주에 들어가 내·외성을 쌓은 다음 험준한 지세를 믿고 날로 더욱 창궐하였는데, 수시로 육지로 나와서 노략질을 하므로 해안 지역이 텅 비었다.

《고려사》 고려 원종 13(1272) 6월 29일

《고려사》는 내·외성을 삼별초가 쌓았다고 분명히 기록하고 있는데, 이곳 유물 조사에 의하면 "고내촌(高內村)…신축이월(辛丑二月)…"이라는 명문(銘文)이 새겨진 기와 조각이 출토되었기에 '신축년' 즉 1241년에 이미 중심 건물은 일부 만들어져 있었음을 알 수 있다. 이 내용은 국립제주박물관에서 언급했으나 이곳에 왔으니 다시 한 번 정리. 결국 삼별초는 기존의 건물에다가 내·외 성을 쌓아 방어선을 구축했던 것이다.

자, 이제 주차장에 내려서 안오름 쪽으로 걸어간다. 관람객 대부분이 가는 순의비와 전시관 쪽말고, 주차장에서 북쪽 방향으로 걷다가 팽나무(항파두리 항몽유적지 '나홀로 나무')가 보이는 곳에서 우회전하여 길을 올라가면 된다. 토성의 높이는 보통 4~5m이며 과거에는 항파두리성에 북문, 남문, 동문, 서문 등 4개 문이 있었다고 한다. 또한 외성 둘레는 15리

항파두리성. ⓒ책읽는고양이

(6km)에 이른다고 전해졌으나, 측량 조사를 통해 기존에 알려진 15리가 아닌 약 10리(3.8km)로 계측되었다. 그래도 제주도에서는 충분히 큰 규모의 성이었다. 그런 만큼 약 2년간 성을 급속도로 쌓으면서 참으로 많은 제주도의 백성들이 고생을 했을 듯하다. 참고로 탐라국 시대부터 조선 시대까지 꾸준히 확장을 했던 제주읍성의 둘레는 2.28km에 불과했다.

> 지원(至元) 10년(1273) 12월에 받은 중서성의 공문에는 제주 백성 1만 223인에게 식량을 모두 공급하라고 하였고….
>
> 《고려사》 고려 원종 15년(1274) 2월 17일

한편 삼별초 항쟁을 진압한 직후 원나라에서는 제주 백성 1만 223명에 대한 식량 지원을 고려 정부에 맡겼다. 이 기록을 바탕으로 13세기 후반, 제주도 인구를 1만 223명으로 추정하기도 한다. 그러나 해당 기록은 당시 원나라 황제 쿠빌라이가 일본 원정을 위한 선박 중 큰 배 300척을 전라도와 제주도에서 제작하도록 하면서 농사나 어업 등 생업에 집중하지 못한 제주 사람에 대한 지원을 고려에 전적으로 맡겼던 내용이다. 즉, 실제로는 선박 건조에 동원된 남성 인구가 1만 223명일 가능성이 크다. 그렇다면 어

린아이, 노인과 여성까지 합친 총인구는 2~3만 명 정도였을 것이다.

이와 별도로 조선 시대 들어와 세종 7년인 1424년에는 제주 인구가 1만 8,897명, 세종 16년인 1433년에는 6만 3,474명으로 기록되었다. 불과 10년 사이에 인구가 3배로 급증한 것이 아니라면, 당시 인구수 계산에 상당한 누락이 있었던 것으로 추정할 수 있겠다. 과거 한반도 국가들은 남성의 병역과 노동력 제공을 무척 중시하던 국가 체제였기에 일할 수 있는 남성 인구를 가장 먼저 파악하는 것이 중요했기 때문이다.

어쨌든 당시 2~3만 명의 제주 사람들은 삼별초 때문에 성을 만드는 데 대규모로 동원되었다가, 다음으로는 원나라의 일본 공격에 필요한 배를 제작하는 데 역시 대규모로 동원된다. 그리고 공민왕이 고려 군대를 파견할 분위기가 만들어지자 이번에는 말을 키우던 목호에 의해 많은 숫자의 제주 사람들이 원하든 원하지 않든 고려에 대항하는 병력으로 동원되었으니, 외부에서 온 세력의 움직임에 따른 참으로 고달픈 생활의 연속이었다. 그런데 2~3만 명 수준이었던 당시 제주도 인구에 비해 1374년, 최영과 함께 온 고려 병사 수가 무려 2만 5,605명이었으니, 이때 제주도는 거의 섬 총인구 수준의 대군을 맞이하게

항파두리성 앞으로 넓게 펼쳐진 바다. 육지에서 오는 배를 확인하는 것은 전략적으로 매우 중요한 일이었다. ⓒ 책읽는고양이

된 것이다.

토성을 따라 20여 분 걷다보니, 저 멀리 바다가 보이는군. 수백 년 전 고려 시대에도 앞으로 넓게 펼쳐진 바다를 보며 육지에서 오는 배를 매번 확인했을 테다. 또한 항파두리성 앞바다에는 여러 포구가 존재했기에 바다의 움직임을 확인하는 것은 전략적으로도 매우 중요한 일이었다. 이곳에 성을 만들기 전부터 건물이 존재한 이유도 고려 배를 포함해 중국 송나라 배나 일본 배 등이 오고 다니는 것을 매번 확

인하기 위함이 아니었을까? 이곳에 이렇게 와서 바다를 보고 있으니, 삼별초가 사라진 후 목호가 제주도에 머문 시기에도 분명 이 성은 전략적으로 중요하게 사용되었을 것 같다. 언제 갑자기 고려의 배와 군대가 공민왕의 명에 따라 제주도로 올지 알 수 없는 상황인데, 이를 확인할 수 있는 장소 중 하나로서 참 요긴하게 사용되었을 테니까.

자, 성에서 저 멀리 바다가 잘 보인다는 것까지 확인했으니, 굳이 항몽유적지 중심 건물 터와 전시관은 볼 필요 없겠지. 소설에 들어갈 내용을 하나 더 체크했기에, 이제 제주도 북쪽 바다로 간다. 목호의 난을 제압하기 위하여 고려의 군대와 배가 상륙한 장소가 그곳이다.

최영의 이력

명월포 근처에 있는 명월성을 향해 택시를 타고 가는 중 최영 장군에 대한 생각이 떠오른다. 한국인 중 최영 이름을 모르는 이는 거의 없을 것이다. 고려 말 혼돈의 시기에 전쟁 영웅으로 우뚝 선 그는 요동 정벌을 꿈꾸다, 믿었던 후배 장교 이성계에게 배신 당하면서 고려의 충신으로서 목숨을 잃었다. 이에 지금도 마지막까지 고려를 지켰던 인물로 정몽주와 최영이 함께 언급되기에 이른다.

마침내 최영을 처형하게 하니 그때 나이가 일흔 셋이었다. 처형을 받으면서도 말씨나 얼굴빛이 전혀 흔들리지 않았다. 죽는 날에 개성 사람들이 모두

상점 문을 닫았으며, 멀고 가까운 지역의 사람들이 그 소식을 듣고는 길거리의 아이들과 시골의 여인네까지도 모두 눈물을 흘렸다. 시신이 길가에 버려지자, 지나는 사람들이 말에서 내렸으며, 도당(都堂)에서는 쌀·콩·베·종이를 부의로 보냈다.

《고려사》 최영 열전

당시 최영은 군사적 업적에 있어 충무공 이순신과 버금가는, 절망에서 나라를 구해낸 위대한 장군이었으나, 희한하게도 대중을 위한 그에 대한 책, 평전 등은 현재 거의 존재하지 않는다. 더 나아가 학술논문 등에서도 최영의 삶과 일대기에 대한 부분은 찾기 힘들고, 오히려 '굿', '신으로 모신 최영' 등의 내용만 찾을 수 있다. 하지만 위대한 영웅의 죽음에 많은 사람들이 슬퍼하였기에 그것이 한(恨)의 감정으로 연결되어 지금까지도 민간에서 신으로 모시고 있다는 점에서, 그가 당시 고려에서 어떤 상징성을 가지고 있었는지 잘 보여준다.

최영은 성품이 충직하고 청렴했으며, 전장에서 적과 대치해서도 안색이 온화해 화살과 돌이 사방에서 날아와도 조금도 두려워하는 기색이 없었다. 군대를 지휘할 때는 준엄한 자세로 반드시 승리할 것을 다짐하고는 군사들이 한 걸음이라도 물러서면 곧 참형에 처했으므로 크고 작은 모든 전투마다 전공을 세웠고 한 번도 패한 적이 없었다. 최영의 나이 열여섯 때 부친이 죽었는데 임종 때에, "너는 황금 보기를 돌과 같이 해야 한다."고 훈계했다. 최영이 그 유훈을 마음속 깊이 새겨 재산을 늘리려 하지 않았고, 거처하는 집이 아무리 누추해도 편안한 마음으로 살았다. 의복과 음식이 검소했으며 쌀궤가 늘 비었지만 살찐 말을 타고 화려한 옷을 입는 자들을 보면 개나 돼지만도 여기지 않았다. 비록 장군과 재상을 겸직하고 오래 동안 병권을 장악했으나 뇌물과 청탁을 받지 않으니, 세상 사람들이 그의 청렴함에 탄복하였다.

《고려사》 최영 열전

그에 대한 전반적인 평은 조선 시대 정리된 《고려사》에 등장하는 최영 열전의 평가로 대신하기로 하자. 조선 시대에도 이미 그는 고려의 충신이자 나라를 구한 영웅으로 인식하고 있었기에, 생애 마지막에는 조선 태조 이성계의 반대 세력에 위치하고 있었음에도 위와 같은 평을 남겼던 것이다. 이처럼 당시 공민왕은 제주도 목호의 난을 제압하기 위해 고려가 꺼낼 수 있는 최고의 카드를 선보였음을 알 수 있다. 또한 당시 최영은 신돈의 참소로 무려 6년간 귀양을 갔다가 복귀한 뒤, 왕의 명에 따라 육도도순찰사(六道都巡察使)로 있으면서 군대를 징집하고 전함을 만들어 왜적 침입에 적극적으로 방어하러 나서려는 시점이었다. 이렇게 이를 갈고 준비한 병력을 목호 제압에 사용했던 것.

자, 차로 30분을 달려 성에 도착했으니, 택시에서 내려 구경해볼까?

명월포와 명월성

벌써 오후 2시다. 명월성은 현재 명월성지(明月城址)라 불리고 있다. 1.3km에 다다르던 성곽 대부분은 사라졌으나 그럼에도 일부가 남아 지금의 모습을 보이고 있다. 성문을 방어하기 위해 만들어진 옹성(甕城)을 비롯하여 꽤나 성 디자인이 예쁘니, 제주온 김에 방문하면 좋을 듯. 고려 시대부터 조선 초기까지는 목책으로 쌓은 성이 있었으나 조선 시대 중기 들어와 석성으로 개축한 것이다.

그렇다면 이곳에 성이 만들어졌던 이유는 무엇일까? 명월성에 가까이 위치한 명월포는 앞에서도 언급했듯 당시 제주에서 큰 항구로 통했다. 특히 육지와 연결할 때 많이 사용된 것으로 보이는데, 이 때문에 삼별초, 여몽 연합군, 최영의 목호 진압군 등이 대표적으로 이 항구를 사용했다. 또한 1770년 12월, 과거 시험을 보기 위해 배를 타고 제주를 떠났다가 표류하여 오키나와까지 갔다 온 제주 사람 장한철의 《표해록》에서는 명월포에 대해 다음과 같이 기록했다.

제주가 원에 조공할 때에 명월포에서 순풍을 만나 직항로로 7일 만에 백해를 지나 대양을 건넜는데, 지금 우리가 표류하는 길이 직항로인지 옆길인지 알 수가 없다. 우리가 살고 죽는 것은 하늘이 하는 바이고 바람이 순조롭거나 그렇지 않은 것은 하늘이 실로 주재하는 것이다.

이처럼 고려 시대에는 제주 명월포에서 원나라까지 가는 직항로가 있었던 것이다. 결국 이곳에 명월성을 쌓은 이유는 이처럼 중요했던 항구 주변을 방어하기 위함이었으며, 그런 만큼 전략적으로도 매우 중요한 위치였음을 의미했다. 당연히 목호들도 바로 이곳에 제주도 백성들을 동원하여 목책을 쌓으면서 최영의 고려군을 방어하기 위해 치밀한 준비에 나섰을 것이다. 또한 명월포에서 고려군과 목호 및 제주 병력이 전투를 할 때 목호의 우두머리 역시 이 주변

명월성에서 내려다 보이는 비양도. ⓒ제주는 그랑이

에 진지를 차렸을 가능성이 높다.

자, 성을 대충 확인했으니 기다리던 택시를 타고 앞쪽 바다를 쭉 달려가 본다. 명월성에서도 보이던 비양도가 더 가까이 다가온다. 제주도의 축소 버전이라 불리는 비양도는 제주도에서 바다로 5km 떨어진 면적 0.5㎢의 작은 섬이자, 화산 활동으로 형성된 114.7m 높이의 오름이다. 과거 삼별초의 난을 제압하기 위해 출동했던 몽골과 고려 연합군 병력도 비양도를 찍고 제주도 입항을 준비하였으며, 이에 당시 비양도에는 보루 등 일정한 방어 시설이 갖추어져 있었다.

과연 비양도를 중심으로 바다가 육지 쪽으로 타원형처럼 구성된 제주도의 해변은 고려 2만 5,000명의 대군이 상륙하기에 좋은 장소 같군. 특히 가까이 협재 해수욕장과 금능 해수욕장은 현무암이 바다 주변에 솟아 있는 대부분의 제주도 해변과 비교하여 모래사장이 그나마 잘 펼쳐져 있는 공간이었기에 이곳이 다름 아닌 1차로 고려군과 목호군이 전투를 벌였던 곳으로 추정된다. 물론 상륙을 막기 위한 목호의 저항은 엄청났을 테지만, 결국 고려군은 어려운 과정 끝에 상륙하였다. 쭉 눈으로 지형을 확인했으니 이제 명월포 남쪽에 위치한 오름을 보러 갈 차례다.

당시 목호들은 마치 대륙에서 세계를 정복했던 몽골의 기병처럼 말을 타고 활을 쏘면서, 기병이 강점을 보이는 넓은 벌판 지역으로 고려군을 서서히 끌고 왔기 때문이다. 당연히 기병의 힘으로 보병이 중심이 된 고려군을 무너뜨리겠다는 전략이었다.

목호의 저항

제주도를 장악했던 삼별초와 달리 목호는 몽골의 전술을 따라 했기에 단순히 성을 지키며 보병으로 방어하기보다는 말을 탄 기병으로 고려군과 대적하였다. 이에 고려군은 상륙 과정에서 꽤나 큰 피해를 보았지만, 수적으로 워낙 압도적이었기에 상륙이 다 마무리된 이후부터 유리해진 것은 최영의 부대였음이 분명했다.

기록에 따르면 1374년 목호는 기병 3,000명을 끌고 고려군에 맞섰는데, 전쟁에 참가할 수 있는 남자는 다 끌고 왔을 테니 3,000 곱하기 1.5 정도가 남아 있는 여자와 노인, 아이들이었을 것이다. 그렇다면 전체 합쳐서 7,500명 정도의 목호 집단이 제주도에 있었다는 의미로, 당시 제주 인구가 최대 3만 명 정도라 볼 때 그 비중이 너무 높은 것 같다. 결국 당시 전투에서 몽골인이 주축인 목호뿐만 아니라 대를 이어 살면서 몽골과 제주도민이 결혼하여 낳은 혼혈, 외부 세력의 수탈에 반발이 컸던 제주도 사람, 목호와 친밀한 관계를 유지하던 호족, 머릿수를 채우기 위해 강제로 끌려온 백성 등이 대거 모집되었을 것으로 보인다. 이 중에서 강제로 끌려온 백성을 제외한 3,000명이 말을 타고 고려군과 전투에 임했던 것이다.

그렇다면 왜 이렇게 많은 제주도 사람들이 목호와 함께 고려군에 적극적으로 맞서고자 했는지 그 과정을 하나씩 살펴보기로 하자.

목호 고독불화(古禿不花)와 석질리필사(石迭里必思) 등이 탐라의 성주 고복수(高福壽)와 함께 반란을 일으켰다.

《고려사》 고려 공민왕 11년(1362) 8월 24일

최영의 부대와 맞선 병력 중 몽골인이야 꾸준히 원나라로부터 이주하고 있었고, 혼혈 역시 몽골 세력이 오래 이 지역을 관리하면서 자연스럽게 생겨나게 된다. 하지만 때로는 제주도 지역 호족까지, 그러니까 성주마저도 목호와 결합하여 육지 세력과 대항하고자 했으니, 위 기록은 최영이 제주도에 오기 전 탐라 성주와 함께 고려 정부에 대항한 목호에 관한 것이다. 이처럼 당시 제주 호족과 목호 간에는 나름 긴밀한 연결 고리가 있었다. 이는 몽골이 제주도를 통치할 때 지역 호족에게 상당한 재량권을 주었으며, 고려가 파견한 관리들의 수탈로 인하여 제주도 내 목호뿐만 아니라 호족마저 그 피해가 상당했었기 때문이다.

> 전라도도순문사(全羅道都巡問使) 김유(金庾)가 병사들을 모집하고 100척의 배를 얻어 제주를 토벌하였으나 패배하였다.
>
> 《고려사》 고려 공민왕 15년(1366) 10월 8일

1366년에는 고려 정부가 100척의 배에 전라도 병사를 집결시켜 목호를 제압하고자 했으나 패배한 경우가 생겼을 정도였다. 100척이면 최영이 끌고 온 314척이나 삼별초 난을 제압하기 위해 몽골과 고려 연합군이 끌고 온 160척보다 적지만 상당한 수치임은 분명하다. 이 정도면 약 5,000명 이상의 병사가 탈 수 있으니까. 이 지경이 되자 제주도와 목호 간의 결합이 어느 정도인지 확신이 서지 않은 고려 정부에

서는 꽤나 신경이 쓰일 수밖에 없었다. 그러다 1369
년에도 목호가 난을 일으켜서 제주도에 파견한 지방
관리를 죽였으나 곧 항복을 청하니 제주 목사를 다
시 파견하게 된다.

> 원 사신 고대비(高大悲)가 제주(濟州)에서 와서
> 황제가 왕에게 하사한 채색비단(綵帛)과 금견(錦
> 絹) 550필을 전달하고 재상들에게도 또한 차등 있
> 게 주었다. 이때에 황제가 제주로 피난하기 위하여
> 황실 창고의 금과 비단을 제주로 운반하였으며, 이
> 어서 제주를 고려로 귀속시킨다는 조서를 내렸다.
>
> 《고려사》 고려 공민왕 16년(1367) 2월 17일

그뿐만 아니라 공민왕은 반원정책을 펼치면서 기
씨 일가를 대거 숙청하는 모습을 보였지만, 왜구로
인한 피해와 한족 반란군인 홍건적이 몽골군에게 쫓
겨 한반도로 오면서 생긴 피해 등으로 다시금 원나
라와 교류를 이어가고 있었다. 오죽하면 한족 반란
이 갈수록 심해지자 위 기록대로 원나라 황제 순제
가 자신이 도망가서 버틸 피난 궁전을 다름 아닌 제
주도에 만들고자 할 정도였다. 그러면서 제주도를
원나라에 귀속시키려는 목호의 뜻과 달리 제주도를
고려에 완전히 귀속시킨다는 원 황제의 명이 내려졌

다. 당시 원나라가 여유가 없었던 만큼 목호가 아닌 고려 입장을 최대한 배려했음을 알 수 있다.

이렇게 다난한 흐름 속에서 1368년, 드디어 원나라가 무너지고 그 자리를 명나라가 채운다. 한족 출신인 주원장이 세운 명나라가 북벌을 강행하니, 겨우겨우 버티던 원제국은 파멸을 맞이한 것이다. 추풍낙엽처럼 무너지며 수도였던 베이징을 버리고 원나라 황제 순제는 북쪽으로 달아났다. 이렇게 몽골을 내쫓고 중국을 장악한 명 황제 주원장은 다음으로 고려를 크게 압박하기 시작했다. 명나라 입장에서는 고려는 원나라의 부마국이자 동맹국이었기에 가만두면 안 된다고 여겼던 모양이다. 실제로 북쪽으로 쫓겨난 원나라 잔존 세력은 북원을 세우는 등 여전히 강대한 세력을 지니고 있었다. 특히 새롭게 즉위한 북원의 제2대 황제 소종(昭宗, 재위 1370~1378)은 몽골과 고려의 혼혈이었으니, 즉 기황후의 아들이었다. 이에 만일 몽골과 고려가 협력을 한다면 한족이 천하를 장악하자마자 큰 곤란에 빠질 수도 있었다.

하지만 원나라가 힘없이 무너지자 고려는 1369년부터 명나라와 적극적으로 국교를 맺었다. 오죽하면 이런 일이 있었을 정도. 북쪽으로 도망한 몽골 세력이 1372년 재상 곽확첩목아(廓擴帖木兒)의 분전으로 자신들을 쫓아온 15만 명의 명나라 군대 중 2만 명을 죽이며 크게 승리한 뒤 고려에 사신을 보낸다.

> 근래에 병란(兵亂)으로 인해 북쪽으로 피난했지만, 지금은 곽확첩목아(廓擴帖木兒)를 재상으로 삼아 나라를 다시 일으켰다. 고려 국왕도 원 세조(世祖, 쿠빌라이)의 손자이니 마땅히 다시 천하를 바로잡는 일에 힘써 돕도록 하라.
>
> 《고려사》 고려 공민왕 22년(1373) 2월 3일

그러나 공민왕은 "눈병이 있어 해를 보면 건강이 안 좋다."며 밤중에 조용히 몽골 사신을 만났으니, 명 조정이 고려와 몽골 간 교류가 있는 것을 알아챌까봐 두려웠기 때문이다. 이렇게 조심스럽게 명과의 관계를 이어가고자 했음에도 주원장의 의심은 끊이지 않았다. 그는 고려가 친원, 친명 양면 정책을 펼치며 눈치를 보고 있다 여겼으니까.

그리고 1372년, 목호가 해안가에 도착한 300여 명의 고려 군사와 지방관을 죽이는 일이 벌어졌다. 명나라 요구로 제주도 말을 가져오려다 생겨난 사건이었다. 상황이 이러함에도 1374년 명 황제 주원장은 몽골을 공격하기 위해 필요하니 제주도 말 2,000필을 내놓으라는 무리한 요구를 하고 있었다. 고려를

견제하는 동시에 몽골과 싸울 때 필요한 말을 가져
가겠다는 의도였다. 이에 명과의 관계가 중요해진
고려에서 급히 제주에 말 2,000필을 달라고 하니, 목
호 세력은 다음과 같이 말한다. "원 황제 쿠빌라이가
풀어놓아 기른 말을 명에게 바칠 수 없다."

　결국 강대한 명나라를 적으로 두었다가 생겨날
피해에 대한 걱정과 더불어 목호에 대한 인내심까지
한계에 다다른 공민왕은 가장 믿을 만한 무장인 최
영에게 병력을 주고 이들을 토벌하도록 명했다. 이
처럼 1374년의 전쟁은 원명 교체기의 영향 속에 벌
어진 사건이기도 했던 것이다. 이때도 역시나 제주
도는 육지 세력의 변화에 따라 크게 휩쓸리는 모습
을 보여준다. 결국 육지에서 출병한 고려의 대병력
이 제주도에서 어떤 행동을 보일지 알 수 없으니 목
호를 중심으로 뭉쳐 모을 수 있는 최대 병력을 모아
싸움에 나선 것이다.

새별오름

내가 탄 택시는 넓은 벌판을 따라 남으로 달려갔
다. 기사님에게 일부러 오름과 오름 사이에 펼쳐져
있는 벌판을 따라가자고 했다. 마치 말을 타고 달리
는 느낌을 좀 내보자는 거지.

새별오름은 기생화산으로 높이 119m 정도인지라
등산하듯이 30분 정도 오르면 정상에 도착한다. 듣
기로 제주에 있는 368개의 오름 중 꽤 유명세가 있으
며, 들불축제 등 여러 행사가 있다고 하더군. 그래서
주말이면 새별오름 주차장은 차로 가득하다. 또한
억새풀과 무덤이 많이 있어 유명한데, 돌담으로 둘
러싸인 제주 특유의 무덤이 특히 인상적이다. 오늘
은 택시를 타고 들판 사이로 지나가며 가볍게 구경

새별오름. ©깨임누고양이

하기로 하자.

지금은 관광지가 된 이곳 새별오름을 포함하여 금오름, 어름비벌판 등에서 고려군과 목호는 일진일퇴의 치열한 전투를 펼쳤다. 기병을 활용하여 적극적으로 공격을 하던 목호군을 상대로, 고려군 역시 한라산 아래에 있던 말을 대거 노획하여 기병을 구성한 뒤 전투를 이어가게 된다. 이제 목호가 기병으로서 지닌 우세점도 점차 사라지면서 병력이 그의 몇 배나 위였던 고려군의 승리가 눈앞으로 다가왔다. 패배가 계속되면서 목호는 점차 남으로 남으로 도망쳤다. 물론 최영은 끝까지 목호를 뒤쫓았다.

한편 최영이 군졸들 가운데 말이나 소를 도살해 먹는 자가 있으면 참수하거나 팔을 잘라서 조리돌리니, 병사들이 벌벌 떨며 조금도 군율을 어기지 않았다고 한다. 그동안 목호가 키우던 말과 소 등은 이제부터 고려 정부의 재산이 된 만큼, 함부로 다루면 안 되었다. 마침 새별오름 주변에는 목호가 제주도에 있던 시절만큼이나 말 목장이 여전히 많이 남아 운영 중이다. 이 중에는 국내 최고 수준의 경주마를 키우는 곳부터 관람객이 말을 직접 탈 수 있는 곳까지 다양하게 있으니 말이지.

어느덧 오후 3시가 되어버렸으니 배가 고프네. 아침만 먹고 계속 돌아다녔으니 배고플 때이기는 하다. 마침 《고려사》 부분에 말고기 이야기가 나와서 그런지 갑자기 말고기가 먹고 싶어졌다.

"그런데 기사님, 말고기가 그리 맛있나요?"

"말고기요? 맛있죠."

"어떤 맛이죠?"

"글쎄요. 음. 다른 고기와 비교한다면 소고기? 비슷한데 약간 다릅니다."

"그럼, 말고기 잘하는 집 아시면 가서 함께 드시죠."

"알겠습니다. 가시죠."

택시 기사님의 추천 가게로 가서 함께 먹어보기로 한다. 서귀포에 있는데 가게 이름이 '제주진미마돈가' 라고 하는군. 말고기는 처음인데, 이번 기회에 제대로 한번 먹어봐야겠다.

9
몽골이 남긴
제주도 남부 유적

제주진미마돈가

제주도 택시 투어를 하면 이동 중에 기사와 이야기를 많이 나눌 수 있는데, 그러면서 알게 되는 것 중 주변 맛집에 대한 정보도 쏠쏠하다. 지금까지 말고기를 먹어본 적이 없으나 기사님 추천으로 함께 가게에 들어갔다. 유명한 가게라 그런지 안에 손님이 꽤 많고 내부 시설은 전형적인 고깃집 분위기다. 자리에 앉은 뒤 말고기 코스 2인분을 시켰다. 코스 요리라 말을 이용한 많은 종류의 요리가 등장하는 모양.

처음에는 죽이 나오더니, 이윽고 말 육회가 등장했다. 말 육회? 소 육회 같은 건가? 입에 넣어보니까, 비슷하면서 약간 다르다. 조금 더 담백하고… 음. 부드러운 느낌? 다음으로 말고기로 만든 돈가스와 말고기로 만든 갈비찜 등이 등장했다. 이 중 말고기 갈비찜에서는 확실히 소나 돼지로 만든 갈비찜과 다른 맛이 확 들었다. 말 특유의 향이 이건가 싶군.

메인 메뉴는 말고기 구이인데, 직원의 말에 따르면 소고기처럼 완전히 굽지 말고 약간 구운 뒤 먹는 것이 더 맛이 좋다고 한다. 먹어보니, 음. 담백한 소고기 느낌이랄까? 확실히 구워 먹는 것이 제일 맛있는 듯하다. 마지막에는 말고기 곰탕이 나왔는데, 설렁탕 느낌이나 분명 조금은 다른 맛이다.

결론. 말고기, 생각보다 훨씬 맛있다. 얼핏 소고기 75% 느낌으로, 양고기처럼 심하지는 않으나 말 특유의 향이 약간 있으면서 소보다 더 담백함. 몽골 다큐멘터리를 보면 유목민이 말을 잡은 뒤 여러 가족이 나누어 탕을 끓이고 고기를 구워 먹고 하던데, 바로 이 맛이었군. 덕분에 제주도에 살던 목호의 삶을 조금 이해할 수 있게 되었다. 하지만 최영을 따라온 고려군 중 일부는 이 맛을 몰래 즐겼다가 목이 잘리고 말았으니, 참으로 안타까운 일이라 생각된다.

추사 유배지

배를 채웠으니, 다음 코스로 추사 김정희(金正喜, 1786~1856)가 9년간 유배 생활을 했던 곳으로 가보자. 추사 김정희는 조선 말 등장한 문인이자 위대한 예술가로, 한국에서는 설명이 따로 필요하지 않을 정도로 유명한 분이시다. 그런데 이곳 제주도에서 생애의 7분의 1 정도 삶을 살았으니, 그 인연이 참으로 남다르다 하겠다. 또한 그 힘든 유배 과정에서 김정희의 인생 최고 작품인 〈세한도(歲寒圖)〉가 완성되었다. 고통을 예술로 승화시킨 삶은 역시나 아름다운 듯하다.

한데 이번에 내가 추사 유배지로 가는 이유는 추사 김정희 선생을 만나러 가는 것이 아니라 다름 아닌 대정현성을 보러 가는 것이다. 이곳에도 제주읍 성처럼 성곽이 존재했고, 추사 김정희 유배지는 바로 대정현성 안에 있기 때문이다.

무술년(1418) 여름에 일이 있어 현에 왔더니 현감 유신이 술을 내어 놓고 말하기를 "현을 설치한 유래를 아십니까? 오식 공이 안무사(지방관)로 제주에 와서 생각하기를 … '마땅히 현을 나누어서 수령을 두어야겠습니다.' 고 아뢰니 임금님과 조정에서 그렇다고 생각하여 곧 명하셨으므로 제가 오게 된 것입니다. 가시덤불을 헤치고 임시로 묵은 지 몇 달 만에 제주 목사로 이간 공이 부임하여 말하길 '성을 쌓지 않으면 안 된다' 하였으므로, 나이 든 주민 한두 사람과 더불어 주변을 두루 돌아보고 위치를 정하여 땅을 재니 주민과 장정들이 스스로 공사에 나왔으므로 한 달도 채 못 되어 성이 만들어졌습니다."

그 말을 듣고 술잔을 들어 사방을 돌아보니 성벽과 관청은 완성되었으며 백성들의 얼굴에는 희색이 있고 관원들은 예의가 있었다. 오호라! 성화(聖化)를 입음이 이렇게 빠른가. 그 옛날 황폐하였던 땅이 오늘에는 마을이 되었고, 그 옛날에 무지몽매하였던 사람들은 오늘에 예의 있는 모습이 되었다.

고려 말에는 백성을 다스리는 법이 없어서 가렴
주구를 마음대로 하였다. 또 우리 겨레 아닌 족속이
섞여 살고 있었으므로 갑인년의 변(1374년 목호의
난)을 일으켜 병과(兵戈)가 바다를 덮고 간뇌(肝腦)
가 땅을 물들였다 하니 말하면 목이 메인다. 이제
성상께서 위에 계시어 덕화가 행해지고 풍속은 바
뀌어 집집마다 순박한 기풍을 이루어 사람마다 충
효의 뜻을 품게 되었다.

《신증동국여지승람, 38권, 전라도 제주목 대정현조》

이 내용은 1418년, 제주도 판관이었던 하담(河澹,
?~1456)이 대정현성이 완성된 후 현감 유신(兪信)을
만나 이야기를 나눈 뒤 그 감회를 글로 남긴 것이다.
당시 성을 쌓을 때 이를 지원한 제주 목사는 이간(李
暕)이었다. 관직 서열을 본다면 목사—판관—현감
순. 이처럼 조선 시대 들어와 태종 이방원이 즉위했
던 시점에 제주도 남부를 왜적으로부터 방어하기 위
하여 성을 쌓도록 하면서 대정현성이 만들어졌다.

어느 날 추사 유배지 관광을 왔다가 집으로 돌아
온 뒤 대정현성의 유래가 궁금하여 조사하는 중 우
연치 않게 나는 위 글을 찾게 되었고, 특히 "우리 겨
레 아닌 족속이 섞여 살고 있었으므로 갑인년의 변
(1374년 목호의 난)을 일으켜 병과(兵戈: 무기)가 바

대정현성. ⓒ책읽는고양이

다를 덮고 간뇌(肝腦: 참혹한 상황)가 땅을 물들였다
하니 말하면 목이 메인다."라는 하담의 글에서 목호
의 난이 어떤 사건이었는지 구체적으로 궁금증을 가
지게 되었다. 그 결과 이 내용으로 역사 소설을 써보
자는 계기가 만들어진 것이다. 이번 여행의 계기도
마찬가지고.

택시는 주차장에서 기다리기로 하고 성 주변을
쓱 한 바퀴 돌아보려 한다. 이전에 왔을 때와 크게 달
라진 것은 없는데, 성은 일부만 남아 있는 상황이다.

대정현성 돌하르방

그리고 이곳에도 돌하르방이 있으나, 제주시에서 쉽게 만날 수 있는 돌하르방과는 디자인과 크기 등이 너무 다르다. 바로 주차장 옆에도 있으니 보고 갈까? 크기는 훨씬 작고 디자인은… 음, 마치 어린아이 같은 느낌이 강하군. 18세기에 제주읍성에서 돌하르방을 만든 뒤 남부 서귀포 지역에도 돌하르방이 만들어지면서 이 지역 특색을 지닌 석상으로 조각된 모양이다. 제주도 동남쪽에 위치한 서귀포 정의현성에도 이곳과 유사한 디자인의 돌하르방이 있으니 궁금하면 방문하여 확인하길.

추사 기념관을 한 번 쓱 빠르게 돌아본 후 성곽도 보고 나왔다. 이제 택시를 타고 제주도 남부에 남아 있는 몽골의 이야기를 더 살펴보기로 하자.

한때 제주도 최대 사찰이었던 법화사

어느덧 오후 5시에 이르러 법화사에 도착했다. 제주 남부에 위치한 법화사는 고려 시대만 하더라도 상당한 규모를 자랑하던 사찰이었다. 오죽하면 조선 초기까지도 사찰에 소속된 노비만 280명이 있었을 정도였다. 그러나 점차 세가 기울어 18세기쯤에는 대부분의 건물이 사라진 채 사실상 폐사 상태가 된다. 20세기 초반부터 사찰로 다시 활용되면서 하나둘 새롭게 건물이 들어서기 시작했으며, 특히 1960년 후반 법화사 터를 발굴 조사하면서 몽골과 큰 연관이 있는 장소임이 밝혀졌다.

대웅전은 1987년, 연못은 2001년 복원된 것인지라 옛 건물 터에 올린 사실상 새것에 가깝다. 하지만

법화사 대웅전. 1987년 복원된 건물로 왼편으로 더 들어가면 고려 시대 옛 법화사 터를 만날 수 있다. ⓒ 책읽는고양이

대웅전 왼편, 그러니까 사찰 서쪽으로 쭉 들어가면 여전히 야트막한 언덕 주변으로 건물 터가 몇 개 더 보인다. 이곳에 있는 돌로 된 계단과 기단은 옛 사찰 터의 흔적으로, 근처에서는 고려 시대에 사용했던 기와들을 모아 쌓아둔 모습도 볼 수 있다. 여전히 과거의 사찰 규모를 다 복원한 것은 아닌 것이다.

한편 조선 태종 6년(1406)에 명나라 사신이 조선을 방문한 뒤 제주도 법화사에 있는 원나라 불상을 명나라로 가져가겠다고 한 적이 있었다. 본래 원나

라가 만든 것이니, 원나라를 대신하여 명나라가 세워진 이상 불상 역시 명나라 것이라는 논리였다. 그런데 이상하게도 이들이 제주도를 직접 방문하여 불상을 가져가겠다는 것이 아닌가? 명나라는 고려 말부터 제주도를 자국의 영토로 귀속시키려는 듯 여러 차례 트집을 잡곤 했기에 조선 역시 제주도 문제에 대해 상당히 예민한 상황이었다. 명나라 사신이 말한 불상 소속 논리대로라면 제주도 역시 한때 원나라가 관할했으니 명나라가 관할하겠다고 나올 수도 있기 때문. 이에 태종은 미리 불상을 제주도에서 육지인 나주로 옮기도록 하여 명나라 사신이 제주도에 방문할 근거를 아예 없애버렸다. 이들이 제주도를 정탐하는 것이 분명하다 여겼기 때문이다. 불상이 제주도에서 나주로 옮겨지는 동안 전라도 관찰사 역시 지금은 바다를 건너기 힘들다면서 최선을 다해 40일간 명나라 사신을 육지에 붙잡아두기까지 한다.

이처럼 한때 명나라에도 잘 알려질 만큼 유명한 원나라 불상이 존재했던 법화사. 그렇다면 과연 몽골과 어떤 인연이 있었던 것일까?

몽골 사람들이 주로 살던 지역

　이쯤해서 오전 국립제주박물관에서 언급했던 것을 다시 떠올려보자. 법화사에서 출토된 기와에 대한 것인데, 그 기와에 '지원육년기사시중창십육년기묘필(至元六年己巳始重刱十六年己卯畢)'이라는 명문이 새겨져 있어 주목을 받았다고 했었다. 지원 6년은 1269년이고 지원 16년은 1279년이다. 즉, 1269년, 기존 사찰 규모를 더 키우는 중창을 시작하여, 1279년, 완공되었음을 알려주는 기와라 하겠다. 다만 1270년부터 1273년 사이에는 삼별초의 난이 껴 있기 때문에 당연히 잠시 중창 사업이 멈춰졌다가 다시 진행되었을 것이다.
　그런데 왜 하필 1269년부터 제주도의 사찰을 새

롭게 중창한 것인지 궁금하군. 어쩌면 당시 원나라 황제 쿠빌라이의 꿈인 일본과 남송 원정을 성공적으로 완수하기를 기원하는 것이었을지도 모르겠다. 이 과정에서 원나라에서 제작한 2m 수준의 대형 삼존불을 법화사에 모시게 된다. 나중에 명나라가 도로 가져가겠다고 했던 불상이 바로 그것이다. 그만큼 원나라에서도 꽤나 공을 들여 사찰을 정비했음을 알 수 있다.

또한 법화사 터를 조사하는 과정에서 정밀하게 가공된 석재, 용과 봉황이 새겨진 기와 등이 발견되었는데, 그 형식이 다름 아닌 원나라 궁전의 것과 유사했다. 이렇듯 법화사는 한때 원나라 황실 건물의 디자인을 갖춘 건축물에 원나라 불상을 갖춘 사찰이었던 것이다. 이 정도면 당시에 대단히 이국적인 모습을 보여주지 않았을까? 아마 지금도 몽골에 가면 쉽게 볼 수 있는 라마교 형식의 화려한 사찰을 상상해볼 수도 있겠다.

한편 몽골의 부마국이 된 고려 시대에 제주도에는 많은 몽골인이 이주하여 살았는데, 이들은 기존의 제주도 사람들이 많이 살던 제주 북부보다 남부 지역에 주로 마을을 구성하며 살았던 것으로 추정된다. 고고학 조사 결과에 따르면, 실제로도 일찍부터 한반도 육지와 교류가 가능했던 북부 지역에서는 다양한 탐라 시대의 유적이 발견되고 있으나, 동일 시점 남부 지역에서는 큰 규모의 촌락 흔적이 많이 발견되지 않는다. 그런데 남부 지역에서도 고려 시대 후반부터 사찰과 건물 터의 숫자가 크게 급증되기 시작했으니, 이때부터 비로소 인구 규모가 늘어나기 시작했던 것이다.

원나라와 관련한 유적과 지명터가 제주 남부 지역에서 많이 발견된다는 점도 주목할 부분이다. 이는 곧 제주 남부 지역을 중심으로 몽골인들이 거주했다는 증거일 수 있기 때문. 그래서인지 고려 충렬왕은 1294년 5월, 제주도의 통치권을 원나라로부터 돌려받은 후 1300년, 16개 군현을 설치하는데, 이때 제주도 남부의 군현 숫자가 탐라 시대의 기존 취락 분포 숫자에 비해 크게 증가하는 모습을 보인다. 그만큼 몽골인 마을이 증가한 것으로 볼 수 있겠다. 이처럼 원나라 이주민과 토착 제주민이 근처에 함께 사는 비율이 제주 북부보다 남부가 더 높았음을 의미했다.

그렇다면 당시 법화사는 세조 쿠빌라이가 만든 사찰이자 원나라 불상이 모셔진 장소로서 제주 남부에 사는 몽골인들에게 정신적 중심지 역할을 톡톡히 했을 것이다. 당연히 고려 말 제주도에서 백 년에 걸쳐 서서히 토착 세력이 되어가던 목호 세력 역시 중요한 때마다 법화사를 방문해 기도했을 테고. 자, 이제 법화사 구경은 끝난 것 같으니, 주변에 남아 있는 몽골 흔적을 더 살펴보기로 할까?

하원동 탐라 왕자 묘

　사찰 앞에서 기다리던 택시를 타고 북쪽으로 10
분 정도 달려 '하원동 탐라 왕자 묘'라는 곳에 도착
했다. 탐라 왕자라는 명칭에서 '왕자'는 제주도를
통치했던 호족 중 성주 다음가는 세력이었던 왕자를
의미하나보다.

　한편 제주도 북쪽에 위치한 제주시에는 '문경공
고조기 묘'와 '거로 능동산 방묘'가 있는데, 이들 묘
는 제주를 다스리던 성주 가문의 고분이다. 문경공
은 12세기에 과거에 합격한 후 재상 지위까지 올랐
던 최초의 제주 사람인 고조기를 뜻한다. 당시 탐라
국은 고려에 소속되면서 독립적 성향이 점차 옅어지
고 있었다. 이러한 때 당시 성주를 이어가던 고씨 일

거로 능동산 방묘. ⓒ책읽는고양이

가에서 고려 정부 최상위 고위직에 오른 사람이 등장했으니 그 의미가 남달랐던 것이다. 지금도 고조기 묘는 꽤 잘 관리되고 있다. 마치 시조 묘처럼 말이지.

다음으로 제주시에 있는 '거로 능동산 방묘'는 능동산 아래 거로마을이라는 곳에 있는 방묘(方墓)로, 조선 초 마지막 성주였던 고봉례와 그의 부인의 묘로 추정되는 곳이다. 방묘는 네모반듯하게 돌로 틀을 만든 뒤 그 안에 관을 안치하는 무덤을 의미하며, 고려 말에서 조선 초까지 제주도 고위층 사이에서 유행하던 무덤 양식이었다. 국청사라는 절을 바라보고 오른편 유치원 옆으로 올라가야 만날 수 있으나, 지금은 입구가 거의 폐쇄되어 있다시피 해 찾기 어렵다. 나름 찾아보는 재미가 있는 곳이다. 무덤에 이르면 한라산이 보이며 절경이 펼쳐진다.

고봉례는 목호의 난을 제압한 직후 고려 정부에서 제주도 토착 세력을 달래기 위해 개성으로 불러와 벼슬을 준 인물이다. 이후 성주였던 아버지가 죽고 성주직을 세습하였으나, 조선 시대 들어와 태종 이방원이 왕이 되자 제주의 지배층이 그동안 세습하던 성주(星主)와 왕자(王子)의 명칭이 분수에 맞지 않는다고 개정하여줄 것을 청한다. 이에 성주는 좌도지관(左都知管), 왕자는 우도지관(右都知管)으로 바뀌게 된다. 이로써 탐라국의 성주 시대가 마감된

하안동 탐라 왕자 묘. 맨 앞에 보이는 큰 것이 1호분. 그 뒤가 2호분. 맨 위에 3호분이 있다. ⓒ계림늪노양이

하원동 탐라 왕자 묘 3호분(위)과 2호분(아래). ⓒ책읽는고양이

것이다.

어쨌든 고봉례 역시 태종이 제주도 관리를 위해 아주 중요하게 생각한 인물이었고, 그런 만큼 조선 정부의 대접도 좋았다. 그래서인지 '거로 능동산 방묘' 역시 꽤 격이 있는 모습을 보인다. 크고 작은 자연석을 차곡차곡 쌓아 판석을 만들고 봉분을 구축한 형태가 제주도 지역의 최고 신분의 힘을 그대로 느끼게 만드니까.

이처럼 제주시에 위치한 성주 가문의 묘를 직접 본 적이 있는 나에게 이곳 '하원동 탐라 왕자 묘'는 성주보다 한 단계 아래 지위였던 왕자의 묘임에도 불구하고 성주의 묘보다 격이 더 높아 보여서 큰 의문이 들게 만든다. 우선 이곳 탐라 왕자 묘는 아래로부터 1호, 2호, 3호로 구분하고 있는 3기의 무덤이 주인공인데, 100m 정도의 능선을 따라 나란히 배치되어 있다. 다만 중간중간에 개인 무덤이 여럿 자리 잡고 있으니, 이 부분은 감안하며 확인해보기로 하자.

그런데 이 중 1, 3호분은 네모반듯한 큰 돌을 세워서 판석을 구축하여 딱 보아도 깔끔하면서도 단단해 보인다. 반면 2호분은 크기가 비슷한 작은 돌을 마치 벽돌처럼 차곡차곡 쌓아서 판석을 구축하였다. 그래서 학자들은 1, 3호분은 비슷한 시기 혈연적 관계가 연결되는 이의 무덤으로 추정하고 있으며, 2호분은 그보다 시기가 조금 뒤의 것으로 보는 모양이다. 즉, 완성 시기는 3호분이 가장 먼저이고 그다음이 1호분, 2호분은 조금 뒤로 추정하는 중. 여하튼 3기의 묘가 돌을 쌓는 형식이 조금 다르기는 하나, 중요한 점은 이곳 묘들은 돌 자체부터 손질을 충분히 한 뒤 쌓았기에 자연석을 그대로 쌓은 성주 묘보다 누가 보아도 훨씬 짜임새 있고 격 있게 만들어져 있다는 사실이다.

또한 1호분을 보면 돌담으로 구획된 규모가 꽤 널찍하며, 무덤으로 가기까지 여러 층을 나누어 단계를 구축하고 돌계단을 설치한 뒤 문인석까지 세워두었다. 이들 문인석 중 하나는 목이 사라진 형태고 다른 하나는 목이 그대로 남아 있는데, 사실 목이 남아 있는 것은 근래 복원된 석상이다. 본래 이곳에 존재했던 목이 남아 있는 석상은 현재 제주도 민속자연사박물관에 옮겨져 전시되는 중.

여하튼 목이 없는 석상을 자세히 살펴보면 신하복식에 허리띠를 차고 손에는 홀(笏)을 쥐고 있다. 이는 사극에서도 가끔 볼 수 있듯이 대단히 격식을 차린 복장으로, 특히 손에 쥔 긴 홀은 실제로는 상아나 나무 등으로 만든 물건이었다. 또한 전반적인 디자인이 이국적인 느낌이 든다. 한국에서 만들어진 것들에 비해 홀이 너무 길거든. 이 정도 길이는 중국

탐라 왕자 묘 1호분에 세워둔 석상. 목이 사라진 석상은 원본이며, 목이 남아 있는 석상은 근래 복원된 것이다. ⓒ책읽는고양이

사극에서 본 느낌이랄까? 어쨌든 이런 석상을 세세히 돌을 깎아서 만들었으니, 공력이 상당히 들어간 작품이 틀림없다. 또한 석상의 재료인 돌 역시 제주에서 쉽게 만날 수 있는 현무암이 아니다. 이는 곧 필요한 돌을 고르고 골랐다는 의미. 그런데 바로 옆 근래 복원된 석상은 현무암으로 만들었네. 음, 제대로 된 복원은 아니라는 의미.

이처럼 이곳 묘는 제주도 토착 세력 중 가장 신분이 높았던 성주 묘보다도 격이 훨씬 높은 형태로 만들어진 것이다. 그렇다면 이들 묘의 주인은 실제로는 왕자가 아닌 다른 이였을 가능성도 있지 않을까? 그렇다면 그 주인공은 누구일까?

강정동 대궐 터

이제 택시를 타고 남쪽으로 이동한다. 법화사에서 3km 남쪽으로 강정동 대궐 터 근처를 지나게 되는데, 주변이 비닐하우스나 밭으로 되어 있어 방문해도 큰 의미는 없을 듯하다. 그래서 그냥 지나가면서 마지막 방문지인 범섬으로 이동하기로 하자. 그런데 왜 이곳을 강정동 대궐 터라고 부르는 것일까?

홍로궁기(洪爐宮基)

옛날 홍로현은 한라산 남쪽 기슭 아래에 있었다. 땅의 형세가 평탄하고 탁 트이고 샘물이 달고 땅은 비옥하다. 산 뒤쪽으로 바다와 접하고 좌우로 맑은 물이 흘러간다. 정말로 이 섬 중에서 경치가 빼어난 곳이다. 지금은 큰 마을이 들어서 사람들이 그곳에 모여 살고 있다. 마을 안에는 평평한 밭이 있는데 그 크기가 사방 수백 보가 된다. 나이 든 촌로들이 '대궐 터'라 일컫는다고 말을 전하고, 먼 옛날의 문헌에도 역시 대궐 터라 칭했다.

정의현 일대의 그 어떤 곳도 예부터 기와집이 없었으나 오직 이 밭에서만은 기와 조각이 많이 있다. 또한 주춧돌까지 있다. 지금은 인가에 들어가 있지만 그것이 궁실의 유지였음을 충분히 증명할 수가 있다. 하지만 어느 시대에 만들어진 것인지는 알 수가 없다. 탐라국은 한라산 북쪽에 도읍을 틀었으니 지금의 제주성이다. 여기 외에는 궁궐이 자리 잡았다는 것을 들어본 적이 없다.

《고려사》를 살펴보건대, 원나라 순제가 제주로 피난하려고 사신을 보내 황실 창고의 금과 비단을 실어 보내고 또 궁실을 조영했다. 목수들이 모두 가족을 데리고 왔으나 공사를 마치지 못한 채 원나라가 망해버렸다. 또한 이 섬에는 모두 나쁜 돌만 있는데 오직 산방산 돌만은 좀 낫다. 그 아래에 캐고서는 운반하지 않고 해변에 쌓아둔 것이 많이 있다. 홍로 남쪽으로 5~6리쯤에 서귀포가 있는데 지리지에는 원나라에 조공할 때 바람을 기다리던 항구였다는 말이 전해져 내려오는 곳이다. 이러한 몇 가지

근거로 보면 원 순제가 경영하던 곳이 바로 이곳이
아닐까 한다.

제주 목사 송정규, 《해외문견록(海外聞見錄)》

《해외문견록》은 송정규(宋廷奎)가 1704년부터
1706년까지 제주 목사로 있을 때 쓴 책이다. 17~18
세기 제주에서 발생한 표류 사건들을 수집하여 기록
한 이 책에 위의 이야기가 등장한다. 홍로현, 그러니
까 지금의 강정동에 대궐 터라 불리는 곳이 있어 살
펴보니, 이곳에 질 좋은 돌과 기와가 여전히 남아 있
었나보다. 이에 송정규는 이곳이 바로 원나라 마지
막 황제가 궁궐을 만들고자 했던 장소가 아닐까 하
고 추정했던 것이다.

왕이 원나라의 목수 원세(元世)를 제주(濟州)에
서 불러와 영전(影殿)을 세우게 하니 원세 등 11명
이 가족을 이끌고 왔는데, 원세가 재상들에게 말하
기를, "원의 황제가 토목공사 일으키기를 좋아하였
다가 민심을 잃어버렸고, 천하를 끝까지 지키지 못
할 것을 스스로 알고 이에 저희에게 탐라(耽羅)에다
가 궁궐을 짓도록 지시하였습니다. 제주로 피난할
계획이었지만, 공사가 끝나기도 전에 원이 망해버
렸으니 우리들은 먹고 입을 것을 잃었는데, 지금 불

려와 다시 먹고 입을 것을 얻게 되었으니 진실로 천
만다행입니다. 그러나 원은 천하에서 가장 컸음에
도 백성을 피로하게 하였다가 망하였는데, 고려가
비록 크다고 하지만 이렇게 한다면 민심을 잃지 않
을 수 있겠습니까? 원컨대 여러 재상들께서는 왕에
게 아뢰어 주십시오.

《고려사》 공민왕 18년(1369) 9월

실제로 《고려사》에는 원 황제가 제주도에 목수
를 파견하여 궁궐을 짓던 중이던 1368년에 원나라가
망했다는 기록이 남아 있다. 당시 공민왕은 1365년
에 자신의 아이를 낳다가 죽은 왕비 노국대장공주
(魯國大長公主)를 위해 영전을 세우고 있었는데, 여
기에 어마어마한 노동력과 국고를 동원하고 있었다.
또한 사랑하던 공주의 초상화를 걸어놓고 마치 살아
있는 사람을 대하듯 지내며 개혁 의지가 완전히 무
너져 버린다. 그런 왕이 이번에는 원나라에서 궁궐
을 짓기 위해 제주도로 파견했던 목수를 개성으로
불러와 노국대장공주를 위한 영전을 만들도록 한 것
이다.

그렇다면 정말로 강정동 대궐 터가 원나라 황제
가 피난을 위해 만든 궁전이었을까? 실제 이곳을 발
굴 조사한 결과 건물을 올리기 위한 주춧돌은 원나

라가 법화사를 중창할 때 사용한 것과 거의 동일한 형식이었다. 또 고려 말에서 조선 시대까지 사용된 상감청자까지 출토되면서, 이곳이 14~15세기에 사람이 지내던 곳으로 파악되었다. 이에 여러 논의가 학자들로부터 나왔는데, 그 과정에서 다음과 같은 기록과 연결하게 된다.

"북방을 정벌할 때 귀순한 달달친왕(達達親王, 몽골 왕족) 등 80여 호를 모두 탐라(耽羅)로 보내 거주시키려고 한다. 너희들이 고려에 가거든 잘 설득하여 그곳으로 사람을 보내어, 깨끗하고 편리하여 갈 만한 곳에 살 곳을 만들고 함께 돌아와 보고하도록 하라."라고 하였다. 이에 전리판서(典理判書) 이희춘(李希椿)을 제주로 보내 새 집과 낡은 집 가운데 거처할 만한 집 85개 소(所)를 수리하게 하였다.

《고려사》 창왕 즉위년(1388) 12월

명나라에서는 원나라가 무너진 이후 여러 지역의 원나라 왕족들을 포로로 잡았는데, 이들 중 일부는 고려의 제주도로 보내 살도록 하였다. 이를 통해 중국 내 몽골 왕족의 영지와 연결점을 끊고자 했던 것이다. 결국 1388년, 그렇게 제주도로 이주한 이가 바로 달달친왕(達達親王)이었다. 강대한 명나라의 눈치를 보던 고려에서는 할 수 없이 몽골 왕족들을 제주도에 살도록 했으니, 그 과정에서 위의 기록처럼 거처할 만한 집을 수리하게 하는 등 준비를 마치게 된다.

그런데 이런 경우는 비단 이때만이 아니어서 이미 1382년에도 명나라의 요구로 백백태자(伯伯太子)가 아들 육십노(六十奴)와 내시 복니(卜尼) 등과 함께 제주도로 이주하여 살게 된 경우가 있었다. 나름 제주도로 온 몽골 왕족 중 최고위 인물이었다. 백백태자는 쿠빌라이의 다섯째 아들의 후손이자 한때 중국 윈난성을 지배하던 양왕(梁王)의 아들이었다. 그는 아들 육십노, 그리고 양왕의 또 다른 손자인 애안첩목아(愛顔帖木兒) 등과 함께 제주도에서 살았는데, 이후 고려가 망하고 조선이 들어섰을 때에도 백백태자는 제주도에서 활동하고 있었다.

조선 왕조가 건국된 후인 1393년, 백백태자는 말 3필과 금반지를 조선 정부에 바쳤으며, 1404년 먼 이국의 땅에서 죽음을 맞이한다. 그의 아들 육십노는 제주에서 말을 키워 명나라에 바치는 일을 하다가 1390년에 이미 죽은 다음이었다. 백백태자가 죽고 한참이 지난 후인 1440년, 세종은 백백태자의 부인이 늙고 빈궁하게 산다고 하여 해마다 의복과 양식을 제공하여 특별히 관리하도록 명했다. 또한 이때 백백태자의 사위의 군역을 면제하도록 하였으니, 여전히 말을 키워 국가에 제공하는 일을 해왔던 모양이다.

이러한 기록을 바탕으로 백백태자 일행이 살던 장소가 다름 아닌 강정동 대궐 터가 아닐까 하는 의견이 나온 것이다. 자, 한번 생각해보자. 원나라 왕족 중 최고 위치에 있었던 백백태자는 나름 고려, 조선에서도 상당한 고위층으로서 대접할 필요성이 있었다. 또한 이들 백백태자 일행은 제주에서 말을 관리하면서 한때 명나라 조정에 말을 바치는 일도 맡고 있었다. 이에 과거 원나라 황제가 피난 궁전으로 만들던 제주도 남쪽의 건물에 백백태자 일행이 살도록 하였고, 그 결과 지금까지도 대궐 터라는 이름이 붙여진 것이 아닐까?

그런데 이곳 강정동 대궐 터 외에도 서귀포시 하례리, 서홍동 등에도 대궐 터로 불리는 곳이 있다. 즉 당시 제주도에서는 보기 드물게 기와 건물이 존재했던 곳으로, 이 역시 여러 차례에 걸친 몽골 왕족의 제주도 이주와 연결된 지명일 가능성이 있다.

자. 여기까지 흐름을 따라와보니, 아까 보고 온 하원동 탐라 왕자 묘의 주인공도 다름 아닌 백백태자일 가능성이 높아지는 듯하다. 황제 쿠빌라이의 후손이자 쿠빌라이에 의해 중창된 법화사 근처에 백백

강정동 대궐 터는 아쉽게도 비닐하우스로 개발되어 확인이 어렵다.ⓒ 책
읽는고양이

태자가 살던 대궐 터가 존재하고, 하원동 탐라 왕자
묘도 우연이라 보기에는 너무 희한하게 그 주변에
위치하고 있기 때문. 무엇보다 당시 제주도에서 성
주 가문보다 더 높은 대우를 받을 수 있는 집단으로
는, 몽골 왕족 중에서도 최고위 혈통으로 제주도에
이민 온 백백태자 일행이 대표적이었다. 고분의 격
이 성주의 무덤보다 높은 이유도 이 때문.

　그렇다면 고분 조사 결과 하원동 탐라 왕자 묘가
3호분→1호분→2호분 순서로 완성되었다고 추정하

는 것과 더불어 이 중 1호분이 가장 묘의 격식이 높은 것 역시 충분히 이해가 된다. 3호분은 다름 아닌 1390년에 죽은 백백태자의 아들 육십노의 묘이고, 1호분은 1404년 아들이 죽은 지 15년 후에 죽은 백백태자의 묘이며, 2호분은 1440년에도 생존하고 있던 백백태자의 부인 묘였던 것이다. 그래서 3호분과 1호분은 거의 비슷한 양식으로 묘가 만들어졌고, 2호분은 그보다 후대 형식으로 만들어졌음을 알 수 있다.

이처럼 목호의 난이 마무리된 이후에도 제주도에는 몽골의 후손들이 살아갔으니, 제주도 서남부에 남아 있는 많은 유적지가 과거에 있었던 몽골의 영향력을 여전히 보여주고 있다.

범섬

오후 7시가 되기 바로 직전에 제주도 남쪽 해안가에 도착했다. 서귀포항에서 남서쪽으로 5km 떨어진 곳에 위치한 범섬은 둘레 2km 정도의 작은 섬이다. 섬 형태가 마치 호랑이가 웅크리고 있는 것 같다고 해 범섬이라는 이름이 붙여졌는데, 정말로 꽤 인상적인 모습을 가지고 있다. 택시 기사님께 범섬이 잘 보이는 조용한 해안가에 가달라고 해서 그런지 주변에 사람이 별로 없네. 그래도 해안가로 사람들이 꽤 걷는지 도보가 잘 만들어져 있군. 제주 올레길이라고 한다.

저 섬에는 과거 소수의 사람이 살았다고 하는데, 가축을 풀어놓고 키우면서 섬 가장자리에서 나오는

범섬. ⓒ책읽는고양이

용천수를 마시며 지냈다고 한다. 또한 물고기가 잘 잡혀서 그런지 지금은 많은 사람들이 낚시하기 위해 방문한다. 실제로도 서귀포 주변 항구에서 배를 타고 갈 수 있다. 다만 2000년에 천연기념물로 지정되면서 더 이상 사람이 살지는 않는다.

그런데 내가 이곳에 온 이유는 제주도에서 고려 정부에 대항한 목호 세력이 최영 부대에게 쫓기고 쫓기다가 마지막으로 도착한 곳이 범섬이었기 때문. 목호의 남은 수십 명은 배를 타고 범섬으로 탈출한 뒤 최후의 저항을 하고자 했다. 이에 최영은 전함 40척으로 섬을 포위하게 하고 자신은 정예군을 이끌고 뒤따라갔다. 40척이면 2,000명 정도 병력이 탈 수 있으니, 범섬에서 이를 지켜보던 목호에게는 더 이상 희망이 보이지 않았을 것이다.

그렇게 목호 세력은 마지막까지 저항하다 최영에 의해 진압되었고, 우두머리는 잡히자마자 아들 세 명과 함께 처형된다. 일부는 고려군에게 잡히기 전에 이미 범섬 앞바다에 몸을 던져 자살한 상황이었다. 하지만 고려군은 바다에 빠져 자살한 목호 시체까지 배로 일일이 건져내어 목을 잘랐다. 어쨌든 저항하는 측이나 진압하는 측이나 극한까지 대립하며 전투에 임했던 것이다.

바다 건너 범섬을 충분히 감상한 뒤 택시를 탔다.

"이제 공항으로 가시나요?"

"네."

1시간 정도 달리면 공항에 도착한다고 한다. 그리고 공항에서 비행기를 타고 1시간이면 김포공항에 도착하는군. 이렇게 비행기 덕분에 서울에서도 불과 1시간 거리가 되면서 제주도는 참 가까운 장소로 다가오게 된다. 물론 비행기를 타고 가야 한다는 심리적 거리가 있기에, 여전히 한국이면서도 이국적인 느낌을 느끼러 제주 여행을 하는 이들이 많다. 하지만 고려 시대만 해도 때로는 악조건 속에서 배를 타고 와야 했던 곳이었으며, 우리와 다른 민족까지 대거 살고 있는 장소였다. 그뿐만 아니라 들판에는 말이 달리고 있고 사용하는 언어도 조금 달랐기에, 조선 시대에 이르러서도 여전히 제주도는 육지와 조금 다른 장소처럼 인식되었다. 결국 심리적으로 제주도가 육지와 완전히 가까워진 것은 현대에 들어와서가 아닐까?

한편 목호가 제압된 후 이곳 제주도는 육지에 철저히 복속된다. 중앙정부가 마음만 먹으면 제주도 인구만큼 병력을 파견하는 것이 가능함을 경험하면서 이전처럼 독립적 성향을 보이려는 세력은 거의 사라져버린 것이다. 이에 성주, 왕자 같은 제주도를 대표하는 지방 세력도 철저하게 한반도의 중앙정부에 소속되고자 하였으며, 더 나아가 조선 시대가 되자 스스로가 조정에 알려 성주, 왕자라는 명칭까지 포기하게 된다. 이렇게 조선 시대에 들어오면서 제주도는 드디어 완벽히 한반도의 지방체제에 포섭된다. 어떻게 보면 최영이 한반도 역사에 남긴 가장 큰 결과물 중 하나라 하겠다.

그러나 목호의 난이 제압된 후 불과 10여 년 뒤 명나라 조정의 요청으로 원나라 출신 몽골 왕족들이 식구를 거느리고 제주도에 대거 이주했고, 이들의 후손들 중 일부는 과거의 목호처럼 제주도에서 말을 키우며 살게 된다. 그 과정에서 제주도의 몽골 출신들은 한반도 문화에 적응하면서 자신들의 본관을 '대원(大元)'으로 삼았으니, 위대한 칭기즈칸 후손임을 당당하게 밝힌 것이다. 그리고 조(趙), 이(李), 석(石), 초(肖), 강(姜), 정(鄭), 장(張), 송(宋), 주(周), 진(秦), 강(康), 좌(佐), 차(車), 홍(洪), 서(徐) 등을 성으로 삼아서 '전주 이씨'처럼 대원 조씨, 대원 이씨, 대원 석씨 등으로 불리기를 원했다.

하지만 이주한 몽골인들은 처음과 달리 시간이 지나면 지날수록 차별에 직면하게 되었고, 사회적 지위 역시 관청에 소속되어 노동력을 제공하는 역할에 집중되는 등 사실상 높은 대우를 받지 못했다. 그러자 점차 하나, 둘 대원이라는 본관을 지우게 되니,

19세기 말에는 정말 극히 일부의 성씨만 여전히 대원을 본관으로 사용했다. 시간이 지나며 이렇듯 위대한 몽골의 후손들은 완벽하게 제주도 사람으로 흡수되었다.

에필로그

공항에 도착하니, 엄청나게 사람이 많다. 마치 서울이나 부산 같은 대도시의 버스 정류장에 버스가 도착하듯 5~10분마다 비행기가 뜨고 내리는 이곳은 정말 상상 이상으로 혼잡한 공항이라 하겠다.

그럼 오후 9시 10분에 탈 비행기를 기다리면서 마지막으로 정리해보자. 어제와 오늘 여행을 통해 한때 탐라국이라 불리던 제주도가 한반도를 통치하는 국가와의 관계 속에서 점차 독립적 성향이 약해지는 과정을 쫓아가 보았다. 그러다 외부에서 온 거대한 영향에 의해 세계 최강국 몽골의 통치를 받게 되었고, 이후 몽골이 빠져나간 자리를 빠르게 한반도를 통치하는 고려, 조선 정부가 채운다. 그런데 몽골 세력이 빠져나가고 한반도의 육지를 통치하던 국가가 대신 들어오려는 시점에 다름 아닌 목호의 난이 벌어졌던 것이다.

이제 집으로 돌아가 지금까지 탐방하며 조사한 내용을 바탕으로 소설을 꾸며 보아야겠다. 다만 여전히 한 가지 문제점이 있는데, 소설에 등장할 고려시대 제주도에 사는 평민 이름을 무엇이라 지을지가 어렵다는 것. 이와 관련한 기록이 워낙 적어서 말이지.

《고려사》에는 1029년 탐라 백성 정일(貞一), 1088년 탐라 백성 용협(用吚), 1294년 탐라인 곡겁대(曲怯大, 쿠케다이), 몽고대(蒙古大, 뭉구다이), 탑사발도(塔思拔都, 타스바투), 1379년 탐라인 홍인륭(洪仁隆) 등이 등장한다. 정일, 용협이 등장하는 11세기는 고려에 제주도가 소속된 시기고, 곡겁대, 몽고대, 탑사발도가 등장하는 13세기는 몽골에 소속된 시기며, 홍인륭이 등장하는 14세기는 고려에서 조선으로 넘어가던 시기다. 즉, 성씨를 사용하지 않는 이름에서 몽골식 이름으로, 그다음에는 성+이름 형식을 사용했던 것이다.

다만 13세기 몽골식 이름을 쓴 이들은 원나라에 가서 말 400필을 바친 탐라인이라 기록된 것으로 보아, 목호 세력 중에서 제주도 사람과 낳은 혼혈일 가능성도 있어 보인다. 당시 고려는 왕족이나 권력층은 몽골 풍습에 따라 몽골 옷을 입고 몽골식 이름을 가지곤 했으니, 즉 이들 역시 평범한 이는 아니었던 것이다. 반면 평민은 몽골 문화에 크게 구애받지 않고 본래 이름을 가지고 본래부터 입던 옷을 입으며 살았다. 그렇다면 당시 백성 이름을 어떻게 지으면 좋을까? 거참, 어렵네.

아, 이제 비행기 탈 시간이 됐구나. 그럼 다음에 또 보자. 제주도 안녕~

갑인의 변

황윤 지음

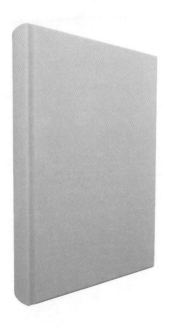

등장인물

하담

사육신 중 한 명인 하위지의 아버지이자 소설 속에서는 조선 태종 시절 제주 판관이자 《예기천견록(禮記淺見錄)》을 새롭게 정리하여 출판할 준비 중에 있다. 지방 관리로 근무 중이지만 학자 기질이 강해 지역 역사에 대한 관심이 무척 크다.

제주 판관이 되어 제주도로 온 이후부터 목호의 난(갑인의 변)에 대한 궁금증이 있던 중 마침 과거 치열했던 전쟁터를 방문한 김에 한 노인을 만나 40여 년 전의 참변을 듣게 된다. 먼 훗날 세조 시대에 단종 복위 문제로 인해 아들과 함께 사형당한다.

칠석

조선 시대 하담에게 목호의 난에 대해 이야기를 하는 노인이자 고려 시대에는 전쟁의 한가운데 서 있었던 역사의 증인이다.

주인공 칠석은 '목호의 난' 당시 일반적인 제주 백성을 상징한다. 그는 농사와 어부를 겸하는 인물로 어머니와 남동생, 아내, 그리고 갓 태어난 아들을 가족으로 하고 있다. 목호의 난에서 동생을 위험에서 구출하고 목호에게 잡혀간 후 전쟁의 참혹한 현실을 보고 정체성의 혼란을 겪는다.

그러나 가족을 살리겠다는 일념 아래에 고난을 건더낸

칠석은 전란을 피해 가족들만이 아는 비밀의 장소로 도망을 치나 이곳에는 마지막 시련이 기다리고 있었다.

정삼

칠석과 이전 물고기를 잡기 위해 배를 같이 탄 친구로 목호의 진영에서 우연히 만난다. 형제로 위로 형이 둘이 있었다. 가족을 다 잃고 홀로 살고 있던 중 목호의 난에 휩쓸리게 된다.

그는 여러 세력에 의해 매번 휘둘리는 제주도에 더 이상 미련이 없으며, 이럴 바에 섬에서 벗어나 육지로 넘어가 살기로 맘을 먹는다. 주체적으로 인생에 도전하지만 현실의 벽도 분명하게 존재하는 인물이기도 하다.

시데르비스

제주 내 목호의 우두머리로 몽골식 관직인 만호를 칭하고 있다. 10여 년 이상 대고려 항쟁을 이끌고 있으며 몽골인을 포함 제주도 내에 지지하는 세력도 상당하다.

그러나 최영의 2만 5천에 다다르는 고려 군대와 대결하면서 자신이 이룩한 왕국이 무너지는 것을 경험한다. 기마병을 중심으로 하는 몽골식 전략을 통해 수차례 최영을 괴롭히나 제주도에서 몽골인인 자신은 영원히 이방인에 불과함을 알고 마지막 자존심을 지닌 채 죽음을 맞이하다.

최영

고려 말 최고의 명장이다. 지금껏 고려가 필요로 하는

곳이라면 어디든 참여하여 승리를 가져왔다. 소설에서는 제주도 목호의 난을 제압하기 위해 편성된 2만 5천 군대의 총사령관이다.

철저하게 공과 사를 따지며 원리원칙에 따라 움직이는데, 이것이 군인으로서 신념인 듯하다. 다른 고려인들처럼 그 역시 제주도 사람을 마음속 깊이 신뢰하지는 않으나 그렇다고 제주 사람들을 아예 배척하는 것도 아니다.

세주 도착 후 생각보다 목호들의 저항이 강하자 놀랐지만 특유의 위기관리로 헤쳐 나간다. 매번 전쟁의 정당성을 따지지만 사실 제주도 공략에는 숨겨진 목적과 이유가 있었다.

박윤청

고려 정부가 보낸 제주 목사였으나 목호 시절 시데르비스의 위협을 여러 번 경험했었다. 최영의 부관으로 오랜 기간 지냈기에 그의 까칠한 성격을 잘 알고 있다.

제주도에 있는 몽골인 목호뿐만 아니라 제주민까지도 믿지 않는다는 점에서 그는 당시 일반적인 고려인을 상징하고 있다.

성주, 왕자 및 제주 토관과 토호들

제주도의 귀족들이다. 성주는 제주도 최고 토착 권력자에게 고려가 부여하는 관직이나 목호의 난 당시 제주 성주는 형식적으로만 제주의 주인일 뿐 별 큰 실권은 없다. 고려 정부와 목호 사이에서 눈치를 보고 있으며 누구든 이기는 세력이 있다면 그 편을 들고자 준비 중이다.

왕자 및 제주 토관들은 성주 외의 제주도 귀족인데, 이들은 독자적인 세력을 지니고 독자적인 정치활동까지 하고 있다. 이들 중 일부는 오히려 목호와의 깊은 관계를 바탕으로 고려 군대와 전쟁에 나서기로 한다.

프롤로그

태종 18년 늦은 봄, 어느 날

제주에는 유채꽃이 흐드러지게 피어 노란 물결이 들판에 가득한데, 저 멀리서 풍악이 울리며 순력 행차로 50여 명의 인원이 이동하고 있었다. 이들은 제주 목사 이간과 그 일행으로 먼 이곳까지 행차한 이유는 대정현성이 완성되었다는 소식을 듣고 직접 눈으로 확인하기 위함이었다.

"판관 나리, 저기 목사께서 오시는 것 같사옵니다."

"음, 그렇군. 어서 가서 대정현감 유신을 입구로 부르도록 하게."

여러 준비를 위해 며칠 전 제주 목사보다 먼저 대정읍성에 와 있던 하담은 먼 곳이 잘 안 보이는지 손바닥을 펴 눈 위를 가리며 말한다. 봄이라지만 남쪽에 위치한 제주에는 어느덧 따가운 여름 햇살이 느껴졌다.

"예, 나리. 안에 가서 어서 알리겠습니다."

옆에 있던 관리가 급하게 현감을 찾으러 안으로 들어갔다.

대정현성은 제주 지역으로 쳐들어오는 왜구를 막기 위해 축성된 성 중 하나로, 왕의 명에 따라 현감 유신이 부임한 지 한 달도 못 되어 완성하였다. 돌로 쌓은 성이 이렇게 빨리 완성되었다는 것은 그만큼 중앙정부에서 성 축조에 대한 독촉과 관심이 높았음을 보여준다. 성 내부를 최종적으로 정리하기 위해 바쁘던 대정 현감 유신이 하담의 연락을 받고 급하게 옷매무새를 고치며 나오고 얼마 안 되어 제주 목사 행렬이 도착했다.

"영감, 어서 오십시오."

제주 목사 이간이 말을 탄 채 성 입구에 도착하자 판관 하담과 현감 유신은 말 아래에서 인사를 하였다.

"그래 오랜만이오. 참 수고 많이 하셨소이다."

제주 목사는 말에서 내려 기쁜 표정으로 인사를 나눈 후 하담, 유신과 함께 대정현성 내 관청으로 이동했다. 걸어가며 보니 주위에 있는 제주 백성들의 표정이 생각보다 많이 밝아 보인다.

"성을 불과 한 달 만에 만드느라 다들 피곤할 터인데, 표정이 참 좋구려."

"영감, 이곳은 왜적이 침입하고 수탈을 한 역사가 깊은 곳이라 오히려 백성들이 성을 짓는 데 너도 나도 힘을 함께하였습니다. 감사할 따름이지요. 거기다 성을 축조하는 기간 동안 관에서 의복과 쌀 등 먹을 것도 내려주셨으니 관민이 힘을 다할 수밖에요."

현감 유신이 답하자 제주 목사 이간도 웃는다.

"군민이 이처럼 함께하다니, 다 주상 전하의 은혜가 아니겠소이까?"

대정현 관청은 중앙 건물은 완성되었으나 주변에서는 여전히 손길이 바쁜 분위기다. 관원들과 백성들이 제주 특유의 검은 돌로 벽을 쌓는 중이었다. 이때 한 젊은 관원이 달려와 외친다.

　　"제주 목사 행차시오."

　　그 소리에 모두들 일손을 놓고 엎드렸다. 얼마 뒤 목사 이간이 판관 하담 및 현감 유신과 함께 들어왔다. 이간은 관원들의 절도 있는 태도와 백성들의 예의바름에 감탄했다. 제주도에 대해 가지고 있던 편견이 사라진 느낌이다. 제주 관청이 있는 북쪽이야 오랜 기간 교화되어 그렇다 하더라도 제주 남서쪽에 위치한 이곳도 이 정도로 훌륭하다니.

　　"성화(聖化)를 입음이 이렇게 빠른가. 그 옛날 황폐했던 땅이 오늘에는 마을이 되었고, 그 옛날에는 무지몽매했던 사람들이 오늘에 예의 있는 모습이 되었구나."

　　목사 이간이 이렇게 말하자 현감뿐만 아니라 판관 하담의 표정도 밝아졌다. 사실상 이곳 관리자에 대한 칭찬이기도 했기 때문이다.

　　"성군인 전하의 은혜가 변방인 이곳까지 이르렀으니 그러한 것 아니겠습니까?"

　　하담이 이렇게 대답하자 옆에서 현감 유신도 거든다.

"또한 하담 나리께서 제주에 와서 《예기천견록》
을 중간하기 위해 힘을 쓰시니 그 노력이 남쪽으로
도 전달된 것 같습니다."

하담은 짐짓 놀란 척한다.

"아니, 그것을 어찌 아셨소?"

예기천견록(禮記淺見錄)은 이색이 쓴 《예기》 주
석서로, 조선 시대가 개창된 후 이색의 제자 권근이
첨삭하여 완성하였다. 이것을 하담이 재출간하기 위
해 오자나 배열 등을 꼼꼼히 고치는 중이다. 하담은
퇴청하면 매일 교정 일로 새벽까지 밤을 새우곤 하
였는데, 이미 제주 전체에 소문난 일이었다. 문(文)
에 대한 갈증이 특히 심한 곳이라 소문의 속도는 더
욱 빨랐으니, 며칠 동안 이곳 관민들이 하담을 특히
존경스러운 표정으로 보던 이유도 그 때문이었다.

제주 목사도 그 일을 알고 있기에 너털웃음을 터
뜨리며 말했다.

"역시 하 판관께서 책을 쓰며 노력을 하시니 이곳
이 이렇게 예를 깊게 알게 된 모양이오."

어느새 간단히 요기를 마친 제주 목사가 관의 여
러 일을 보고 받았다. 특히 이 지역의 가호 수와 토지
상황은 정확히 기록된 후 중앙 조정에 보고될 예정
이었다.

"대정현은 동쪽으로 정의까지 거리가 35리, 남쪽

으로 큰 바다까지 10리, 서북쪽으로 제주까지 거리가 27리이며, 가호 수가 1204호, 인구는 6542명입니다. 마군(馬軍)이 185명, 보군(步軍)이 351명이 배치되어 있습니다. 그리고 토지 결수는….

거의 보고가 끝날 무렵, 제주 목사 이간은 충분히 만족한 표정인데 하담이 슬쩍 지역 토호 출신 관리에게 물어본다.

"아주 훌륭한 보고 내용이었소. 그런데 이 주변에서 그 옛날 갑인(甲寅)의 변이 있을 때 큰 전투가 벌어졌다 들었소. 보고할 내용도 끝나가니 남은 시간에는 그 전투에 대한 이야기나 들어봅시다."

"그래. 그렇군. 한번 들어보지."

제주 목사 이간도 맞장구를 치며 관심을 보인다. 그런데 하담의 말이 있고부터 좋았던 주변 분위기가 갑자기 냉랭해졌다. 건드리지 말아야 할 무언가를 건드린 듯했다.

한 노인을 만나다

"어허, 이 사람들이 어찌 판관의 말씀에 답을 하지 않고 우물쭈물하는 것인가?"

대정 현감 유신이 좋았던 분위기가 갑자기 바뀌

자 화가 난 듯 단단히 말한다. 예의를 잘 안다 하며 지금까지 목사로부터 얻은 점수를 여기서 잃을 것 같아 더욱 조바심이 나 그런가 보다. 그 말에도 관리들은 입을 다문 채 가만히 있었다.

'흠…' 하담은 그제야 뭔가를 깨달았다. 작년에 제주 판관으로 처음 왔을 적에도 제주 사람들은 '갑인의 변'에 대한 이야기는 거의 하지 않을 뿐 아니라 이것저것 물어보아도 답을 잘 하지 않았던 게 떠올랐다. 그때까지는 직접적으로 이 사건에 대하여 묻고 답을 듣고자 한 것이 아니었고, 자신 역시 '제주 방언을 이해 못해 그런가 보다.' 하고 대충 넘겼다. 그런데 오늘 분위기를 보니 제주 사람들이 확실히 이 사건에 대하여 뭔가 금기시하고 있음을 느낀다.

"음. 다른 뜻이 있어서 물은 게 아니었다. 다만 큰 전투가 있었던 곳이니 그에 대한 이야기를 들어보고자 했을 뿐이네."

하담이 이번에는 조금 자신을 낮추어 다시 말한다. 그러자 한 토호 출신 관리가 고개를 숙이고 답하였다.

"판관 나리, 외지 분들은 잘 모르시겠지만… 여기 제주에서는 이 일을 서로 간, 아무리 친밀한 관계일지라도 잘 이야기하지 않사옵니다. 그 이유는… 음…."

"괜찮으니 말해보게."

하담의 말에 떨리는 목소리로 관원은 이야기를 이어간다.

"음. 당시 갑인의 변으로 제주민 8,000호 중 가족을 잃고 형제를 잃은 자가 9할이 넘었습니다. 그리고 그 기억과 고통은 지금까지 남아 있지요. 벌써 40여 년 전의 일이고 당시 저는 어린아이였으니 자세히 기억나지 않습니다. 그러나 제주의 일이오니 그리 알아주시면 감사하겠습니다."

"그렇다면 자네들 말고 그 당시 일을 잘 기억하는 자는 혹시 있는가?"

제주 목사 이간이 하담을 대신하여 묻는다. 관리들은 서로 얼굴만 쳐다볼 뿐 한동안 답이 없었다.

"어허… 이 사람들이…" 현감 유신이 화를 내려는 찰나 "그만 되었으니 다들 나가 보시게." 하고 제주 목사 이간이 손을 들어 나가도 좋다는 행동을 보였다. 이에 관원들은 사나운 맹수라도 피하듯 급히 밖으로 나갔다.

갑자기 공기가 차가워진 후 제주 목사 이간이 건물 밖으로 나갔고, 뒤이어 현감 유신도 목사를 모시고 성곽의 현재 모습을 설명하기 위해 나갔다. 다만 하담은 제주 목사 이간에게 이야기를 하고 잠시 공관에 혼자 남아 있기로 했다. 이곳에서 가져가야 할

서류와 책을 마저 정리해야 했기 때문이다.

　비어 있는 공관에서 하담은 한참 정리하다 의자에 앉아 가만히 생각했다. 고려 말 조선 땅은 원과 홍건적, 왜의 침입으로 한시도 편할 날이 없었다. 아이를 잃고 형제도 잃고 부모까지 잃은 채 오직 생존을 위해 떠돌아다니던 유민들…. 그 같은 참사는 결국 태조 대왕의 등장으로 조선이 건국되면서 마무리된다. 그런데 제주 사람들이 겪은 고통에 대한 기억은 조선 다른 어떤 지역보다 더 남다른 듯 보였다. '호구 9할이 형제와 가족을 잃었다…. 단지 그것만으로 그런 분위기가 나오는 것은 아닌 듯한데….' 하담은 냉랭했던 방금 전 분위기를 떠올린다.

　"판관 나리, 누가 뵙자고 하옵니다."

　한참 생각에 잠긴 하담을 꿈에서 깨우듯 낭랑한 시종 소년의 목소리가 들렸다.

　"음. 들라 하라."

　곧이어 토호 출신 관리가 한 노인을 데리고 왔다. 노인은 공관에 들어온 후 1배를 하고 그대로 자리에 엎드린다.

　"나리, 저희들끼리 의논을 하고 근처 이 사람을 불러왔습니다."

　관리가 말한다.

　"저 노인은 누구인가?"

"예, 이 노인은 오랜 기간 이곳에서 살아온 촌부로 이번 읍성 축성에도 함께했지요. 거기다 실은 갑인의 변에 대하여는 저희들보다 이 사람이 훨씬 많은 것을 알고 있습니다. 당시 20대 나이였기 때문이죠."

허담은 속으로 기뻤다. 매번 새로운 이야기를 듣게 될 때마다 느껴지는 흥분감이라 할까? 어쩌면 학자 특유의 호기심일지도 모르겠다.

"그럼 나이가 환갑이 훨씬 넘었다는 것 아닌가. 어서 안으로 들어오게."

"아니 어찌… 천한 자에게…."

관원이 놀라 말하였다.

"천하다니… 내게 이 고을에 대한 이야기를 해줄 것이니 또 다른 스승이 아니겠나. 거기다 나이가 환갑을 넘었으니 어른에 대한 대접도 필요하이."

하담이 이 정도까지 이야기하니 관원들이 관청 건물 안으로 노인을 데리고 들어왔다. 안에서 자세히 보니 노인은 눈빛부터 범상치 않은 데다, 볕에 그을려 피부는 검었지만 근육 또한 탄탄하여 환갑이 넘은 나이와는 달리 건강해 보였다.

"그래, 갑인의 변 당시 이야기를 얼마나 알고 있나 한번 들려주게."

노인은 슬쩍 눈치를 본다. 자신을 데려온 관리에게 정말로 말해도 되는지 허락이라도 구하는 듯했다.

"판관 나리께서 보장을 하실 테니, 걱정하지 말고 말하게."

관리의 말에 노인은 그제야 고개를 천천히 끄덕였다. "잠시…." 관리가 손을 들어 노인에게 잠시 멈추라 하고 하담에게 말한다.

"나리, 이자는 제주도 방언을 심하게 쓰는지라 제가 통역하여 다시 알려드리겠습니다."

하담도 그 편이 낫겠다 싶었다. 노인은 준비가 끝나자 깊은 한숨을 내쉬더니, 드디어 이야기를 시작했다.

"소인의 나이 스물이었던 갑인년의 일이옵니다. 그러니까 지금으로부터 43여 년 전 일이지요. 당시 저는 제주 성주 고실개의 땅을 부치며 먹고사는 농민들 중 하나였지요. 그리고 처와 동생 하나를 두고 어머니를 모시며 살았습니다."

전쟁의 고요

1374년 여름

"칠석이~! 자네 안사람이 막 아이를 낳으려 하네."

한 아주머니가 언덕 아래에서 고함을 친다. 칠석은 밭에서 마을 사람들과 함께 한창 바쁘게 일하는 중이었다.

"어이쿠… 오늘이 해산할 날인가 싶더니, 정말인가 보군. 나 잠시 내려가 봄세."

칠석은 땀을 쓱 닦더니 곧장 언덕배기를 뛰어 내려갔다.

"저 녀석… 오늘내일하며 안절부절못하더니… 흐흐."

동네 사람들은 웃으면서 마저 밭일을 했다.

"여보~ 나왔소."

칠석이가 뛰어오자 어머니가 방문을 연다.

"인석아… 조용히 해라. 곧 아이가 나올 듯하다."

"아이쿠… 어머니 알겠습니다."

그는 천연덕스럽게 입을 손으로 막는 시늉을 했다. 얼마 뒤 '응애' 하는 소리가 들리자 칠석의 어깨가 춤을 춘다. '태어났구나. 내 아이가 태어났어.'

"어머니, 어찌 되었소? 아들이오, 딸이오?"

어머니가 소리쳤다.

"아야… 아들이구나."

칠석은 기분이 좋았다.

"집사람은 어떠오?"

"괜찮다. 첫아이를 낳은 것치고 아주 잘했구나."

제주는 언제나 남자가 모자랐다. 땅이 척박해 먹을 것이 부족하니 농사와 바다 일을 함께 하는 이들이 많았다. 그러다보니 바다에 나가 죽는 이들도 많을 수밖에… 그래서 능력이 좀 있는 남자는 아내를 열 명씩 거느리기도 했다. 물론 그것 말고도 남자가 부족한 이유가 따로 있기는 했다.

여하튼 칠석은 기분이 좋았다. 아들이라니…. 방으로 들어가 핏덩이를 안아보고 칠석은 드디어 아비가 되었음을 느끼게 된다. 아이를 어미에게 준 후 곧 홀로 바다 옆 마을 신당에 가서 아이가 태어났음을 알리며 기도를 했다. 그런데 얼마 뒤 동생 일남이 찾는 소리가 들린다.

"형님~! 형님~!"

"뭔 일인가? 밭에 일 때문에 그러는가?"

"아니오. 성주님이 급히 마을 사람들보고 모이라 하시오. 어서 가봐야 하겠소."

동생의 급한 목소리를 듣고 신당에서 나오며 묻는 칠석의 물음에 일남이 고개를 젓는다. 열다섯 살 동생의 얼굴이 뭔가 대단히 심각해 보였다.

파도 소리를 뒤로하고 형제가 뛰듯이 급한 발걸음으로 걸어간다. 저쪽 큰 나무 밑에 사람들이 모여 있었다. 남자들만 모여 있다는 점에서 불길한 기운이 느껴진다. 60여 명이 급한 전갈에 불려 와 이곳에 모여 있었는데, 이런 일이 자주 있는 것은 아니었다. 두 사람이 도착하고 얼마 뒤 성주의 가신 중 하나가 등장한다. 이곳 마을 출신이었기에 여기 사람들에게도 얼굴이 잘 알려진 인물이었다.

　　제주에는 당시 성주, 왕자라 불리는 인물들이 있었다. 세습되는 작위로 제주에서는 왕과 귀족처럼 지낼 수 있는 의미를 부여한다. 이 중 성주는 탐라국 왕이라는 칭호가 한 단계 낮추어 만들어진 작위였으며, 탐라국 왕 시절부터 고씨 가문에서 대대로 그 작위를 이어왔다.

　　이들은 전 성주가 죽고 새로운 성주가 그 자리를 잇고자 할 때면 자연스럽게 육지에 있는 고려 조정에 그 사실을 알리고 작위를 받는 형식을 취했다. 고려 왕은 탐라국 사신이 오면 그 자에게 탐라 성주 지위를 전 성주의 아들에게 넘긴다는 명을 내렸다. 탐라국 사신이 그 명을 가지고 제주에 도착하는 순간 전 성주의 아들에게 정통성이 생기면서 다음 성주의 자리를 이어가는 것이다. 현재 성주는 고실개로, 칠석은 고실개의 땅에서 소작을 하는 농민이었다.

한편 왕자는 육지 사람들이 일반적으로 알고 있는 왕의 아들이라는 의미가 아니라 제주에서만 통하는 작위로, 성주 다음가는 호족 세력에게 주어졌다. 현재 왕자는 문신보라는 인물로, 제주도에서 이어져 온 성주 고씨 가문과는 달리 나주 근처의 남평 문씨에 뿌리를 두고 있었다. 고려 조정이 탐라에 문교가 빈약하다 하여 백성들을 교화하고 학문을 널리 알린다는 목적 아래 고려 명종 24년(1194) 육지에서 제주로 입도시킨 가문이다. 그러다 원종 11년(1270)부터 기존의 왕자 가문이었던 양씨 가문을 대신하여 왕자 지위를 세습하였다. 어쨌든 문씨 가문은 고려 조정의 지원으로 입도 직후부터 제주 내 강력한 세력으로 군림했는데, 성주 가문인 고씨와는 사돈을 맺는 관계였다.

"마을 사람들 오랜만이오."

"삼촌, 오랜만입니다."

다들 인사를 한다. 이곳 제주에서는 친척 또는 마을의 어른의 경우 멀고 가깝고를 따지지 않고 삼촌이라 불렀다. 성주의 가신으로 불려간 그는 나이가 50대를 훌쩍 지난 당시 기준으로는 노인에 들어선 인물이었다. 마을에서는 꽤 잘 알려진 인물이었기에 다들 처음에는 인사하며 반갑게 맞이했다.

"오늘 이리 모이라 한 것은… 다름 아닌, 고려 조정의 일 때문이오."

웅성웅성 소리가 나기 시작한다.

"아니. 또 무슨 일이랍니까?"

"자, 자, 조용히들 하시오. 마저 이야기를 들어봅시다."

여기저기서 이야기가 나왔다. '조용, 조용~!' 하며 삼촌이라 불리는 인물은 손을 높이 들고 흔들며 조용히 시킨다. 이윽고 대화가 잦아들며 조용해지니 이야기를 이어갔다.

"놀라지들 마시구려… 지금 바다 건너 나주에는 고려군 2만 5000명이 병력을 집결 중이라 하오."

'어허…' '뭐라고?' 탄식 소리가 들린다.

"형님, 이를 어쩌우. 또 싸움인가 보우."

"삼촌 말을 더 들어보자."

칠석은 긴장하는 동생의 손을 꼭 잡으며 귀를 세웠다.

고려 조정은 명나라가 중국 땅에서 몽골을 몰아내자 원나라와의 관계를 끊고 명과 외교관계를 맺고 있었는데, 명 조정에서는 제주 말을 2천 필이나 뽑아 바치라고 하며 고려에 사신을 보냈다. 이에 고려 조정에서 제주로 사람을 보냈지만 제주에서 300필만 보내고 더는 보낼 수 없다 하여 제주를 친다는 내용이었다.

"아니 2천 필을 어찌 보낸단 말이오? 고려 조정이 해도 해도 너무들 하는구먼." 불만들이 터져 나왔다. 말을 보내려면 당연히 그에 필요한 배와 말먹이까지 제주에서 구해야 했다. 매번 이런 식이다. 우리가 무슨 고려의 점령지란 말인가?

"알다시피 말 교역권은 성주님에게 있는 것이 아니고 목호들에게 있지 않소이까? 그런데 왜 또다시 제주를 친다는 겁니까?"

마을 사람 중 한 명이 손을 들고 물어본다.

"성주님께서는 그리 말씀하셨고, 실제 고려 조정에서도 성주님이 아니라 말 교역권을 지닌 목호들을 공격하러 군대를 파병한다는 거요."

삼촌은 계속 이야기했다.

"그러니 만일 목호들이 이 일로 마을을 침범하거나 먹을 것을 구하려 하는 경우, 절대 그들의 말을 들어주어서는 안 될 것이오. 이것이 성주님의 명이외다."

"허나 삼촌, 목호들은 화살과 말이 있어 제주에서는 누구도 대항할 수 없는데, 어떻게 먹을 것을 안 주고 배긴단 말입니까?"

한 청년이 묻는다. 삼촌도 그 질문에 대해서는 딱히 할 말이 없었다. 목호… 이들은 과연 누구이기에…

마을의 침입자

"저기 목호들이 나타났다."

모임이 한창인데 멀리서 풀피리 소리와 함께 고함이 들린다. 갑작스러운 일에 사람들은 놀라서 뿔뿔이 흩어진다. 칠석도 동생의 손을 힘껏 잡더니 냅다 뛰기 시작했다.

"일남아, 어서 집으로 가서 어머니를 보호하자."

두 사람이 뛰기 시작하는데, 뒤에서 괴성과 비명 소리가 들린다. 거친 환경 속에 살다보니 우직해 보이는 제주 남자들이지만 죽음과 같은 공포 속에서는 비명이 절로 나올 수밖에 없었다.

"이랴! 이랴!"

비명 소리를 뒤로하고 몽고 복식을 한 자들이 말을 탄 채 10여 명 떼를 지어 등장했다. 이들은 변발을 했고 몽골말로 서로 간 소통을 한다. 손가락으로 여기저기를 가리키더니 마치 사냥을 하듯 마을 사람들을 재빠르게 포위하기 시작했다. 포위망에서 멀리 도망가는 자들은 화살로 쏘아 쓰러뜨리고 나머지 사람들은 포승줄로 묶듯이 에워싸기 시작하니, 모두들 겁을 먹어 함부로 움직일 수가 없었다.

"이곳으로 어서."

칠석은 동생을 이끌고 풀이 우거진 지름길로 뛰어간다. 기마병 하나가 마침 이 모습을 발견하고 손가락질하자 수하에 있던 기병 하나가 곧장 뒤를 따라온다. 헉헉거리는 동생을 본 칠석이 이대로는 둘 다 죽겠다고 생각해, 재빨리 어깨로 동생을 밀쳐서 옆에 있는 갈대 수풀 속으로 들어가게 만든다.

"자네는 여기서 숨어 있다가 집으로 들어가게. 형수와 내 아들도 부탁한다. 정 안되겠다 싶으면 반드시 범섬으로 도망가 있어라."

범섬은 두 형제가 어릴 적부터 종종 고기잡이를 위해 다니던 남쪽 작은 섬이었다. 그러더니 칠석은 잠시 서서 기병이 보일 때까지 기다린다. 혼자서 도망가고 있는 것처럼 보이기 위해서였다. 이윽고 기병이 보이자 말이 쫓아오기 힘든 돌 많은 경사진 언덕배기로 뜀박질을 한다. 기병은 말이 다니기 힘든 곳으로만 도망치는 행동에 화가 나는지 말을 멈추고 화살을 재기 시작했다.

쑹~! 칠석은 깜짝 놀라 다리에 힘이 풀리며 쓰러졌다. 언덕에서 쓰러지니 기병이 금세 그에게 다가왔다.

"일부러 맞추지는 않았으니 어서 일어나 허리에 이 끈을 묶어."

제주말을 한다. 분명 방금 전에는 서로 몽골말을 했는데 말이지. 말이 끌고 가는 대로 묶인 채 끌려오니 아까 전 큰 나무 밑 공터였다. 인간 사냥이 막 끝나고 난 뒤라 어지럽혀진 모습이다. 많은 사람들이 묶이거나 또는 먼지와 흙을 뒤집어쓴 채로 앉아 있었고, 주변으로는 기병들이 에워싸고 있다. 칠석도 이곳에 자리를 잡고 앉는다.

"몇 명인가?"

지휘자처럼 보이는 인물이 몽골말로 물어보자 한 기병이 큰 소리로 총 마흔두 명이라고 답한다.

"좋아. 그 자를 끌고 와라."

명령이 떨어지자마자 기병 하나가 말안장으로 이어지는 끈으로 묶은 남자를 끌고 왔다. 마을 사람들이 삼촌이라 부르던 사람이었다. 그 역시 인간 사냥을 피해서 도망치다가 잡힌 듯 여기저기 성한 곳이 없었고 무릎은 파져 피가 보였다.

"지금부터 여기 말로 이야기하도록 하지."

지휘자가 말을 탄 채 다시 입을 열었다. 그 역시 사냥 때까지만 해도 몽골말로만 이야기했었다.

"나는 위대한 칭기즈칸의 후예이자 원나라의 세조 황제(쿠빌라이)께서 이곳 탐라에 목장을 세우실 적에 첫발을 디딘 가문의 후손 만호 시데르비스의 셋째 아들이다. 감히 탐라의 성주가 되어서 원 황제의 덕을 잊고 명에 붙으려 하다니, 어찌 그 죄가 없다고 하겠는가?"

말이 끝나고 지휘자가 고개를 끄덕이자 곧 기병들이 삼촌이라 불리던 사람의 몸에 여기저기서 밧줄을 던지어 건다.

"배신자의 최후를 잘 보거라."

여러 말이 날뛰면서 고통에 찬 고함이 들리더니 삼촌은 사지가 찢겨 죽어버렸다. 잔인한 최후에 다들 할 말을 잊는다.

"탐라는 칭기즈칸 후손의 영토이며 원의 나라이다. 이 모습은 앞으로 있을 배신자 성주의 최후이기도 하다. 또한 너희들은 원의 백성들이니 징집병으로 끌고 가겠다."

지휘자의 명이 있자 기병들이 창끝으로 마을 사람들을 위협한다. 마을 사람들은 현실을 인정하고 하나둘 일어서서 터벅터벅 걸어가기 시작했다. 이때 한 기병이 달려와 몽골말로 외친다.

"한 명 더 잡았습니다."

칠석이 보니 달아난 동생이 아닌가. 칠석을 잡은 기병은 이미 멀리서 두 명이 도망간 것을 확인하였기에 칠석의 행동에 속지 않고 다시 돌아가서 도망가던 일남을 잡아 온 것이다. 동생을 보며 칠석은 식은땀을 흘리는데, 지휘자가 웃는다.

"하하, 그놈 참 운이 없군. 다 도망가다가 잡히다니."

그러더니 동생 앞으로 말을 몰고 가서 창끝으로 목을 겨눈다.

"너 저기 찢겨진 시체가 보이는가?"

덜덜 떨면서 대답하는 동생에게 지휘자가 명령했다.

"저 시체를 수습하여 너희 살아남은 마을 사람들과 성주에게 보이거라. 주인을 배신하는 자가 어떻게 되는지 보여주란 말이다."

목호들은 몽골식 전쟁 방식을 알았다. 말보다 빠른 것은 사람의 말이다. 가신의 처참한 죽음이 말과 말을 통해 제주 전체에 알려지면 자연스럽게 성주도 겁에 질리게 될 테니까.

"자, 이놈은 풀어주고 나머지는 전진한다."

지휘관이 몽골말로 외치자 기병들이 크게 고함을 한 번 지른다. 이제 간다. 목호들의 땅으로.

서아막

당시 제주에는 크게 서아막과 동아막으로 나뉘어 목장이 운영되고 있었다. 이는 고려가 원에 항복을 한 후 설치된 것으로, 원나라의 14개 직속 목장 중 하나였던 만큼 수준 높은 말이 생산되는 곳이었다. 원 황실이 쓰던 수준 높은 말을 이곳에 방목하고 높은 혈통을 유지시키기 위해 말을 따라 몽골인들도 이주했으니 이들을 바로 목호라 불렀다. 처음에는 목호 수가 수백 명에 불과했으나, 생산된 제주산 말의 질이 좋았고 무엇보다 일본 원정 등을 위해 제주도의 전략적 위치에 주목하면서 점점 늘어나게 된다.

칠석이 잡혀온 이때는 목호가 남녀 합쳐 3천 명 이상에 이르렀으니, 몽골인 후손뿐만 아니라 이곳 성주 가문 또는 토호 호족과 결혼하여 반제주인 반몽골인 핏줄까지 포함한 숫자였다. 이들이 제주말을 할 줄 아는 것도 이 때문이었다. 특히 이들은 자신의 핏줄이 자랑스러운 몽골, 즉 칭기즈칸과 연결되어 있다고 여겼기에 제주 사람들을 무시하는 풍조가 무척 강했다.

한때 순혈 몽골인들은 가능한 한 혈통을 유지하기 위해 제주 지역 몽골계와 결혼을 했으며, 몽골말을 쓰고 몽골 풍습을 유지했다. 말의 천국인 제주에서 한라산 중턱에 자리 잡고 목축을 통한 선조의 삶 그대로를 영위하는 이들은 진정한 자유인들이었다. 물론 세월이 훌쩍 지나니 자연스럽게 제주 사람과 어울리면서 생겨난 반몽골인이 많아졌다. 그러나 이들도 자신을 제주 사람이 아니라 변발을 하고 몽골 옷을 입으며 세계 정복을 한 위대한 몽골의 핏줄로 여겼다.

칠석은 40명의 마을 사람들과 몽골인들의 이동식 천막집(게르)이 모여 있는 초원으로 끌려왔다. 그리고 그중에서도 가장 큰 게르 쪽으로 이동한다. 그 앞에는 칠석네 마을 사람들과 마찬가지 이유로 끌려온 다른 지역 사람들도 많이 모여 있었다.

"모두 여기서 정지!"

기병들이 소리쳤다. 그러더니 잡아 온 사람들의 줄을 맞추고 몽골식으로 합창하듯 크게 외친다.

"만호께 포로들을 바칩니다."

만호는 몽골식 관직이다. 이곳 몽골인들은 북쪽으로 쫓겨난 원나라가 만호부를 제주에 다시 설치하여 이곳을 몽골의 땅으로 귀속시키기를 원하고 있었다. 이에 현재 가장 큰 세력을 지녔던 시데르비스(石迭里必思)는 아예 자신을 만호로 칭하고 있었으며, 여러 유목장들도 고려의 침입이 다가오는 만큼 경쟁을 하던 이전과 달리 시데르비스를 중심으로 똘똘 뭉쳐 있는 상황이었다.

게르의 휘장이 열리며 시데르비스가 등장했다. 그는 체격이 당당하고 멋진 수염과 뽀얀 피부를 지니고 있었다. 몽골식 변발을 하고 손가락에는 여러 개의 반지를 끼고 허리에는 금으로 장식된 칼을 찼다. 10여 년 사이에 고려와 벌인 두 차례 이상의 싸움에서 앞장을 선 인물인 만큼 제주 몽골 사회에서는 그 권위가 독보적이었다.

"흠. 이자들이 바로 탐라 성주 아래에서 노비의 삶을 살던 그들인가?"

"옛 만호!" 기병들의 답을 듣자 시데르비스는 화가 난 표정으로 돌변한다.

"고실개 이놈! 죽은 성주 고복수는 탐라를 당당히 고려로부터 독립시켜 원으로 귀속시키고자 노력한 충신이건만… 조카가 되어서 어찌 명나라를 좇는 고려의 개가 되었단 말인가?"

공민왕이 왕위에 오른 후 불만이 쌓인 시데르비스는 이미 십여 년 전 제주 성주 고복수와 함께 제주도 독립을 외치며 난을 일으켰으나 접전 끝에 패배한 경험이 있었다. 이후 고려 조정의 압력과 고씨 가문의 다툼으로 인해 고실개로 제주 성주가 바뀌었는데, 그럼에도 시데르비스는 여전히 고려로부터 독립의 꿈을 버리지 않았다. 1366년 그를 중심으로 다시 목호들이 반란을 일으켰고 공민왕은 1백여 척의 정벌군을 보냈으나 오히려 목호들에 의해 격퇴를 당한다. 이 같은 경험이 있기에 이번 고려군과의 전투에서도 이길 자신이 있었다.

현재 제주 성주인 고실개를 한껏 능멸하던 시데르비스는 그동안의 몽골말을 끝내고 이번에는 제주말을 하기 시작했다.

"너희들에게 묻겠다. 우리 몽골이 너희한테 무슨 잘못을 했는가?"

포로로 잡혀온 마을 사람들은 어리둥절하다. 처음 만난 만호라 불리는 인물이 제주말을 쓰는 것도 그렇지만 질문의 의도를 전혀 파악할 수 없었기 때문이다.

"세조(쿠빌라이)께서 이곳에 말 목장을 설치하신 이후, 탐라는 가난하고 척박한 외딴 섬이 아니라 질 좋은 말을 생산하고 파는 부를 지닌 섬이 되었다. 그뿐만 아니라 우리 몽골인들은 농사 세금은 낮게 하고 유목을 장려하였기에 고려인들과 달리 너희들을 공납 문제로 괴롭히지도 않았다. 오히려 말 목장을 통한 무역을 이용해 고려, 원나라 등지에서 부족한 쌀을 구입하여 배고픔도 해결해주지 않았는가?"

시데르비스는 팔을 크게 벌리며 말하였다.

"이번에 명나라 놈들은 말 2천 필을 달라고 한다. 그것도 제값을 쳐주는 것도 아닌 공물 형식으로 말이다. 강탈하겠다는 거지. 그런데 이런 도둑놈들에게 충성하는 고려 왕이 과연 너희 탐라 사람들을 노비 이상으로 취급하겠는가? 그래서 내가 고려 조정에서 주는 돈으로는 3백 필 이상은 못 주겠다고 하여 3백 필을 보냈더니 이제는 군사를 끌고 탐라를 치겠다고 한다. 이것이 너희 주인이 따르는 고려라는 나라다."

목호들은 제주를 탐라라 불렀는데, 반면 육지 사람들 즉 고려인들은 탐라보다 제주라 불렀다. 이는 관점의 차이로 나타난 것이다. 탐라라 하면 육지와는 별개의 독립된 국가란 의미가 강했고, 제주 하면은 육지에 예속된 의미가 강했다. 이에 고려 조정에서는 '섬의 나라'라는 뜻을 지닌 탐라(耽羅)보다 '물 건너 고을'이라는 뜻의 제주(濟州)라는 명칭을 주로 사용했던 것이다. 하지만 이런 의미의 차이가 있었기에 원나라를 포함해 목호들은 제주라는 말을 당연히 쓰지 않고 탐라라 불렀다. 이를 통해 고려와의 관계를 옅게 하고 원나라 지배가 쉽게 이어지도록 만든 것이다.

여하튼 칠석을 포함한 여러 지역의 마을 사람들은 그의 언변을 가만히 듣고만 있었다. 이 중 몇몇은 만호의 말이 논리적으로 맞아떨어지기에 더욱 귀를 쫑긋 세운다.

"나는 지금 이 순간부터 너희를 당당한 몽골의 병사로 받아들이고자 한다. 고려의 노비가 아니라 탐라의, 그리고 원 황제의 병사로 말이다. 어찌할 것인

가? 배신자처럼 고려의 노비로 죽을 것인가? 아니면 탐라의 독립을 위해 당당히 싸울 것인가?'

연설이 끝나자 주위 목호들이 박수를 친다. 강압적인 분위기일지도 모르나, 자연스럽게 포로들 중 일부도 수군대며 박수를 치기 시작했다.

"맞아. 우리 아버지와 숙부도 이전에는 성주 고복수님과 함께 탐라의 독립을 위해 고려와 싸웠었어."

한 마을 주민이 말한다.

"맞네. 우리도. 자네 칠석네 집도 그렇지 아니한가?"

그렇다. 칠석의 아버지 역시 과거의 난 때 성주의 명으로 목호와 함께 전투에 참여했다가 죽었다. 칠석의 나이 겨우 여덟 살 때였다. 그러는 바람에 어머니는 바다에서 조개와 물고기를 잡으며 힘들게 형제를 키웠다. 아비 없는 아이라 손가락질 받으며 살아온 어린 시절이 생각난다. 이런 배경이 더욱 동생을 아끼며 살게 만들었는지도 모른다. 다만 성인이 된 지금도 드는 의문이 있다. 아버지가 과연 독립의 의지를 가지고 전쟁에 참가했을까? 그냥 성주의 명이 있으니 따라간 것이 아니었을까?

"성주님이 그동안 우리에게 잘 해준 것도 없지."

"암. 고려에 붙어 간신히 먹을 것 제외하고 다 뜯어가고."

점차 성주를 비난하는 말도 나오기 시작했다.

"됐다. 자네들도 이제 고려의 노비가 아닌 당당한 탐라인이 되었다."

시데르비스는 자신의 말만 마치고 게르로 들어갔다. 곧 여러 마을 사람들은 목호들이 이동하라는 방향대로 길을 따라 움직인다. 칠석이 슬쩍 살펴보니 여기까지 따라올 때와는 달리 자발적인 발걸음도 많아 보였다.

백성들의 운명

칠석네 마을 사람들이 도착한 곳은 여러 작은 게르들이 모여 있는 곳으로 놀랍게도 수백 명의 제주 사람들이 이미 자리 잡고 있었다. 목호들은 만약을 대비하여 같은 마을 사람들이 한곳에 모여 있지 못하고 각기 떨어져 있게 섞어 놓았다. 자리를 잡고 앉아 고개를 들자 아는 얼굴이 있었다. 서쪽 해안가 마을에 살던 정삼이었다.

"아니, 자네는?"

"칠석이, 자네도 여기로 잡혀 왔나보군."

정삼이 허탈한 표정으로 반긴다. 두 사람은 과거 같은 배를 타고 물고기를 잡은 경험이 여러 번 있었다. 제주 사람이면 물고기를 잡기 위해 배를 안 타본 사람이 거의 없기 때문에 여기서도 인연을 만나는구나.

"자네는 어떻게?"

칠석이 묻자 정삼은 심사가 뒤틀린 듯한 표정으로 이야기한다.

"뭐랄까. 우리 마을의 양씨 어른은 딸을 목호와 결혼시켰으니 목호를 따라 전쟁에 참가하기로 하였나봐. 그래서 이렇게 동네 사람 중 수십 명이 끌려왔지."

제주에는 토관들이 각자 자신들의 영향력을 가진 마을을 지니고 있었는데, 정삼네 토관은 목호와 함께 고려에 대항하기로 했던 것이다. 또 몇몇 토관들의 경우 자식들이 목호와 결혼을 한 경우도 많았기에 일심동체로 움직일 수밖에 없었다.

"그런데 왜 하필 자네가?"

칠석이 물어보자 정삼이 대답한다.

"나야 부모님도 돌아가시고 형님 두 분도 배를 타다 죽은 데다 작년에는 집사람도 아이를 낳다 죽었고 하니, 아무것도 없지 않나. 한마디로 죽어도 슬퍼할 사람이 없다는 것. 뭐 이런 순으로 하나하나 골라져서 이곳에 오게 된 거지 뭐."

그러더니 정삼은 화제를 전환하려는 듯이 만호의

연설을 들었냐고 물어본다. 칠석이 고개를 끄덕이자 정삼이 말을 이어간다.

"만호… 그 사람이 참 말은 잘하더군. 그 때문인 지 내가 이야기를 듣기로 우리 마을뿐만 아니라 여 러 마을 사람들도 만호를 따라 고려인과의 전쟁에 적극적으로 참가할 예정인가 보이. 사실 고려에서 부임한 목사들이 얼마나 달달 볶았나, 공물 문제 로…."

정삼이 그리 말하자 칠석은 놀란 표정이다.

"그런가? 허허 참. 성주님은 고려 편인가 보던 데…."

정삼이 고개를 저었다.

"아닐세, 이야기를 들으니 성주님은 아직도 정하 지 못한 듯하네. 고려가 육지에 있는 큰 나라이기는 하나, 사실 얼마 전 무려 1백 척에 실은 고려 정벌군 도 몰아낸 목호들 아닌가. 누구든 함부로 편을 들었 다가 나중에 책을 당하면 어찌할 텐가. 이전 성주님 처럼 쫓겨나 죽임을 당할지 모르고… 그래서 눈치를 보며 당장은 목호를 돕지 말라고 했나보네. 그것이 만호의 심기를 건드렸나봐."

약 8년 전에도 공민왕은 전라도 도순문사 김유에 게 1백 척의 배와 병력을 주고 탐라를 정벌하도록 하 였으나 패한 적이 있었다. 당시 고려 병사 5천여 명

중 일부만이 제주 땅을 밟아보았을 뿐이다. 선공대가 제주에 이르자 목호들이 이끄는 경기병들이 달려가 그들을 전멸시켜 버렸기 때문이다. 결국 제주 땅을 밟은 자들은 그대로 불귀의 객이 되었고 나머지 고려 병사들은 두려워 배에서 내려보지도 못한 채 퇴각을 하게 된다.

이후에는 제주 내 고려를 지지하던 세력에 대한 목호들의 강력한 응징이 있었다. 기마 위주로 된 목호들에게 도전할 세력이 제주 내에는 존재하지 않았다. 성주라는 이름을 지녔든 왕자라는 이름을 지녔든 그들이 지닌 병력이라 해보았자 몇 백에 불과하고, 그 구성원도 말을 타는 이는 소수이고 대부분 농민과 어부 등 보병뿐이었다.

다만 목호들도 어느 정도 응징을 한 후에는 성주, 왕자의 현상 유지뿐만 아니라 고려의 목사가 제주 땅에 오는 것까지 인정했는데, 이는 최악의 사태가 진행되더라도 말 무역을 위한 통로는 열어두기 위함이었다. 고려 조정에서 비싸게 치른 말 값으로 몽골 부족 운영에 필요한 물품과 부족한 쌀 등을 구입했던 것이다.

"허나 이번에는 고려군이 2만 5천이라던데…."

칠석이 삼촌에게 들은 말을 하자 정삼은 전혀 몰랐다는 표정으로 말한다.

"아무리 목호들이 말을 타고 활을 잘 쏜다 할지라도 2만 5천의 병력이면… 허… 듣기로 우리 탐라민이 8천 호 정도니 많아야 3만 정도가 될 텐데… 가당치도 않지. 고려인들이 아무리 독하더라도 탐라 남자 숫자 넘게 군대를 보내겠나?"

"그럼 우리가 하는 일은 무언가?"

"뭐겠나? 이전 싸움 때처럼 화살받이겠지."

정삼의 말에 칠석은 눈앞이 캄캄해졌다. 결국 화살받이였다. 시데르비스의 연설도 숨은 뜻은 따로 있고 말을 그럴듯하게 포장한 것일 뿐…. 우리 같은 농부, 어부들이야 전쟁에서 무슨 일을 할 수 있을까. 그렇게 아버지도 돌아가신 것 아니겠나. 고려군의 화살 맞고….

칠석은 아버지처럼 죽을 수는 없었다. 이제 갓 태어난 아기와 아내, 어머니, 그리고 어린 동생을 위해서라도 살아남아야 한다. 살아남아서 가족 전부를 보살필 것이다. 각오에 각오를 다짐하고 자리에 눕는다. 얼마 뒤 포로들이 있는 곳에도 먹을 것이 왔고 마을 사람들은 오랜만에 먹을 만한 것을 먹는다면서 좋아했다. 다름 아닌 양과 말고기로 만든 죽이었기 때문이다. 목호들도 끌고 온 사람들을 하루쯤 배부르게 먹이면서 자신의 편으로 끌어오고자 했다.

나주의 병영

나주에는 고려군들이 하나둘 자리를 잡기 시작한
다. 계획된 병력은 2만 5605명이었으니, 제주의 목호
들이 고려 조정에서 일부러 숫자를 크게 부풀렸다고
여기던 그 숫자가 실제 병력이었던 것이다. 그만큼
고려에서는 이번 기회에 확실히 제주의 목호들을 제
거하여 제주도를 완벽한 고려의 영토로 만들고자 했
다. 그렇게 모은 군대의 각 책임자는 다음과 같았다.

　　양광전라경상도통사 : 최영(당시 문하찬성사)
　　도병마사 : 염흥방(당시 밀직제학)
　　양광도원수 : 이희필(상원수, 당시 삼사좌사), 변
안열(부원수, 당시 판밀직사사)
　　전라도원수 : 목인길(상원수, 당시 찬성사), 임견
미(부원수, 당시 밀직)
　　경상도원수 : 지윤(상원수, 당시 판숭경부사), 나
세(부원수, 당시 동지밀직사사)
　　삼도조전원수 겸 서해도순문사 : 김유(당시 지문
하사)

이 중 가장 중요 인물은 당연히 최영이다. 그는

고려 최고의 전쟁 영웅으로, 원나라의 요청으로 중국에서 한족의 반란을 진압한 경력이 있었다. 이때 원나라 승상 톡토 테무르를 따라 중국 남부를 돌아다니며 엄청난 전과를 거두었기에 중국 내에서도 그 이름을 크게 날릴 정도였다.

이후 고려로 돌아온 뒤로도 수많은 전투에서 활약하였고, 이때마다 패전을 모르는 인물로 알려졌다. 특히 홍건적과 왜구와의 전투로 유명해졌다. 그러나 매번 타협하지 않고 원칙을 고수함으로써 조정의 신하들 중에는 그를 시기하는 적도 많았다. 특히 보급이나 병력 충원에 대해 완고했던 점이 백성들의 원성을 사면서 직위를 해제당할 뻔했다. 바로 얼마 전 있었던 일이다. 그래서인지 이번 전투에 임하는 최영의 각오는 남달랐다. 전장에서 성과를 보임으로써 고려 조정에 자신의 진가를 다시금 보여주어야 했기 때문이다.

"도통사, 각도의 원수들이 군사를 열병한 채 기다리고 있습니다."

절도 있게 장교가 들어와 그에게 알린다.

최영이 지닌 벼슬 도통사는 고려 출정군의 최고 사령관을 의미하며, 원수를 비롯한 여러 장수들과 병사들을 통솔하는 자리였다. 특히 양광도, 전라도, 경상도 모두를 아우르는 도통사라는 의미가 내포된

'양광전라경상도통사'라는 관직명은 이번 전쟁에서 그의 권한이 어느 정도인지를 잘 보여준다.

최영이 병영을 나서자 엄청난 숫자의 고려 군세가 그를 기다리고 있었다. 그는 익숙한 듯 대군 앞에서 일장 연설을 했다. 전쟁에서 해야 할 일, 지켜야 할 일, 공격 시 주의 사항 등 지극히 기본적인 내용이었다. 최영의 경험상 전투의 가장 큰 힘은 기본을 지키는 것에 있었기에 매번 전쟁에 앞서 기본을 강조하는 것이다. 그리고 마지막으로 힘주어 말한다.

"성을 공격하게 되면 백성들 가운데 목호들과 한패가 되어 우리 명령에 따르지 않는 자들은 군사를 동원해 모조리 죽여버릴 것이며, 다만 항복하는 자는 공격하지 말라. 적 괴수들의 가산은 모두 관아로 거두어들이고 금패(金牌)·은패(銀牌)·인신(印信)·마적(馬籍)을 발견하면 모두 관청으로 옮길 것이며 발견한 군사들에게는 상을 줄 것이다. 사찰·신사(神祠)를 지키는 사람들은 죽이거나 함부로 대하지 말라. 금은보화에 욕심이 나 힘써 싸우지 않는 자들에게는 벌을 내릴 것이며, 금은보화를 탈취한 후 먼저 배를 돌려 도주하는 자는 군법으로 다스릴 것이다. 특히 주상께서 나에게 반역자들을 토벌하라는 분부를 내리셨으니 나의 말은 곧 주상의 말씀이다. 내 명령을 따르기만 하면 모든 일이 순조로울 것이다. 모두들 알겠는가?"

"예~!' 병사들과 장군들은 큰소리로 인사를 올렸다. 최영은 이들에게 간단히 답례를 하고 작전실로 들어갔다. 고려는 허약했지만 무적의 최영 군대는 패한 경력이 없었다. 이제 제주에서 칭기즈칸의 후예임을 자부하는 목호들과의 전쟁에 나서는 것이다.

"장군, 목호들은 기병이 중심인데, 이들을 상대로 어떤 작전을 펼쳐야 할지 걱정입니다."

여러 원수들이 작전실에 모여 대화한다.

"맞습니다. 이전에 제주에서 목호들과 싸워본 이들의 말에 의하면 마치 북방의 몽골 기병들처럼 강인했으며 지치지도 않았다고 합니다. 거기다 활로 공격하여 적의 기세를 꺾은 뒤 말의 기동력으로 병력을 포위하여 섬멸하는 능력도 대단하다고 하더군요."

한 원수도 맞장구를 친다. 이어 다음과 같은 말도 나왔다.

"제주는 목장이 넓고 말이 달리기에 천혜의 요지라… 우리 고려군이 그들을 쫓아다닐 수 있을까, 그것도 걱정입니다."

여러 원수들의 이야기에 계속 침묵을 하던 최영이 드디어 입을 연다.

"기병이 아무리 강해도 어찌 고려군을 이길 수 있

겠소? 병력들이 하선하여 진을 제대로 갖추면 말이 아무리 날래도 공격할 틈이 없을 것이오. 그리고 우리는 병력이 2만 5천에 다다르니, 숫자가 적은 저들로서는 포위 섬멸 작전이 가능하지도 않소이다. 마지막으로 아무리 기병이 빠르고 멀리 도망친다고 하더라도 제주는 일개 섬인데 어디로 더 도망갈 것이란 말이오? 저기 북방의 넓은 초원이면 패하더라도 도망을 저 멀리까지 간다면 권토중래가 가능할지 모르나, 제주에서는 말로 아무리 빠르게 달아나 보았자 바다에 막히니, 결국 우리에게 뒤가 잡혀 죽음을 면치 못할 것이오."

사실 고려에서도 북방과 왜적의 침략으로 분위기가 심각한 이때, 예전과는 달리 확실히 제주를 고려에 귀속시키고자 했다. 무엇보다 제주는 잘못 활용되면 왜구의 본거지로도 쓰일 수 있었다. 그래서 아예 대규모 병력인 2만 5천을 동원하기로 한 것이다. 이는 목호들의 기병을 완벽히 제압함과 동시에 빠른 시일 안에 제주를 귀속시키기 위해서는 그 정도의 병력은 있어야 한다고 결론을 지었기 때문이다.

최영이 말을 끝내자 모든 원수들은 전투에 대한 걱정과 시름을 조금 잊은 것처럼 고개를 끄덕였다. 이제 제주를 1백여 년간 지배하던 목호들은 그 자리를 내주어야 할 것이다. 최영은 지금까지 경험했던 전투 때처럼 자신이 있었다.

고달픈 하루

"모두들 일어나라."

아침이 되자 목호들이 소리를 지른다. 아침은 죽이 배급되었다. 새벽에 말을 탄 첩보병들이 바쁘게 돌아다니던데, 이 때문인지 목호들이 어제와는 달리 사뭇 긴장된 모습이었다.

"이보게 칠석, 뭔가 이상하지 않은가?"

정삼이 눈치를 보더니 묻는다. 벌써 이틀째 이곳에 잡혀 있던 칠석은 어젯밤에도 아이와 아내 걱정에 잠을 못 이루다가 새벽이 되어서야 겨우 잠이 들었다. 그래서인지 정삼과 달리 주변 움직임에 둔한 것처럼 보였다.

"쯧쯧. 이럴 때에는 가족이 없는 내가 낫다니까."

정삼은 혀를 차더니 말을 잇는다.

"아무래도 고려군이 다가오는 것 같네. 분위기를 보아하니, 오늘내일 우리도 해변으로 움직이겠어."

"해변이라…." 칠석이 여전히 퉁명스럽게 반응하자 정삼은 북쪽 해변 지역을 가리키며 말한다.

"그래, 고려 배가 육지에 진입하기 힘들도록 진지

를 구축하겠지. 아니, 이미 일부 탐라 사람들은 그 일에 동원되었을지 모르네. 자네와 자네 마을 사람들이 이곳에 온 이후로는 더 이상 탐라 사람들이 이곳에 충원되지 않는 것을 보아하니 말이야."

정삼은 걱정이 드는지 몸을 덜덜 떤다.

"이대로 죽기에는 아직 젊은데 말이지. 작년에 산고로 집사람이 죽은 후부터 일이 계속 꼬이는군. 칠석, 자네는 올해 아이를 낳았다고 했지? 아이고!"

칠석은 눈물을 흘리는 정삼을 잠시 바라보았으나 곧 죽을 먹는 데 집중한다. 사실 그는 정삼 생각처럼 주변 상황을 모르는 것이 아니었다. 무심한 척하면서 냉철히 상황을 파악하고 있었다. 그리고 기회를 봐서 도망칠 수 있으면 반드시 도망칠 것이다. 아내와 아들을 위해서라도.

식사가 끝나자 수일간 잡혀 있던 수백 명에 이르는 사람이 목호들의 인도에 따라 이동하기 시작한다. 정삼의 말대로 북쪽 해안가였다. 한참을 걸어가서 반나절 정도가 흐르자 명월포에 도착했는데, 이미 주변은 진지 공사가 한창이었다. 전투 시 목호들은 몽골식 기병 전략을 펼치겠지만, 그 전에는 보병들이 구사하는 진지 작전도 펼칠 예정이었다. 걸어오면서 들으니 그 옛날 삼별초가 기거했다는 성도 마찬가지로 보수 중이라 한다.

사실 목호들은 제주에서 오래 살아가면서 진지를 구축하고 헤엄을 치는 등 유목인 외적인 모습도 빠르게 배워가기 시작했다. 즉, 제주도 몽골인들은 말도 잘 타면서 헤엄도 잘 치는 그런 종족이었던 것이다. 이에 방어 진지 구축도 제법 이치를 따라 잘 구비하게 명했다. 만호를 칭하던 시데르비스의 아들 삼형제도 얼마 뒤 이곳에 도착했는데, 꽤 많은 다른 몽골 형제들과 함께 왔다. 이들은 진지 하나하나를 직접 눈으로 확인하며 부족한 부분을 채워나갔다.

칠석은 이곳에서 다른 마을 사람들과 함께 나무를 나르고 돌을 운반한다. 같은 마을 사람들은 다른 장소에 배치했는지 보이지 않는다. 일하는 사람들은 불안에 떨면서도 어찌할 방법이 없었다.

"저기를 보게."

일하던 사람들이 손가락으로 가리키는 그곳으로 몇 명이 달아나고 있었다. 어느새 나타난 목호의 기병들이 금세 따라가 창으로 푹 찔러 버렸다. 그들은 외마디 외침과 함께 차가운 시체가 된다.

"어이쿠. 저런, 저런."

"뭘 보는가? 어서 너희들은 일을 마무리해라. 아니면 저녁은 없다."

목호들의 외침에 탄식하던 사람들은 다시 짐을 옮기고 목책을 쌓았다.

밤이면 사람들은 여기저기 생긴 상처와 고단함으로 신음을 했다. 칠석도 몸이 천근처럼 무겁다. 가만히 누워서 어찌해야 하나 걱정인데, 마침 정삼이 옆으로 다가왔다.

"자네 괜찮은가?"

"괜찮기는… 몸이 완전히…."

두 사람은 한동안 이것으로 대화를 멈춘다. 하늘의 별은 밝게 빛나고 있었다. 다만 저 멀리 비를 품은 구름이 보인다. 정삼이 조용히 물었다.

"자네도 보이지, 저 구름."

"그래, 나도 보이지. 비구름 아닌가."

칠석이 대답하자 곧 정삼이 누워 있는 그에게 다가와 귓속말을 한다.

"우리 탐라 사람들은 구름을 잘 보지. 내일이면 오전부터 바람과 함께 거센 비가 내릴 걸세. 이때는 말도 함부로 뛰지 못하고 활도 제대로 쏠 수가 없지."

침을 꿀꺽 삼키며 정삼은 말을 잇는다.

"눈치를 보고 내일 도망을 가세."

"어디로 말인가?"

"우선 나무가 우거진 한라산 쪽으로 튀어야지."

칠석은 담담히 답한다.

"내일 한 번 분위기를 보고 결정하세."

세찬 비와 바람

다음 날이 되자 정말로 오전부터 거센 비가 몰아쳤다. 제주의 바람은 대단하기로 유명하다. 바람은 세워둔 깃발을 뽑아가고 작은 돌멩이가 날아다니듯 모래바람이 휘날린다. 목호들은 말은 묶어두고 걸어 다니며 보초를 섰다. 밥 대신 말린 생선이 배급되었다.

하늘을 막으려 대충 만든 천막 아래 제주 사람들은 벌벌 떨며 앉아 있었다. 비, 바람으로 옷이 젖어 정신이 없는데, 정삼이 슬쩍 옆으로 오더니 말을 건다.

"어떤가? 어제 말대로 도망?"

"위험하지 않겠나? 이미 목호들이 쫙 경계를 서고 있네."

그러나 정삼은 자신 있게 말한다.

"어차피 저들은 비, 바람 때문에 말을 못 타고 활도 못 쓰는데 말을 타면서 살던 놈들이 매일 언덕을 뛰면서 일한 우리보다 빠르겠나? 어느 정도 거리만 벌인다면 충분히 도망갈 수 있는 날이 바로 오늘이야."

며칠 전과는 달리 겁을 완전히 상실한 모습을 보이는 정삼이 걱정되었지만 실제로 칠석이 생각하기에도 좋은 기회는 분명했다. 정삼의 말 그대로 이 정도 거센 비와 바람은 당장 눈앞의 가시거리도 짧게 만든다. 거기다 말과 활을 쓸 수 없다면 두 다리로만 승부하는 것인데, 여기서는 그도 자신이 있었다.

　"좋네, 슬쩍 기회를 보고 뛰세."

　"거기 조용히, 가만히 자리를 지켜라."

　목호들도 이곳에서 1백여 년을 살아온 이상 제주 사람들만큼 이런 비, 바람이 어떤 의미인지는 알고 있었다. 다만 마을에서 강제로 끌려온 사람들을 감시하면서도 몇몇 목호들은 말을 관리하느라 바쁘다. 생각 외로 말이라는 동물은 예민해서 작은 기후 변화에도 몸을 상할 수 있기 때문이다. 전투에서 보병 역할을 할 마을 사람보다는 말이 훨씬 중요하기도 했다. 거기다 활과 화살 관리도 중요했는데, 주변에 세워진 작고 큰 게르들에 무기를 보관하고 있었다. 아교가 물에 닿아 풀어지면 활이 제 구실을 할 수 없으니 말이다.

　어느 정도 시간이 흘렀을까, 정삼이 칠석의 어깨를 친다. 정삼의 눈길을 따라가 보니, 방금 전만 해도 저쪽 자리에 있던 경비병이 자리를 비우고 다른 곳으로 움직인 듯하였다. 비와 바람이 워낙 거세다보니 잠시 자리를 피한 것일까? 아니면 볼일을 보러 간 것일까? 옆의 경비병은 꽤 먼 자리에 위치하고 있으니, 칠석과 정삼의 탈출에 당장 행동을 취한다 해도 한계가 있을 것이다.

"지금이다." 정삼이 외치더니 겁 없이 뛰기 시작했다. 이어 칠석도 함께 달렸다. 그러자 옆에 있던 다른 사람들도 뛰기 시작한다. 이미 다른 사람들도 어젯밤 오늘의 거친 날씨를 예감하고 도망갈 각오를 하고 있었던 것이다. 같은 기회를 포착하고 이들은 뛰어서 담을 넘었다.

몽골말로 여기저기서 소리가 난다. 그러더니 칠석과 정삼 뒤로 달리던 몇 명은 목호들에게 사로잡혔다. 두 사람은 뒤도 안 보고 미친 듯이 뛰었다. 어느덧 바람이 뒤에서 나는 소리를 지워주었다. 비가 주룩주룩 내리는 정도가 하니라 머리와 몸을 주먹으로 때리듯 세차게 내리니 목호들은 조금 추격을 하다 곧 멈췄다. 갑옷을 입은 채로 빈 몸뚱어리의 제주 사람들을 따라잡기는 힘들었기 때문이다.

결국 도망간 마을 사람들 숫자를 대충 파악하고 위에 보고하기로 마음먹은 듯했다. 전투가 곧 있을 예정이니, 화살받이 몇 명 도망간 것 가지고 시간 낭비나 전력 낭비를 할 겨를이 없었다. 생각 외로 이들의 탈출은 멋지게 성공했다. 다만 목표한 산 쪽으로 가는 것이 더 큰 문제였다. 산으로 올라갈수록 바람이 강해진다.

"이보시게, 여기 근처에 내가 아는 동굴이 있네. 거기 숨었다가 비가 멈추면 가는 것이 어떻겠나?"

함께 도망친 사람들 중 한 명이 한참을 걷던 중 말한다. 그러나 정삼이 고개를 가로젓는다.

"주변 동굴에는 이미 목호들이 있을지 모릅니다. 잘못 갔다가는 무덤으로 죽으러 들어가는 꼴일지 몰라요."

세찬 바람에 얼굴을 겨우 돌리며 말을 이어갔다.

"비, 바람이야 얼마 뒤에는 멈출 테니, 그 안에 어떻게든 이곳에서 멀리 되도록 한라산 쪽으로 도망가는 것이 우선입니다."

"그러나 너무 위험하네. 이 빗속에서 우리가 먼저 죽을 수 있어. 나는 동굴로 가겠네."

그러자 칠석이 말한다.

"저 어른 말이 옳을 듯하네. 이같이 세찬 비, 바람에 옷 여벌도 없이 이대로 움직이다가는 힘이 다해서 죽을지 몰라."

탈출한 사람들은 근처 동굴로 이동했다. 제주도에는 굴이 여기저기 있었는데, 깊이가 깊고 멀리까지 뻗어 있어 숨기에도 좋았다. 그러나 습하고 어둡다는 것이 문제다. 한참을 비와 싸우며 전진하고 있으니 드디어 한 사람이 외친다.

"저기 내가 아는 굴이 있으니, 저쪽으로 더 가봅
시다."

굴에 도착하니 입구가 좁아 보인다.

"입구는 좁지만 들어가면 꽤 큰 동굴이오."

동굴을 잘 안다는 사람이 말한다.

"불이 없으니 조심해서 들어갑시다."

탈출한 이들은 이렇게 하나둘 어두운 동굴 속으
로 몸을 숨긴다. 비가 그친 후에는 각자 갈 곳으로 흩
어지기로 했다.

갑인의 변

계속된 탈출

칠석 일행은 비가 그치자 동굴에서 나오려는데, 함께 목호 진영을 탈출했던 사람들 중 몇 명이 이미 차가운 시체가 되어 있었다. 비에 젖은 몸으로 서늘한 동굴에 들어가 잠을 자다 그대로 저체온이 되어 사망한 것이다.

"어이쿠, 이 사람들아. 그 지옥에서 도망을 쳤는데, 허무하게도 동굴에서 죽음을 맞이하다니… 쯧."

사람들의 흐느낌에 다른 사람들도 함께 침울해진다.

"시신은 어떻게 하지?"

"방법이 없지만, 가볍게 정리는 해주어야 하지 않겠나? 같은 탐라 사람인데…."

제주 사람들은 집에 문을 열어놓고 살아도 서로의 물건을 훔치지 않기로 유명했다. 그만큼 섬에서 서로의 얼굴을 익히며 살다보니 동향이라는 느낌이 특별히 강한 사람들이다.

도구가 없으니 간단하게 죽은 사람들을 꺼내 옮기고 흙으로 대충 덮었다. 그리고 그 위로는 돌을 조금 가져와 옆에 쌓아서 무덤이 위치하고 있음을 표시했다.

"자, 다들 수고했네. 이제 여기서 헤어지세나."

무덤이 만들어진 후 탈출한 사람들은 제각기 살 길을 찾아 흩어지기로 했다.

"칠석! 자네는 여기서 서남쪽으로 갈 텐가?"

여러 사람이 각자 자신의 길을 가는 중에 정삼이 묻는다.

"맞네. 나는 서남쪽으로 가야지. 거기에 내 어머니와 아내, 아들 그리고 동생이 있으니…."

칠석은 태어나서 딱 한 번 안아본 후 다시는 보지 못할지도 모르는 아이를 생각하니 한시라도 빨리 집으로 가고 싶었다.

"그렇다면 나도 자네와 같이 가고 싶군."

정삼은 그렇게 이야기하더니, 오히려 자신이 앞장서서 칠석의 마을을 향해 발걸음을 움직인다.

"자네는 왜?"

칠석도 성큼성큼 정삼의 뒤를 따라가며 묻는다.

"이제 탐라에 믿을 자가 누가 있겠나? 고려군과 목호가 전쟁을 벌이면 여기저기서 탐라 사람들을 죽이느라 바쁘겠지. 그렇다면 그나마 성주님 아래에 보호받고 있는 것이 나을 듯싶어서. 어차피 난 내 마을에 가보았자 부모님을 포함한 가족도 다 죽고 없네. 그리고 이런 전쟁터로 나를 내민 마을도 가고 싶지 않고."

칠석은 정삼의 생각이 그리 좋은 생각 같지는 않

았다. 사실 성주님이야 세금 걷어 갈 때나 주인 행세지 목호들이 침입하여 마을 장정을 끌고 가는 일이 벌어지는데도 방관하고 있지 않은가? 뭐… 그나마 성주 밑의 소작농이라 하면 '고려인들은 건들지 않을 수도 있겠다.' 하는 생각이 들기는 했다. 정삼의 판단이니 더 개입하지 않기로 한다.

두 사람은 힘겹게 언덕과 산을 타며 걸어가다가 저 멀리 북쪽 해안 방향을 잠시 바라보았다. 나무가 많아 해안가가 잘 보이지 않는다.

"싸움이 벌어지고 있을까?"

칠석이 말하자 정삼이 어깨를 당긴다.

"싸움을 하고 말고는 이제 저쪽 사람들 일이고 우리는 빨리 갈 길을 가세."

도착한 고려군

"저기 제주가 보입니다."

눈 좋은 병사들이 구름 뒤로 보이는 한라산을 보고 소리를 쳤다. 곧 배 전체에 제주에 도착했음을 알리는 고동 소리가 들렸다. 나주에서 출발한 고려의 3백여 척의 배들이 드디어 꼬리에 꼬리를 이으며 제주에 도착한 것이다. 남달리 거센 비바람에 일부 배가 부서지고 노를 잃었으나 그래도 피해를 감수하며 이곳까지 왔다. 배에 탄 고려 병사들 얼굴에 긴장감이 감돈다. 어제 거친 날씨 속에서 엄청난 고생을 한 장교들은 쉰 목소리로 어제보다 더 큰 고함을 치며 배 하선을 위한 준비를 시키고 있었다.

"도통사, 제주에 도착하기 직전입니다."

최영은 부관이 이야기를 듣고 밖으로 나온다. 그의 눈에도 멀리 제주도가 보였다. 그리고 여러 깃발들이 바람에 날리는 모습도 확인했다. 목호의 군사들이 해안가 주변에 있는 것이다.

"박윤청을 불러라."

명에 따라 전 제주 목사 박윤청이 곧 도착했다. 그는 이전에 제주 목사를 하였기에 이번 전쟁에서 고려군에게 제주의 분위기와 길 등을 안내하는 일을 맡고 있었다. 또한 개성 수복 전투 등에서 최영의 밑에서 일한 경력도 있었는데, 그만큼 누구보다 그의 불같고 원칙적인 성격을 잘 알고 있었다. 그래서일까. 절로 기가 죽은 듯 움츠러든 모습으로 등장하자 최영은 보란 듯이 크게 혼을 낸다.

"어찌 제주 목사까지 했다는 사람이 이렇게 힘이 없어 보이나? 대군의 모범이 되어야지!"

"아… 아닙니다. 단… 단지… 생각보다 바깥바람이 강해서…."

"쯧쯧. 되었네. 자네가 지금 할 일이 있다."

최영은 해안가를 지휘봉으로 가리킨다.

"저기 군세를 보니, 대략 3천에서 4천 사이는 될 듯 보이는군. 저 정도면 우리가 생각하는 목호들의 군세를 훨씬 넘는 것이 아닌가? 자네 생각은 어떠한가?"

"도통사… 혹시 저놈들이 우리 군대를 받아치기 위해 제주 내 모든 병력을 끌고 온 것이 아닐까요?"

제주에서 목호들은 마치 초원의 유목민 부족처럼 살고 있었다. 서아막, 동아막으로 크게 목장을 운영하면서도 각각의 목장에는 여러 족장들이 각자의 세력을 지니고 말과 양, 소 등을 방목하며 키웠다. 이들 중 세력이 강한 자들로 서아막에는 시데르비스, 촉투부카, 관음보 등이 있으며 동아막에는 시도시멘, 조장홀고손 등이 있다.

본래 각 족장들은 경쟁심이 강했으며 영역권을 두고 종종 자신들끼리 싸우기도 했다. 하지만 이번 고려 정벌군의 숫자가 만만치 않다는 소식을 듣고 시데르비스를 중심으로 합심하여 모든 가호들을 전쟁에 끌고 온 듯했다. 보통 유목민들은 일정한 나이 이상의 성인 남자들은 전쟁터에서 용감한 전사로 그대로 활용이 가능하다. 즉, 목장 내 남자들은 거의 다 전투에 참가한 듯 보였다.

"흠, 내가 듣기로 8천 호 정도 제주 인구가 된다고 들었네만. 그렇다면 많아야 3만 정도의 인구인데, 이 중 4천 명 이상의 군세가 동원되었다면 이는 분명 제 주 내 토착 세력, 즉 성주, 왕자, 토관을 포함한 제주 민도 포함된 숫자가 아닐까?'

최영의 물음에 박윤청은 당연하다는 듯 맞장구를 쳤다.

"맞습니다. 제가 제주 목사를 할 때도 느낀 것이 지만 겉으로 고려에 충성을 한다던 제주 내 성주나 왕자들도 믿을 수 없는 족속인 건 매한가지입니다."

전 제주 목사의 말대로 제주 내 귀족 세력이라 할 수 있는 성주, 왕자 기타 토호들은 자신들의 지지 상 황을 가능한 한 보여주지 않고자 했다. 이유는 간단 했는데, 고려든 원이든 명이든 누구도 믿지 못했기 때문이다. 이들의 최고 지향은 제주가 독립을 하여 어떤 외세 세력도 제주의 일에 개입하지 않는 것이 다. 그러나 이것은 꿈에 불과했고, 그렇다면 적당히 세력이 있는 자와 손잡고 자신들의 세습 지위를 확 보하는 일을 차선책으로 가고자 했다.

하지만 제주 사람이면 제주의 독립을 꿈꾸고 있 는 것도 분명한 사실이기에 실력 있는 세력이 제주 에 자리를 잡으면 그에 편승하여 독립을 꿈꾸는 자 들이 많이 생겨났다. 과거 삼별초 난도 그러하지 않았는가. 지금도 목호를 중심으로 많은 마을들이 토관의 지시 아래 자발적으로 전쟁에 참가하고 있었다. 성주와 왕자는 자신 소속의 마을에는 함부로 움직이지 않도록 명을 내린 상황이지만, 이들도 고려가 밀리는 분위기라고 여긴다면 곧장 소속 병력을 목호들에게 내줄 것이다. 아니 벌써 일부 병사들을 제공했지 모른다. 보험용으로.

최영은 박윤청의 말에 동의하듯 고개를 끄덕이더니, 그에게 명한다.

"그래서 자네를 부른 것이야. 지금 제주로 먼저 상륙하여 저들을 설득하도록 하게."

"아, 아니, 도통사, 어찌 한 번에 병력을 몰아 오랑캐 놈들을 처단하지 않고요."

당황하여 되묻는 박윤청에게 최영은 고개를 젓는다.

"전쟁은 명분이 필요하지. 우리가 여기까지 병력을 끌고 온 이상, 그것도 2만이 넘는 대군을 몰고 왔으니 전쟁을 피할 수는 없다. 허나 대국의 입장에서 제주를 포섭하는 자세를 보여야 자연스럽게 제주민 중 어리석음을 깨달은 이들은 칼과 창을 버리고 우리를 반기게 될 것이다. 만일 이러한 행동을 보이지 않고 단순히 무력으로만 밀어버린다면, 지금은 우리가 전쟁에서 이겨도 또다시 제주에서는 탐라의 독립을 주장하는 이들이 등장하게 될 것이다."

최영은 전쟁을 수없이 겪은 인물이기에 정당성을 따지는 것의 중요성을 잘 알고 있었다. 당장의 승리뿐만 아니라 이후의 수습에서도 전쟁의 첫 단추를 어떻게 매듭짓느냐에 따라 많은 차이가 생긴다. 그것을 전 제주 목사인 박윤청에게 맡긴다는 거였다.

"음… 알겠습니다. 도통사."

박윤청은 대답하고 물러났다. 어차피 최영이 한번 마음먹고 명을 내리면 아랫사람은 반드시 따라야 했다. 불복하고 최영의 손에 절단 날 것인지, 바다 건너 목호들과 성주들에게 절단 날 것인지 양자택일을 해야 한다. 개인적인 경험상 최영의 명에 불복하다 죽을 확률이 목호들과 대화하다 죽을 확률보다 높다고 여겨졌다. 그는 깊은 한숨을 쉬며 작은 배로 옮겨 탔다.

서신 교환

"만호, 고려 도통사 최영이 사신을 보냈습니다."

시데르비스는 게르에서 나왔다. 여러 목호의 대장들도 함께 게르에서 나온다.

"누가 왔더냐?"

"전 제주 목사 박윤청입니다."

"크흐… 내가 무서워 예전에 육지로 도망간 자가 여기가 어디라고. 어디 불러와 봐라. 무슨 말을 하는지 들어나 보자."

최영의 편지를 가져온 박윤청이 당당하게 말한다.

"목호들은 들으시오. 고려 왕께서 최영 도통사를 보냈으니 무기를 버리고 항복하시오."

목호들이 칼을 뽑으려 하며 성을 내는데, 시데르비스가 손으로 제지한다.

"그래, 오랜만이오. 최영의 편지를 가져왔다고?"

편지가 시데르비스의 손으로 전해진다. 몽골어로 쓴 편지에는 섬 하나만 믿고 대항하는 목호에 대한 냉소와 큰 나라 고려를 섬기라는 등의 항복을 종용하는 내용이 적혀 있었으며, 항복을 하면 관대한 처분이 있을 것이라는 말도 있었다.

"크흐흐. 최영, 이자의 몽골어 솜씨가 엉망이군. 고려가 원의 부마국이던 때가 어제인데 벌써 상국의 글을 잊었는가? 그나마 몽골어로 편지를 보내온 정성이 갸륵하다."

주변 목호들도 함께 비웃듯 웃었다.

"너는 과거 제주 목사직을 버리고 도망간 자인데 오늘따라 당당하구나. 내가 알던 박윤청이 아닌 듯싶다."

도망이 아니라 제주 목사 임기를 끝내고 돌아간 것이나 굳이 따지지 않고 박윤청은 답했다.

"만호. 잘 들으시오. 소문은 들어 알겠지만 도통사 최영은 당신이 지금껏 알고 있던 고려 장수들과 격이 다르오. 그가 2만 5천의 군대를 이곳까지 끌고 온 이상 절대 목호들은 제주에서 살아남지 못할 것이오. 이번 항복 권유는 마지막 기회요."

시데르비스는 껄껄 웃었다.

"웃기는구나. 이 작은 고려 놈아. 우리는 세계 끝까지 말을 달려 모든 것을 발아래에 둔 칭기즈칸의 후예들이다. 최영? 그따위가 감히 우리에게 항복을 권하고 명을 한단 말인가? 어디 건너와 보거라. 모두 죽여줄 테다."

목호들이 흥분하여 외친다.

"저자부터 죽여 목과 팔을 최영에게 보냅시다."

"아니다." 시데르비스는 큰 소리로 말한다.

"오늘 전쟁으로 탐라는 독립을 할 것이다. 즉, 국가와 국가의 전쟁이다. 그러니 사신을 죽여서는 안 되지. 박윤청, 너는 최영에게 돌아가 똑똑히 전하거라. 이곳은 고려가 아니라 탐라다. 그리고 2만이든 10만이든 어디 와보거라. 몽골 기병이 얼마나 무서운지를 보여주겠다."

박윤청은 겨우 목이 붙은 채로 돌아갔다. 작은 배

에 오르자 그제야 서늘했던 기운이 올라오며 심장이 뛰는 듯하다. 그런 모습에 젊은 장교가 묻는다.

"장군, 목호들 앞에서는 그리 당당하시더니 호랑이 굴에서 빠져나오자 어찌 이러십니까?"

"이놈아, 목호의 시데르비스도 진짜 호랑이인 도통사 최영에 비하면 늑대에 불과하다. 이제 도통사 앞에 설 것을 생각하니 또다시 긴장이 되는구나."

선발대 전멸

1374년 8월 28일. 전쟁의 서막이 열렸다. 박윤청이 배로 돌아오자 곧 최영의 명이 내려지며 11척의 선발대가 해안가로 배를 몰아 이동했다. 총 6백여 명의 선발대는 정벌군 중 가장 무력이 뛰어난 자들로 배치했는데, 이들이 해안가에 선봉으로서 자리 잡아 놓으면 빠르게 다음 병사들이 차례차례 상륙을 하는 방식으로 고려 대군이 움직일 예정이기 때문이다.

힘차게 노를 저으며 6백여 명의 병사들은 해안가로 상륙한다. 그리고 훈련대로 빠르게 진을 펼치며 다음 군단들이 움직일 수 있는 자리를 만들려 했다.

이때였다. '피이익~~' 여기저기서 소라고둥으로 만든 피리 소리가 들린다. 목호의 기병들이다. 괴성을 지르며 언덕 아래로 내려온 목호 기병들이 고려군 선발대가 상륙한 해안가에서 백 보 정도 떨어진 곳에 빠르게 반월형으로 진을 펼친다.

"어서 방패를 들어라~!!"

선발대 장교의 목소리가 급하다. 6백여 명의 병사들은 급하게 나무로 된 방패를 위로 올렸다. '엉~!' 명적이 울린다. 명적은 쏘면 공기에 부딪혀 소리가 나는 화살로 목표한 사냥감이 다가왔을 때 쏘아 올리는 화살이다. 고려 병사들의 얼굴이 공포로 일그러진다. "발사~!" 여기저기서 몽골말이 쏟아지더니 목호의 기병들이 화살을 쏘기 시작했다. 하늘을 검게 감싸듯 수많은 화살들이 포물선을 그으며 6백여 명의 선발대 머리 위로 쏟아졌다.

"으악!" "허헉!" 화살이 틈 사이로 살을 파고 들어간다. 고려 병사들은 방패로 하늘을 막았으나 그 많은 화살을 다 막아낼 수는 없었다. 방패를 들고 있던 병사 일부가 쓰러지며 진형이 흔들린다. 다시 한 번 화살이 날아온다. 2차 공격에 또다시 병사들이 쓰러졌다. "또 화살이다~!" 3차 공격이었다.

'우두두두둑' 화살이 떨어지는 소리가 소나기 소리처럼 요란하다. 1차 화살 공격을 받았을 때만 해도 여기저기서 들리던 신음 소리가 3차 공격까지 넘어가자 더 이상 들리지 않는다. 병사들은 대오를 잃고 죽어갔고 장교들도 이 사태를 해결할 방안이 없었다. 고려 후발대는 이 모습을 보고 전의를 상실하여 노를 놓고 배를 전진시키지 못했다.

드디어 시데르비스가 말을 타고 언덕에 모습을 보인다.

"자랑스러운 몽골의 병사들이여! 여기서 고려 놈들에게 누가 이 땅의 주인인지 그리고 지금껏 고려인의 주인이 누구였는지를 보여주자!"

몽골어가 저렁저렁하게 울리더니 그가 팔을 앞으로 내리자 너도 나도 할 것 없이 목호의 기병들은 창을 앞으로 올리고 고려 진영으로 말을 달렸다. 무서움을 모르던 1백여 년 전 칭기즈칸의 기병들이 그대로 재현되고 있었다.

목호 기병들은 지금껏 말을 타며 익혔던 기술을 선보이며 잔인하게 고려 병사들을 사냥한다. 전의를 상실한 고려군은 이리저리 말이 모는 대로 짐승처럼 도망치다가 결국 구석에 몰려서 산 채로 도륙을 당했다. 한동안 고함 소리와 비명 소리로 뒤덮이더니 금세 조용해진다. 전멸이었다. 6백여 명 전원 사망으로 끝난 것이다.

고려군 선발대 장교들 중 하나의 목을 창끝에 매단 목호의 기병이 언덕으로 올라간다. 그리고 고려 배에서 잘 보이는 자리에 창을 꽂았다.

"이것이 바로 너희들의 최후다. 명나라를 따르는 개들아!'

목호군이 내지르는 승리의 함성이 해안가에 가득 퍼졌다.

최영의 분노

"아, 아니… 저럴 수가…."

선발대에 이어 하선하던 병사들도, 아직 배에 있는 병사들도 순식간에 벌어진 참혹한 학살에 말을 잃었다.

최영의 얼굴이 붉어지며 분노가 올라와 입술을 깨문다. '어디 이놈들이 이 정도란 말이지….' 최영은 직접 갑주를 다시 동여매고 칼을 옆에 찬 뒤 작은 배로 옮겨 탔다. 그리고 자신의 배를 앞장서게 한 다음 외쳤다.

"고려의 병사들아. 여기서 오랑캐 놈들에게 또다시 무너질 것인가? 당장 나를 따라 하선하라."

최영이 앞서는데도 병사들은 우물쭈물하기만 하고 움직이지 않는다. 심지어 이미 배에서 내린 병사들은 다시 배에 타기 위해 첨벙거리며 후퇴하고 있었다. 목호들은 전의를 상실한 고려군을 보며 연습

표적이라도 맞추는 것처럼 바다로 화살을 쏘아댔다. 해안은 비명으로 가득하고 바닷물은 고려인의 피로 붉게 물들어 가고 있었다.

"도통사, 이 이상 움직이는 것이 쉽지 않습니다. 후퇴하는 것이 나을 듯합니다."

화살이 빗발치는 가운데 한 젊은 장교가 최영에게 다급하듯 말을 걸었다.

"뭣이? 움직이는 게 쉽지 않아? 너 나이가 몇인가?"

"스물여덟입니다."

최영이 악귀 같은 표정으로 바라본다.

"네 이놈, 스물여덟 먹은 놈이 못 움직인다면 이 세상에 누가 움직이겠는가?"

최영이 옆에 있는 장교에게 날카롭게 눈치를 주자 최영을 오래 따르던 장교는 곧 칼을 꺼내 단박에 젊은 장교의 목을 베어 버렸다. 같은 배에 있던 사람들은 누구라 할 것 없이 일순간 크게 놀랐으나 금세 기강이 올라왔다.

"이놈의 목을 사람들이 볼 수 있게 배 장대 높이 매달아라."

젊은 장교의 목이 올라오고 최영이 다시 외쳤다.

"더 이상 우물쭈물하면 이자처럼 국법에 따라 목을 베겠다. 하선한 자들은 앞으로 계속 전진하고 뒤에 있는 장교들은 칼을 들어 후퇴하려는 자가 있으면 그 자리에서 바로 목을 베어라."

최영의 독한 행동에 놀란 고려 장군들과 장교들은 병사들을 하선으로 몰며 똑같이 칼을 꺼내 위협한다. 그러자 병사들도 파도를 건너 앞으로 전진하였다. 뒤로 후퇴하다 최영에게 죽을 바에야 앞으로 가서 죽겠다는 식이었다. 순식간에 2만여 명의 고려 병사들이 전진하자 이번에는 목호들이 당황한다.

"만호, 고려 놈들이 계속 진격합니다."

시데르비스는 화살을 계속 쏘도록 명했다.

"어디 죽음이 두렵지 않다면 오너라."

끊임없이 날아오는 화살에 여기저기서 쓰러지고 죽어가는 고려 병사들이 있어도 그다음 하선하는 병사들이 금세 자리를 채우기 시작했다. 어느덧 해안가에는 고려 병사들이 가득하다. 인해전술이 통할 시점이 온 것이다.

"방패를 이고 전진하라!"

"전진하라~!"

여기저기서 독한 움직임이 시작되었다. 날아오는 화살을 막기 위해 고려 병사들은 방패를 머리에 인 채 진형을 구성하였고, 어느새 고려군은 오와 열이 잡혀져 싸울 준비가 갖추어졌다. 2만 명이 훨씬 넘는 고려군과 3천 명의 기마병과 2천 명의 제주민으로 구성되어 있는 목호군이 충돌하기 직전이다.

"공격~!' 신호와 함께 고려군이 신속하게 목호의 기병단을 향해 움직였다. 고려군이 창을 앞으로 세우고 돌진하자, 말들이 흥분하여 뛰어다니기 시작했다. 목호의 기병들은 제대로 전투를 벌일 수가 없다. 이제 전투 양상은 반대가 되었다. 해안가의 질퍽한 흙과 돌 때문에 빠른 기동력을 상실한 목호의 기병들을 고려의 보병들이 포위하려는 분위기였다.

"후퇴하라. 후퇴~!'

징소리가 울리며 목호 기병들이 후퇴하기 시작했다. 그러자 최영은 깃발을 올려 제주민의 보병을 포위하도록 한다.

"이자들은 목호들의 패거리니 한 놈도 빼놓지 말고 죽여라."

고려군 장교들의 큰 고함 소리가 들렸다. 잔인한 보복전이 벌어졌다. 탐라의 독립이라는 말에 속은 토관의 결정에 따라 적극적으로 목호에게 병력을 지원한 마을 사람들, 그리고 칠석네 마을 사람들처럼 목호의 강압에 의해 끌려온 사람들은 서로 다른 세력 간의 대결 속에 처참하고 어이없는 죽음을 맞이했다. 고려군은 이렇게 제주에 상륙했다.

고려인을 만나다

칠석과 정삼은 산 중턱을 타며 이동하다보니 자연스럽게 해안가 쪽으로 큰 소리와 함께 연기가 올라오는 것을 본다.

"이런! 큰 연기를 보니 며칠간 우리가 만들던 목책이 불타나 보네. 이 정도 불이면 목호가 밀린 것 같은데?"

정삼이 말하자 칠석도 고개를 끄덕인다. 목호 기병들이 달아나고 그들과 같은 마을 사람들이 포함된 제주 병사들이 고려군에게 포위되어 학살될 것을 생각하자 슬픔이 밀려왔다.

"아, 이럴 수가… 우리 형제들은 어쩌지."

칠석은 눈물이 앞을 가리는데도 풀을 헤치며 도망갈 수밖에 없는 자신이 야속하기만 하다. 만에 하나 마을에 도착하더라도, 40여 명의 같은 마을 사람들이 저 자리에서 학살당했다는 것을 어찌 설명해야 할지. 우리 마을에 일을 할 수 있는 성인 남자가 겨우 60여 명에 불과한데, 이 중 40여 명이 저 자리에서 꼼짝없는 죽임을 당한 것이다.

"야속하다, 야속해. 우리는 싸움에 적극적으로 참가한 것도 아니고 목호에게 억지로 끌려왔을 뿐인데… 왜…."

속마음을 드러내어 말하는 칠석의 뒤로 정삼이 다가온다.

"이게 우리 인생이니 어쩔 것인가. 우리가 어제 탈출을 하지 않고 저 자리에 그대로 있었으면 여기 움직이는 이 몸뚱어리도 지금쯤 동물들의 밥이 될 뻔했네."

칠석은 가슴을 치면서도 살기 위해 계속 걸었다. 정삼 말대로 어제 비가 세차게 내릴 때 미친 척 탈출을 하지 않았다면 나 또한 저 자리에서 처참한 죽음을 맞이했을 것 아닌가.

제주도가 크다 해도 본래 섬인지라 빠르게 걸어서 하루면 남북 횡단도 충분히 가능했다. 그러나 칠석은 걸어서 반나절이면 갈 수 있는 거리에 자신의 마을이 있건만, 조금만 수상한 낌새가 보이면 숨었다가 다시 움직이고 또 숨었다가 다시 움직이고, 그러다보니 도저히 속도가 나지 않았다. 나무껍질을 뜯어 먹고 꽃이나 곤충도 먹으면서 배고픔은 참아냈다. 사슴이 보이시만 도구가 없으니 잡을 수가 없다 게다가 여기저기에서 목호군이 해안가 1차 방어에 실패했다는 것을 알려주듯 여럿 목호들이 말을 타고 바삐 왔다 갔다 하는 모습들이 보였다. 긴장이 절로 된다.

"거참, 이러다가 마을에 목숨을 지니고 도착할 수

있을까. 그것이 걱정이네."

칠석이 안타까운 표정이다. 정삼도 걱정이다.

"이 근방에 목호들의 게르가 있을 테니, 이것도 조심해야 해. 아무래도 고려군이 서남쪽으로 행군하면서 서아막부터 칠 것 같으니까. 으이구, 괜히 자네를 따라나섰군."

그들이 짐작한 대로 고려군의 1차 목표는 서아막의 시데르비스였다. 만호라고 하며 실질상 제주 내 몽골계 유목민을 제어하는 자인만큼 그들의 본거지를 초토화하는 것이 중요했기 때문이다. 이에 시데르비스도 고려군이 상륙한 날 해가 저문 사이 병력을 수습하여 고려군 군영을 습격한다. 시데르비스의 반격으로 안무사(安撫使) 이하생을 포함한 고려 병사 여럿이 죽었다. 고려의 이름값 하는 장수가 야습으로 죽자 목호들은 자신감을 되찾았다. 이처럼 쌍방이 밀고 밀리는 혈전이 계속되었다.

"오늘은 이곳에서 잠을 청하지."

칠석과 정삼은 언덕배기 아래에 난 작은 구멍을 찾아 잠자리를 마련했다. 이곳에 숨으면 바깥에서는 그들을 잘 볼 수가 없는 반면 그들은 바깥의 움직임을 확인할 수 있기 때문이다.

"벌레들이 너무 많다만… 어쩔 수 없지. 우선 자네가 먼저 눈을 붙이게. 다음에는 내가 잘 테니."

정삼의 말에 고개를 끄덕이고 칠석은 먼저 잠을 청한다. 한참 뒤 여기저기서 벌레 우는 소리가 가득한데, 작은 발걸음 소리가 들렸다. "저놈 잡아라." 하는 몽골어가 들리더니, 한 남자가 두 사람이 숨어 있는 장소 근처로 뛰어온다. "이 이봐…" 정삼이 어깨를 치자 칠석이 눈을 뜬다. 칠석 역시 사람들 목소리가 들리자 이미 잠에서 깬 상황이다.

'헉헉.'

쫓기는 사람 뒤로 기병 둘이 바짝 쫓아오고 있었다. 그들의 눈앞에서 화살이 휙휙 날아간다. "으헉." 쫓기던 남자가 화살을 어깨에 맞고 쓰러지자 곧 기병 둘이 말고삐를 잡고 멈추었다.

"고려 놈이 밤사이에 여기까지 정찰을 오다니… 참으로 대범하군."

"으윽… 어서 죽여라."

한 목호가 말에서 내려 칼을 꺼낸다.

"그래. 여기서 너의 목을 따서 걸어두겠다."

각기 다른 나라 말을 써서 서로 알아듣지 못할 텐데도 서로의 뜻을 누구보다 잘 이해할 수 있는 상황이다.

'탁.'

바로 그때 정삼이 긴장하다가 뒤로 넘어지면서 나뭇가지를 부러뜨렸다.

"여기 한 놈이 더 있었군."

말을 탄 또 다른 목호가 두 사람이 있는 곳을 향해 창을 겨누고 다가왔다. "이얏!" 칠석과 정삼은 눈짓을 주고받은 후 동시에 숨어 있던 곳에서 나와 말을 향해 뛰어갔다. 손에는 각자 돌멩이와 나무 막대기를 쥐고.

정삼이 말을 붙잡는 동안 칠석이 목호의 다리를 잡고 말에서 끌어 내린다. 목호는 한 명이 숨어 있는 줄 알고 다가왔다가 두 명의 급습에 깜짝 놀라 말고삐를 놓치고 말았다. 두 사람은 넘어진 목호를 덮친 후 돌멩이와 나무 막대기로 사정없이 때렸다. 그러자 바로 옆에서 고려인을 죽이려던 목호가 칼을 뽑은 채 뒤를 돌아본다. 그 목호의 입에서 무슨 말인가 나오려는 찰나였다. 고려인이 간신히 일어나 자신의 칼로 앞으로 넘어지듯 움직여 목호를 베어버렸다. 칠석과 정삼이 잡고 있던 목호도 고려인이 다가와 말 옆에 떨어져 있던 창으로 깊숙이 가슴을 찔렀다.

"윽" 소리 없는 작은 비명과 함께 목호는 죽음을 맞이했다.

"당신들은 제주 사람인가?"

죽을 위험에서 벗어난 고려인이 제주 방언으로 물어본다. "맞소." 칠석이 고개를 끄덕였다.

"나 역시 제주 출신이네."

화살을 맞은 사내가 뜻밖의 말을 한다.

"아니, 그래서 우리말을 하는구나. 어쩐지… 다른 고려인과는 조금 다르다 했어."

"그런데 왜 이들에게 쫓기고 있었소?"

놀란 정삼과 칠석이 번갈아 물어본다.

"으윽! 그 전에 이 화살을 먼저 뽑아주게. 그리고 말을 타고 이 장소를 빠져나가지. 잘못하면 놈들이 더 올지도 몰라."

칠석은 정삼에게 사내의 어깨를 잡도록 했다. 그리고 "하나, 둘, 셋." 하더니 화살을 뽑았다. 사내는 입술을 꽉 문다. 다행이 화살은 촉까지 다 뽑혀 나왔고 상처도 생각보다는 깊지 않았다. 그런 다음 옆에 있는 풀로 피를 닦은 후 화살 맞은 사내의 안쪽 옷을 찢어 상처 주변을 묶었다.

"크윽… 고맙네. 그럼 말을 타고 이 지역을 빠져나가세."

그 순간 멀리서 사람 소리가 들린다. 사내의 말대로 복호들 몇 명이 더 니타난 것이다. 사내는 재빠르게 방금 주인을 잃은 말 두 마리의 궁둥이를 세게 치고는 두 사람에게 손짓을 한다. 세 사람은 칠석과 정삼이 숨어 있던 작은 구멍으로 숨어 들어갔다. 말들은 곧장 '히히잉' 하며 울더니 저 멀리 달려 나간다.

"저기다. 말을 타고 도망간다."

목호들의 몽골말이 들리더니 곧 뛰어가는 말을 따라가는지 조용해졌다.

"이 자리를 빨리 뜨지."

화살 맞은 사내의 말에 두 사람도 고개를 끄덕였다. 별 수 없이 또 갈대숲 안으로 들어갈 수밖에 없었다.

정체성

한참을 말없이 걷다보니 어느덧 날이 밝아오고 있었다. 세 사람은 잠시 자리를 잡고 앉는다. 땀이 차서 쉰내가 절로 올라왔다.

"그래 당신들은 제주도 어디에서 왔는가?"

화살 맞은 사내가 묻자 칠석은 고개를 저었다.

"우리가 먼저 알려줄 수는 없소. 당신이 누구인지 알 수 없으니."

"흠, 그렇군. 알았네. 우선 이것을 먹으며 이야기하지."

그가 품 안에서 고기 말린 것을 꺼내 나눠 준다. 먹을 것이 보이니 누군가의 배에서 꼬르륵 소리가 났다.

간단히 요기를 하면서 사내는 자신의 이야기를

하기 시작했다. 그는 본래 제주도 출신으로 소년일 때 고려 목사의 관청에서 일하였다. 그러다 그를 똑똑하다고 여긴 목사가 개성으로 이동할 때 데려가 그 집의 심부름꾼으로 키워졌다. 현재는 최영의 군대에 소속되어 제주 지역을 정찰하는 임무를 맡고 있다. 정찰 중 목호들에게 발각되어 도망치다 함께 온 두 명은 죽고 그는 두 사람의 도움으로 겨우 살아남았다.

"흠. 그렇다면 당신은 고려군이 맞나 보군."

정삼이 이렇게 말하자 칠석이 분에 차서 물어본다.

"그런데 어찌 고려 군사들은 우리 탐라 사람들을 함부로 죽이는 거요?"

"어제 전투 말인가? 당신들도 그것을 보았는가?"

"아니오. 싸움 전에 우리는 도망쳤기에…. 다만 어제 고려군과 싸운 자들 중 몇몇은 바로 나와 함께 살아오던 마을 사람들이었소."

"무어라 할 말이 없군. 허나 제주 사람이라 할지라도 목호의 군대에 포함되어 있었으니 그들을 죽일 수밖에 없었겠지. 나 역시 이럴 때마다 너무 괴롭네. 허나 이 괴로움도 전쟁이 마무리되면 사라지지 않겠나? 한시라도 빨리 전쟁을 마무리해야 하네."

그 말에도 칠석은 고려인들을 절대 용서할 수가

없었다. 이 사내가 진짜 고려인이었다면 아마 지금쯤 그를 죽이고자 날뛰고 있었을지도 모른다. 다만 제주 출신이라는 것 때문에 참고 있었다.

"그럼 자네들은 어디로 가려고 했나?"

"나와 이 친구는 탐라 남쪽에 위치한 작은 마을로 가고자 했소. 그곳이 나의 고향이기 때문이오."

칠석이 대답한다.

"흠. 이런 말하기는 미안하네만… 내가 정찰을 한 결과 고려군이 해안가에 진입한 후 목호들이 병력을 더 늘리기 위해 기마병을 파견하여 마을을 불태우고 집이 없어진 백성들을 산으로 끌고 갔다고 들었네. 특히 제주 서남쪽에 위치한 마을들을 중심으로 말이야."

"거짓말!" 칠석은 소리친다. 정삼도 놀라서 입이 벌어진다. 가야 할 목표가 갑자기 사라지고 말았다. 한동안 세 사람은 말이 없었다. 갓난 아들은 어찌 되었나. 어머니는. 아내는. 거기다 함께 자라온 동생까지…. 칠석은 머리가 지끈지끈 아파왔다. '왜 나는 탐라에 태어나서 이런 고통을 받아야 하나. 우린 몽골인도 아니고, 고려인도 아니고, 그렇다고 제주인 인지 탐라인인지도 모르겠고. 나는 누구란 말인가?

시간이 조금 더 흐르자 사내는 일어났다.

"나를 따라갈 생각이 없다면 나는 이만 고려 진영

으로 가보겠네."

정삼은 아내가 죽은 후 연고가 더 이상 없는 제주도가 지긋지긋한 상황이라 사내에게 묻는다.

"나도 당신을 따라가면 고려인이 될 수 있는 거요? 당신처럼?"

"확답은 할 수 없지만, 공을 세우면 가능하겠지."

"그럼 나도 따라가겠소."

그러더니 정삼이 슬쩍 눈치를 본다.

"자네는 어쩔 셈인가?"

칠석은 고개를 크게 저으며 자리에서 일어난다.

"난 고향을 향해 가겠네. 나는 찾아야 할 사람이 있어."

"그래, 칠석이 자네는 아직 탐라에 가족이 있으니까… 그럼 여기서 헤어지세."

정삼은 엉덩이를 털며 자리에서 일어나 칠석에게 다가간다.

"예전 함께 배를 탈 때도, 그리고 이번 목호 진영에서 탈출할 때도, 참 많은 일을 힘께했네. 잘 가게."

칠석도 이렇게 말을 한 뒤 정삼의 손을 잡았다.

죽어 있는 마을

칠석은 두 사람과 헤어진 후 계속하여 남쪽으로 길을 잡고 내려갔다. 정말로 그 고려인의 말처럼 여기저기 보이는 마을들에는 인기척은 없고 연기만 뿌옇게 피어오른다. 배도 고프고 목도 말라서 위험해 보이지만 마을로 내려가 보기로 한다. 마침 이 마을은 일 때문에, 정확히는 물건을 전달하기 위해 몇 번 찾은 곳이었다. 그만큼 익숙하다. 또한 언덕 하나만 더 넘으면 고향이기도 했다.

밖에서 느껴진 것처럼 마을에는 살아 있는 사람의 흔적이 거의 없는 대신 여기저기 시체들이 즐비했다. 주로 여자들이 죽은 것을 보니, 남자들은 고려인의 말처럼 목호들에게 끌려 올라간 것일까? 시체들을 보니 먹을 것을 빼앗기지 않으려고 저항했던 모습이 여실하다. 계속해서 걱정이 현실이 되자 칠석은 가슴이 무너져 내리는 것 같았다.

칠석은 우선 당장의 배고픔을 해결하기 위해 불타지 않은 비어 있는 집으로 들어갔다. 목호들이 먹을 것도 싹 들고 갔는지 정말 아무것도 보이지 않는다. "이런...." 다른 집으로 들어가 보니 역시 아무것도 없었다. 이제야 우려가 현실임을 알게 되었다. '우리 마을도 이미 이렇게 된 것 아닐까?' 그나마 마을 구석구석에 노인들과 아이들은 일부 살아 있었으나, 죽은 사람처럼 이미 힘이 다 빠져 있었다. 툭툭 치며 불러보아도 반응이 거의 없다.

마을 우물가로 다가간다. 이 마을에는 우물 주위로 사방을 둘러친 돌담을 촘촘히 쌓아 두었는데, 제주는 워낙 물이 귀했기 때문이다. 그런데 물을 마시니 이상한 맛이 났다. 곧바로 고개를 돌려 물을 퉤 뱉어 버린다. 이곳까지 온 고려군이 물을 마실 수 없도록 목호군이 약을 탄 것이다.

'나쁜 놈들이다, 목호 놈들…. 백여 년을 탐라에서 함께 살았건만 최후가 다가오니 이렇게 지독하구나. 모든 것을 다 뺏어가서 남은 것도 마실 물조차 없군.' 칠석은 화가 머리끝까지 났다. 탐라인으로 함께 하자는 시데르비스의 말도 우리들을 속이기 위한 말에 불과했던 것이다. 더 이상 지체하지 말고 고향으로 가야겠다. 목호들은 보이지 않는 것을 보니, 고려군과 일전을 벌이기 위해 북쪽으로 이동한 것 같았다. 칠석은 배고픔을 뒤로하고 발걸음을 재촉한다.

몰이사냥

"지독합니다. 지독해."

고려군의 막사에서 여러 원수들은 고개를 흔든다. 도통사 최영이 이끄는 고려군은 해안가 상륙에 성공한 이후에도 목호들의 기습적이고 강력한 공격으로 빠른 전진을 하지 못하고 있었다. 수적인 우세를 이용해 서서히 남서쪽으로 밀고 내려오는 상황이기는 했으나, 한동안 전투가 끝나면 부대를 해안가 기지로 잠시 퇴각했다가 움직이는 것을 반복했다. 목호들이 말을 이용해 워낙 기동력 있게 공격하니 안전한 장소를 중간중간 만들기 어려웠기 때문이다.

　"현재 상황은 어디까지 진행되었는가?"

　의자에 앉아 있는 최영이 묻자 젊은 장교가 일어나 발표한다.

　"옛! 드디어 목호들이 지니고 있는 목장을 하나씩 접수하고 있습니다. 어제 전투로 또다시 말 1백80여 필, 소와 양 1백 두 이상을 노획하였습니다. 다만 서아막 본거지까지는 아직까지도 쉽게 접근하기 힘든 상황입니다."

　"제장들은 들으시오."

　"옛! 도통사."

　최영은 흥미로운 표정을 잠시 짓더니 담담하게 말한다.

　"이처럼 이번 전투의 큰 그림은 우리가 원하는 방향으로 가고 있소. 제주가 아무리 큰 섬이라고 하나

2만 5천의 병력을 한라산을 중심으로 잡고 선을 그은 뒤 쭉 내려가듯 전진하면 사냥감이 덫에서 빠져나오지 못하듯 결국 목호들은 우리 손에 절단 나게 될 것이오. 이제부터는 범 사냥을 한다는 생각으로 조금씩 진을 옮기며 전진하면서 저들의 숨통을 조이도록 하시오. 전쟁은 이제 보름이면 끝날 것이니."

"옛!"

"그리고 하나 더. 군졸들 중 포획된 마소를 마음대로 도살하여 먹던 자가 어제만도 열 명이 걸렸소. 이들을 아침이 되자마자 참수 후 사지를 잘라 각 군영에 걸어두라 하였는데, 이미 다들 보셨으리라 생각하오. 포획된 마소는 나라의 재산이라는 것을 명심하시오."

이미 여러 창대에 죄목이 쓰여 전시되어 있던 목과 팔, 다리를 본 장군들이라 어느 때보다 즉시 반응이 왔다. 최영은 군율 자체를 그야말로 엄하게 다루었다. 명을 어기거나 잘못하는 경우 목이 달아나는 장교, 병사가 수두룩했으나, 이것이 명령 체계를 제대로 잡아 어떤 군대보다 강한 힘을 발휘했던 것이다.

"옛, 도통사. 명심하겠습니다."

모든 회의가 끝나고 얼마 뒤 최영에게 중요한 일이라면서 연락이 왔다. 불러보니 제주 성주 고실개의 편지를 들고 온 시종이었다. 이미 고려 왕실에 귀부하고 있다는 내용과 함께 자신에게 속한 병사도 이번 전투에 제공하겠다는 내용이었다. 비슷한 시간 왕자 문신보 및 여러 토관들에게도 같은 내용의 편지를 받은 뒤라 최영에게는 이미 신경 쓰이는 일이 아니었다.

"성주나 왕자도 이제야 슬슬 목호의 난이 제압되고 있음을 깨닫고 있나보군. 매번 느끼지만 느리군, 느려."

최영은 몸이 근질근질한 듯 막사 밖으로 나왔다. 목호가 말을 타고 함부로 침범할 수 없도록 목책이 구성된 고려 진영은 누가 보아도 탄탄해 보인다. 며칠 전부터 군대를 출진시킨 후 전진한 거리만큼 목책을 단단히 세우며 목호들이 침범할 수 있는 공간을 좁혀가고 있었다.

"이제 내일이나 모레쯤이면 서아막 근처까지 고려군이 전진할 테니 목호들도 최후의 일전을 벌이겠지. 여기서 끝장을 내면 대나무를 가르듯 그대로 무너지게 된다."

최영은 혼잣말을 하듯 이야기했다. 이때 얼마 전 칠석과 만났던 제주 출신 정찰병이 호위병의 인도를 받고 다가왔다.

"도통사, 시데르비스가 동아막 족장들과도 긴밀한 연락을 취하고 있다 합니다. 병력 이동이 상당수

이루어지고 있습니다."

고개를 숙인 채 보고를 올린다. 정찰병의 말에 최영은 고개를 끄덕였다.

"좋아. 너는 제주 출신이라 놈들이 최후로 이동할 만한 곳도 예측이 가능하겠지. 어디쯤일 것 같나?"

"제 생각입니다만, 시데르비스가 보통 사람이면 동아막으로 몸을 의탁할 수도 있겠으나, 사실 서아막과 동아막 간에는 경쟁의식이 강하고 유달리 자존심이 강한 자라… 결국 그들 영역의 마지막 끝자락인 남쪽 해안 근처에서 최후의 일전을 벌이지 않을까 싶습니다."

"예전 원 황제의 별궁을 만들던 그곳을 말하는 건가?"

"예, 그곳이 마지막 항거지가 될 듯합니다."

말을 듣고 최영은 곰곰이 다음 전투를 생각하기 시작했다. 얼마 뒤 최영이 정찰병을 보내고 막사로 들어오자 박윤청이 사안 보고를 할 겸 들어와 묻는다.

"노동사, 제주 출신 정찰병들의 정보가 어느 정도 신빙성이 있어 보이는지요?"

"나도 여러 각도로 정보를 수집하고 있네. 아무리 제주가 변방이라고 하나, 믿을 만한 자들도 분명 있다."

"그런데 목호들을 다 죽여버리면 말을 키울 자가

없으니, 그것도 문제입니다. 개성에서도 분명 그것을 우려할 테고요."

박윤청은 고민하는 표정으로 말한다. 이대로 전쟁이 끝나면 자신이 계획대로 제주 목사가 될 터인데, 말 관리를 못하여 책을 당할 것이 미리부터 걱정된 것이다. 최영은 이런 질문에는 아예 답조차 하지 않은 채 귀찮은 듯 그만 나가 보라고 손짓을 했다.

사실 박윤청의 걱정대로 이번 전쟁을 하는 숨겨진 이유는 말 생산지인 제주를 고려가 완벽히 확보하기 위함에 있었다. 말은 국력, 곧 전쟁에 있어 전투력과 연관이 깊은데, 고려가 말을 구할 수 있는 방법은 여진족과의 무역을 통한 구입과 제주에서 사육된 말을 공물로 걷어가는 것, 이렇게 크게 두 가지로 나눌 수 있다. 그런데 유목민인 여진과 무역을 통해 말을 구하는 것은 비용이 워낙 많이 지출되는 반면, 공물로 말을 걷는 것은 고려 입장에서 굉장히 싸게 말을 확보할 수 있는 방법이 된다.

거기다 최근 부상하고 있는 명나라는 원과의 전쟁에 필요한 말을 확보하기 위해 고려 조정에 말 조공을 강요했으니, 여기서 얻게 되는 차익도 수없이 많은 전란으로 물자가 부족해진 고려에 짭짤한 수익이 될 수 있었다. 실제 최근 2천 필의 말을 조공하라며 명이 사신을 보냈을 때도 상당한 답례품이 함께 들어왔던 것이다.

문제는 몽골 출신의 목호들이 고려의 의도와는 달리 제주산 말의 가격을 유목민들처럼 제대로 받고자 했다는 점에 있었다. 고려 조정은 2천 필에 해당하는 돈을 명으로부터 받았음에도 제주에는 3백 필에 해당하는 돈만 주었는데, 목호들은 반발하여 그 가치에 해당하는 3백 필만을 고려 정부로 운송하게 했다. 이것이 결국 전쟁으로 이어지게 만든 것이다. 말 한 마리는 장정 세 명의 가격이다. 그리고 제주에는 총 1만 마리 이상의 말이 사육되고 있었다. 이 정도면 2만 5천의 군대를 파병할 가치가 된다.

그렇다면 전쟁에 앞서 고려 조정에서 내세운 제주도의 왜적 본거지 활용 주장 또는 원으로부터 자립하는 외교에 따른 목호 제거 주장 등은 무엇이었을까? 결국 이것은 정치 영역이었다. 다만 최영은 이 부분까지는 크게 관심이 없었다. 왕의 명대로 군대를 움직일 뿐.

대회전

며칠 후, 목호의 기병들이 또다시 고려 진영 앞에 나타났다. 세 명의 장수가 화려한 깃을 단 모자를 쓰고 기병들을 끌고 왔는데, 그 화려하고 당당한 모습에 고려군에서는 웅성거리는 소리가 절로 났다. 최영은 얼마 전 귀부한 제주 출신 토호를 불러 저들이 누구인지 물어본다.

"도통사, 저들은 시데르비스의 아들 삼형제입니다. 말 타는 솜씨와 활 쏘는 솜씨가 대단하기로 유명하죠."

그런데 자세히 보니 이번에는 목호들이 보병들도 함께 끌고 왔는데, 이 역시 적은 숫자가 아닌 듯했다. 해안가 상륙 작전을 저지하기 위한 전투 이후 최고로 많은 숫자의 보병이 동원된 것 같았다.

"도통사, 어찌할까요?"

최영은 병력을 전진시키도록 명했다. 명이 떨어지자 북이 울리며 고려 병사들이 목책에서 나와 진격하기 시작했다. 목호 기병들은 한 줄로 서서 화살을 쏘며 반격을 한다. 곧이어 보병과 보병이 부딪치고 고려 기병들도 목호의 기병들과 한바탕 전투를 벌였다.

특히 고려 장수들은 만호를 칭하는 시데르비스의 아들들을 잡아 공을 세우기 위해 말을 몰고 서로 다투듯 다가갔는데, 이들 삼형제는 신출귀몰한 말 타는 솜씨를 보이며 고려 기병들을 제압해갔다. 고려 장수가 창을 들고 삼형제 중 하나의 등을 찌르고자 하자 이를 말 옆으로 비껴 움직이면서 피하더니 곧이어 창을 돌려 고려 장수의 머리를 휘갈긴다. 말을 탄 기수가 휘청거리며 떨어지자 말은 주인을 잃은 채 홀로 앞으로 달려갔다. 다른 형제들도 마찬가지로 창과 활을 자유롭게 사용하며 고려 기병들을 제압한다.

최영은 삼형제의 분전을 보고는 붉은 깃발을 올리도록 명한다. 긴 창을 지닌 창군들이 전장에 투입되었다. 이들은 목호의 기병들을 창으로 밀어붙이며 한쪽으로 벽을 만들었다. 그러는 동시에 고려 기병들도 힘을 내서 수적 우세를 이용해 목호의 기병들을 조금씩 밀어내기 시작했다. 고려 보병의 상대가 되지 않는 목호 보병은 이미 전멸에 가까운 상황이었다. 그러자 날카로운 피리 소리가 들리고 목호 기병들이 후퇴를 시작했다. 보병도 버리고 도망가는 것이 허겁지겁 퇴각하는 분위기였다.

"도통사, 적이 패전하는 것 같습니다. 쫓아가서 완전히 무너뜨립시다."

주변 장수들이 권했지만 최영은 무언가 이상하다는 느낌을 받았다. 제주 지역민을 급히 불러 저 언덕 뒤에 무엇이 있는지 물어보고자 했다. 곧 한 사람이 불려왔는데, 다름 아닌 정삼이었다. 그는 제주 출신 정찰병을 따라와 이곳 주변 지리를 잘 안다고 하여 최영 진영에 머물고 있었다.

"목호들이 후퇴하는 저 언덕 뒤로 무엇이 있는가?"

정삼은 최영의 말을 느낌상 알아듣고 제주 방언으로 열심히 설명을 했으나 장군들 중 제대로 알아듣는 이가 없었다. 그러자 장군들 사이에서 개성에서 공부한 경험이 있던 제주 토호가 일어나 정삼의 제주말을 고려말로 바꾸어 들려준다.

"도통사, 저자의 말에 의하면 저 높은 언덕 뒤로 긴 들판이 위치한다고 합니다. 말을 몰기에 딱 좋은 장소라고 하는군요."

최영은 무릎을 쳤다.

"오냐. 저놈들이 드디어 최후의 일전을 벌이자는 것이군. 좋은 정보를 주었으니, 잘했다. 저자를 데리고 가서 공에 맞는 선물을 주도록 하라."

그러곤 얼굴을 익히려는 듯 최영은 정삼을 잠시 자세히 보았다. 곧 정삼은 병사들을 따라 자신이 있던 자리로 돌아갔다.

"이제 우리들의 반격이다. 여봐라!"

최영은 빠르게 작전을 알려주었다. 보병대는 목호에게 속은 듯 저들을 쫓아 언덕으로 빠르게 전진한다. 그곳에서 창병을 이용해 최대한 적 기병의 전진을 막으며 버티는 동안 고려 기병들은 회전을 하여 적 뒤로 기습을 한다. 그리고 나머지 병력들은 퇴로를 막아 목호들을 완전히 포위하겠다는 것이다.

작전대로 보병이 전진하여 들어오니, 목호들은 자기들 계책에 고려군이 걸렸다 하여 되돌아 공격을 시도했다. 숨어 있던 기병들까지 동원되어 고려군을 공격하니 어느 정도 시간이 흐르자 고려군의 강력한 진형도 허물어질 듯 보였다.

"조금만 더 힘을 내라! 고려 놈들을 완전히 무너뜨릴 기회다."

시데르비스는 직접 기병을 몰고 등장하였는데, 동시에 각 목장의 족장인 촉투부카와 관음보도 각자 자신들의 기병을 몰고 고려군을 포위하고 있었다. 시데르비스의 아들들이 유인해 온 고려군을 이곳 들판에서 세 명의 목호 족장이 이끄는 자신들의 기병을 몰아 포위, 섬멸하는 것이 그들의 계획이었던 것이다.

이들은 이 작전의 성공을 위해서 대규모 보병까지 끌고 왔던 것인데, 주위 제주 민가에서 다시 한 번 강제로 끌려온 백성들이었다. 즉, 버리는 용도로 끌고 온 제주 사람들이 고려군에 의해 죽임을 당하여 패전 분위기를 만든 뒤 고려군들이 흥분하여 이곳까지 따라오면 그들을 매섭게 공격하겠다는 것이었다. 그런데 갑자기 뒤가 어수선했다.

"만호, 고려 기병이 뒤에 나타났습니다."

"뭐야?" 사실이었다. 보병이 제대로 시간을 끄는 동안 고려 기병들이 긴 회전을 하여 뒤를 친 것이다. 이제 목호의 작전과는 반대로 고려군이 목호들을 포위하기 시작했다. 얼마 뒤 최영 본진마저 이곳에 투입되니 이제는 살길이 남지 않은 듯했다.

"아버님, 저기 후퇴할 수 있는 공간이 있습니다."

시데르비스의 둘째 아들이 아버지에게 큰 소리로 외친다. 아직 완전한 포위망이 만들어지지 않아 정말로 아들이 말한 방향으로 비어 있는 공간이 보였다. 목호의 족장들은 병력 대부분을 잃었지만 마지막 투혼을 발휘하여 자신들만은 겨우 빠져나올 수 있었다.

"도통사, 적장이 남쪽으로 도망갑니다."

고려 진영에서는 장군들이 아쉬워하고 있다. 그러나 이것도 다 최영의 계획이었다. 쥐도 도망갈 구멍을 만들어주어야 물지 않는다. 이에 일부러 구멍 하나를 만들어둔 것이다. 여기서 팔, 다리를 다 잃었으니 얼마나 도망을 가겠는가? 최영은 도망가는 대장들을 쫓지 말고 목호의 나머지 병사들이나 철저히 제압하도록 명했다. 다만 이전과 달리 항복하는 자는 가능한 한 살려주라고 명한다. 너무 많은 목호들을 죽이고 나면 새로 부임할 제주 목사 박윤청의 말

대로 말 목장을 운영할 사람이 부족하게 될지도 모
르니까.

　이전과 달리 여유를 보일 정도로 전황은 유리해
지고 있었다. 이제 전쟁은 끝으로 가고 있었다.

100년의 황혼

범섬

　제주도 남부에 위치한 범섬은 그 모양이 누워 있는 호랑이를 닮았다고 하여 붙여진 이름이다. 제주에서 바로 눈으로 보이는 거리에 섬이 있지만, 주변 바다가 워낙 거세니 뱃사람이 아니고는 쉽게 접근이 어렵다. 이 섬 주변 바다에서 다양한 물고기가 많이 잡혀 제주 어부들이 종종 들르곤 하였고, 섬 가운데에는 용천수가 나와 사람이 머물 수 있는 환경을 갖추고 있었다. 게다가 산꼭대기에 큰 동굴 두 개가 뚫려 있는데, 누구는 이를 호랑이 입이라 부르기도 했고 누구는 제주를 만들었다는 설문대 할망이 한라산을 베개 삼아 누울 때 다리를 뻗어 생겨난 구멍이라고도 했다.

　범섬의 급경사가 진 돌무더기에서 두 청년이 낚시를 하고 있다. 칠석과 동생 일남이다.

　"물고기가 좀 잡혔는가?"

　"형님, 그래도 이곳으로 도망쳐서 그나마 다행이오. 형님 말 그대로 따른 깃 아니겠소."

　칠석이 수일 전 마을에 도착하고 본 것은 엉망진창이 된 폐허였다. 목호들이 다시 침범하여 그나마 남아 있던 젊은 남자들을 데리고 간 것이다. 살아남은 노인과 여자 몇몇에게 들으니, 칠석의 집은 동생이 돌아온 후 곧장 배에 가족을 싣고 범섬으로 떠났기에 화를 피할 수 있었다고 한다. 그제야 살았구나 싶은 마음이 들어 곧 칠석도 배를 구해 살아남은 마을 사람들과 함께 범섬으로 들어왔다. 다행히 범섬은 섬을 비우라는 성주의 명 뒤로 체류하는 사람이 한동안 없었으니 몇 가족이 그런대로 먹고살 수는 있었다.

물고기를 잡아 올라오자 같이 범섬으로 온 마을 사람들과 칠석의 가족이 기다리고 있다. 아들은 태어난 지 보름이 다 되어가 이제 제법 어미젖도 잘 문다. 물고기로 간단히 회를 만들어 먹고 일부는 식수를 떠오는 등 바쁘게 움직이는데, 심부름하던 소년 하나가 급히 달려온다.

"칠석 삼촌, 저 멀리 배들이 들어오고 있소. 한번 보시오."

칠석이 깜짝 놀라 아내와 아내 등에 업혀 있는 아들의 얼굴을 한 번 보고는 바다가 보이는 절벽으로 성큼 걸어간다. 동생 일남도 따라나섰다. 정말이다. 배였다. 자세히 보니 서아막에 잡혀 갔을 적에 보았던 그 얼굴이었다.

"저자는 만호가 아닌가."

정말이었다. 시데르비스와 그 일족들이 배를 타고 이곳 범섬으로 오고 있는 것이다.

"제길! 아우, 자네는 어머니를 모시고 섬 아래에

있는 절벽에 자리 잡고 숨도록 해."

'형님은?' 하며 동생이 걱정스러운 눈빛으로 묻는다.

"나도 곧 따라갈 테니… 걱정 말고."

칠석은 동생이 가족과 마을 사람들이 있는 곳으로 뛰어간 것을 확인한 후, 배의 움직임을 더 지켜본다. 시데르비스 일당의 배 바로 뒤로 보이는 육지에는 어느새 고려군이 가득 진을 펼치고 있었다. 결국 전투에서 패전을 거듭한 목호들은 한라산이나 기타 숨을 곳을 찾아 뿔뿔이 흩어졌고, 고려군의 목표가 된 대장들은 갈 곳이 없자 원 황제의 별궁에서 버티다가 급한 대로 이곳 범섬으로 방향을 정한 것이다.

"이놈들. 몽고 놈이나 고려 놈이나, 정말 진절머리가 난다."

칠석은 한탄하며 머리를 흔들더니 주먹을 쥔 채 동생이 떠난 길을 따라 뛰어갔다.

시데르비스

"만호… 이제 어쩌지요?"

배에 탄 목호들은 겁에 질려 있었다. 몽골인의 자부심은 배를 타는 순간 사라졌다. 바람처럼 말을 타고 달리던 기상, 자유를 즐기던 그 기상이 대지에서 바다로 무대가 바뀌면서 어느덧 사라진 것이다.

"동아막 놈들이 그때 제대로 호응만 했었더라면…"

촉투부카와 관음보는 지금도 한풀이 중이다. 이길 수 있던 전투에서 이기지 못한 그 순간이 지금까지도 가슴에 걸려 있는 것이다.

어느덧 배가 도착하고 한때 병사 수천 명을 거느리던 그들은 지금은 가족을 포함해 수십 명에 불과한 인원으로 배에서 내렸다. 시데르비스의 삼형제는 아버지를 부축하여 범섬에 발을 딛게 한다.

"역사적인 순간이군. 우리 몽골인이 드디어 이 작은 섬의 주인까지 되는구나. 크핫하하!"

시데르비스가 호탕하게 웃는다. 그러나 주변에서는 아무도 반응이 없었다. 다들 조용히 짐을 옮기고 가족 손을 잡아주기 바쁠 뿐이었다.

"고려 놈들이 곧 이 섬으로 올 터인데… 어찌할 것이오?"

절벽의 가파른 길을 따라 올라가며 족장 촉투부카가 묻는다.

"이보시오, 족장. 아버지께서도 이제 막 이 섬에 도착하셨으니 잠시 생각할 시간이 필요하지 않겠습니까?"

시데르비스의 삼형제 중 맏이가 쏘아붙이듯이 말하자 촉투부카가 화가 나 소리친다.

"아니, 네가 감히 나한테? 니들 형제들의 오만함 때문에 일이 이 지경이 된 것 아닌가?"

"뭐라구요? 말씀이 심하십니다."

"그만들 해라. 이제 해가 지니, 고려 놈들이 오더라도 내일이나 되어야 올 테지. 최소한 하루는 더 살수 있지 않겠는가?"

시데르비스가 짜증스럽다는 듯 고함을 치자 곧 조용해졌다. 그러나 다들 더 이상은 살아날 희망이 없다는 표정이다. 어느덧 범섬의 평지에 다다른 이들은 주변에 야영할 곳을 찾아본다. 그러다 무언가를 발견한 듯 목호 병사가 외쳤다.

"이곳에 방금 전까지 사람이 있었습니다."

"고려 놈들이 우리 전에 벌써 들어온 것인가? 주변을 살펴봐라."

시데르비스는 부하들이 그러든지 말든지 대충 만들어진 자리에 철퍼덕 주저앉는다.

"뭐를 발견했나?"

"회입니다."

시데르비스가 손으로 가져오라는 시늉을 하자 목호 하나가 곧 회를 가지고 왔다. 시데르비스는 손으로 회를 집어 입에 넣는다.

"쩝쩝… 맛이 좋군. 솜씨가 좋아."

백여 년간 뿌리를 제주에 두다보니 어느덧 바다
에 익숙한 몽골인이기에 회도 익숙하게 잘 먹었다.

"응애… 응애…."

파도 소리에 섞여 있었으나 분명 아이 울음소리
다.

"저쪽 절벽 아래에서 나는 듯합니다."

목호가 손으로 가리키는 방향에서 소리가 정말
울리고 있었다.

"아버님, 제가 내려가 보고 오겠습니다."

셋째 아들이 무릎을 꿇고 명을 기다리니, "가봐
라." 성의 없이 툭 던지는 말이 들렸다.

대화

얼마 뒤 칠석네 가족과 마을 사람들이 칼을 든 목
호들의 위협을 받으며 숨어 있는 곳에서 나와 범섬
평지로 올라왔다. 아기는 계속 울어댄다. 칠석의 아
내가 아기를 달래보지만 쉽지 않다.

"어서 올라가라. 탐라 놈들."

목호들은 여전히 제주 사람들 앞에서는 당당했
다. 이 작은 섬에서도 자신들보다 밑에 위치한 사람

이 있다는 사실에 저도 모르게 기운이 나는 듯 보였다.

"만호, 보니까 탐라 놈들이었습니다. 특히 저 녀석을 보니…."

시데르비스의 셋째 아들이 칼끝을 일남에게 겨누었다.

"제가 일전에 마을에서 살려준 그놈이더군요. 얼굴이 정확히 기억이 납니다."

"그렇담, 너희도 살아서 도망친 곳이 결국 이곳이었구나? 어찌 신세가 나와 비슷하군. 하하."

"아버님! 어찌 천한 탐라인과 아버님이?"

시데르비스는 손을 저었다.

"되었다. 이제 꿈에서 깰 때가 되었지."

시데르비스는 자리에서 일어나 제주말로 물었다.

"우는 아이의 아비는 누구인가?"

"나요."

목호들의 칼날에 엎드려 있던 칠석은 매서운 눈빛으로 시데르비스를 노려보며 대답했다.

"아니, 이놈이 감히…."

목호들이 칼을 꺼내 죽일 듯이 성을 냈지만 시데르비스가 매서운 눈으로 그들을 제압하자 곧 조용해진다.

"그래 너한테 한번 물어보자. 우리 몽골인들이 너

회 탐라인에게는 어떤 존재였나?"

"너희들은 개나 말이다."

칠석의 대답에 목호들뿐만 아니라 칠석네 가족과 마을 사람들도 놀라서 말이 나오지 않는다. 개나 말이라니? 그것도 반말로? 시데르비스도 놀랐는지 다시 묻는다.

"너, 뭐라고 했나?"

"개나 말이라 했다."

"어째서?"

"이곳 탐라에서 먹고 자라며 살아온 너희들이 막상 얼마나 많은 탐라 사람들을 함부로 죽였는가? 그래 놓고는 지금 와서 내게 무슨 말을 듣고 싶은 거냐? 몽골의 기상? 웃기지 말라고 그래라. 너희는 우리들이 키우는 개나 말 같은 놈들이다. 언제나 탐라의 품에서 살아오며 먹을 것을 줄 때면 꼬리를 흔들다가도 막상 위험이 닥치면 주인을 물고 달아나는 그런 놈들 말이다. 너희가 정말로 우리의 주인인 줄 알았나? 너희는 탐라의 품에 살고 있는 수많은 망아지 같은 것들에 불과했다."

목호들은 모두 어이없는 듯 칠석을 바라보았다.

"이놈이 실성을 했나?"

곧 시데르비스의 셋째 아들이 다가와 칠석을 채찍으로 때리기 시작했다. 그러자 동생 일남이 형을 때리던 시데르비스의 아들을 밀친다.

"여기서 형과 나를 죽여도 좋다. 그러나 너희가
개나 말 같은 놈이라는 것은 기억해라. 나 역시 우리
형처럼 너희를 개나 말이라 생각하고 죽을 테다."

악에 받쳐 소리 지르는 일남의 목소리에 목호들
도 얼어붙었다.

"됐다. 됐어."

시데르비스는 고개를 가볍게 끄덕이더니 말을 이
었다.

"백여 년을 이곳에서 지냈지만 결국 탐라인들에
게 우리는 이런 존재였을지 모른다. 이곳에 때가 되
어 들어왔다가 때가 되면 사라지는 객 같은 존재….
그래… 개나 망아지일 수도 있지. 탐라가 품은 개와
망아지라…. 흐흐흐 하하하…."

시데르비스는 이제 충분히 했다는 표정이다.

"그래. 이 섬의 주인은 결국 너희 탐라인이다. 또
다른 종족이 이곳에 와 주인 행세를 할지라도 그들
도 우리처럼 왔다 떠나는 객일 뿐…. 그래, 되었다."

"아버님…."

"만호…."

모두들 서글픈 표정으로 한때 제주의 주인 행세
를 하던 사나이를 쳐다보았다.

"저들을 그만 풀어주어라. 내일 고려 놈들이 들어

오면 최후의 일전을 벌이고 우린 그만 이 땅에서 떠나주자."

놀랍게도 칠석 일행은 풀려났다. 칠석은 가족과 마을 사람을 이끌고 범섬 어딘가로 사라진다. 검은 하늘에는 별들이 빛나고 있었다.

최후의 이야기

날이 밝자 최영은 범섬으로 배 40척을 보내 포위한 후, 남아 있던 목호들을 차례로 섬멸시킨다. 최후의 일전을 결심한 목호들은 화살이 다 떨어지자 남녀 할 것 없이 창과 칼을 들고 싸웠으며, 창과 칼이 부러지자 돌을 들고 항전했다. 마지막까지 그들은 몽골인의 자부심을 버리지 않았다. 그러나 한 명 한 명 목호들이 죽음으로 사라지니 결국 시데르비스는 아들 셋과 함께 잡혔고, 나머지 족장들인 촉투부카와 관음보는 절벽으로 몸을 던졌다.

최영은 온몸이 성한 데 없이 잡혀온 시데르비스와 그 아들 삼형제를 고려군과 제주 토관들이 보는 앞에서 허리를 잘라 처형하고, 그 목은 소금으로 절여 개성으로 팔과 다리는 제주의 각 관아로 보내도록 했다. 촉투부카와 관음보의 시신도 배를 띄워 결국 바다에서 건져내 목을 벤 뒤 개성으로 보낸다. 이로써 서아막은 완전히 고려에 굴복했다.

서아막이 무너진 이후에도 동아막은 항전을 지속하였으나 최영의 고려군 공격에 오래 버티지 못했다. 최영은 잔당을 끝까지 쫓아 항복하지 않는 자는 모두 죽이게 하니 죽은 시체가 들판에 즐비하였다. 이러는 가운데 제주 사람들도 수없이 억울한 죽음을 당했다. 한 달에 걸친 제주도 전쟁은 이렇게 막을 내린다.

"도통사, 축하드립니다."

고려군은 승전보를 올렸다. 최영은 당당한 표정으로 답한다.

"이 모든 것이 주상 전하의 은공이 아니겠소. 이제 제주는 평정되었으니 다시 고려의 것이 되었소이다."

곧 제주 성주와 왕자가 베푸는 연회가 벌어졌고 이곳에서 고려인들은 승리의 축배를 들며 잔치를 즐겼다. 잔치 중 최영은 그동안 목호들이 가지고 있던 말 생산 및 이익 중 일부를 성주와 왕자에게 분배해 줌으로써 완벽하게 일을 마무리했다. 앞으로 제주산 말은 공물이란 명목으로 고려에 바쳐질 것이다.

얼마 뒤 최영과 함께 온 2만 5천의 고려군은 고작 3만 명 정도 살고 있던 제주에서 떠나갔다. 이로써 제주는 다시 제주인의 품으로 돌아온다. 다만 고려인이 떠나자 숨어 있던 목호들이 다시 난을 일으켰고, 그들은 최영이 두고 간 제주 목사 박윤청을 살해하는 등 잠시 강력한 힘을 보이기도 했다. 그러나 고려 조정과 말 목장의 이익을 함께하기로 한 제주 내 성주, 왕자 등이 합심하여 공격하니 목호의 숨은 세력들도 시간이 조금 더 걸렸을 뿐 서서히 사라졌다.

죽은 박윤청을 대신하여 고려 목사가 다시 파견되었고 그들은 또다시 제주에 엄청난 세금을 지우기 시작한다. 한편 조정에서는 말 가격을 제대로 쳐주지 않으면서도 말을 생산하도록 독촉하니 제주 사람들의 고생은 이전 목호들이 있을 때보다 오히려 더 심했다. 세상이 본래 그런 것이 아니겠나.

에필로그

다시 태종 18년 늦은 봄, 어느 새벽

노인의 긴 이야기가 끝나자 하담은 한동안 말을 잃었다. 노인이 하는 제주말을 해석해주던 토호 관리도 숙연한 감정에 이윽고 조용해졌다. 오후부터 시작한 이야기는 어느덧 대정현성에 어둠이 찾아오게 만들었으니, 밤하늘에는 별이 반짝거리고 주변에는 곤충 우는 소리로 가득하다. 어느 틈엔가 제주 목사 이간도 들어와 이야기를 쭉 듣고 있었다.

"그래. 그렇다면 정삼? 그 사람은 그 뒤로 어찌되었소? 그렇게 헤어진 후 다시 만난 적은 있는지 궁금하구려."

한참 후 하담이 깜빡 잊은 것을 찾듯이 조심스럽게 물어본다. 노인은 기억을 끄집어내려고 잠시 얼굴을 찡그렸다. 그러더니 찾았다는 표정으로 숨겨진 이야기를 이어갔다.

"그때 시데르비스가 풀어준 뒤 범섬에 숨어 있던 소인과 소인 가족은 목호들을 한창 제거하던 고려군에게 잡혀 최영 장군에게 불려갔었지요. 그곳은 이미 한바탕 피바람이 몰아친 뒤였기에 분위기가 무척 살벌했었습니다."

범섬에서 잡힌 칠석 일행이 최영 앞으로 끌려가

니, 이미 시데르비스와 세 아들은 허리가 잘린 채 죽어 있었고 고려 병사들은 그 시체를 끌어 옮기는 중이었다. 겁에 질린 가족들 사이에서 칠석은 다음 차례로 죽음을 각오하고 있었다.

"너희는 누구이기에 몽골 놈들과 함께 그곳에 숨어 있었는가?"

엎드려 있는 그들에게 장교 하나가 큰 소리로 쩌렁쩌렁 물어본다. 위를 보니 높은 단 위에는 최영이 앉아 있었고, 여러 장군들과 병사들도 모두 그들을 노려보고 있었다. 마치 염라대왕에게 끌려온 느낌이었다. 분위기에 압도되어서인지 어제 시데르비스 앞에서와는 달리 아무 대답도 할 수가 없었다. 아니 시데르비스에게 그렇게 퍼부은 게 오히려 이상하게 느껴졌다. 지금 생각해보아도 평생 그런 용기가 난 것은 처음이었다.

그런데 위기 상황에서 뜻밖에 정삼이 고려 병사 사이에서 나타났다.

"이 사람들은 죄가 없습니다. 저와 동향 친구로 목호 놈들이 인질로 데려갔던 것 같습니다. 저들을 살려주십시오."

곧 지역 토관이 그 말을 최영에게 통역하여 전달하자 정삼의 얼굴을 잘 기억했던 최영이 고개를 끄덕인다. 살려주라는 의미였다. 그렇게 칠석 일행은 정삼 때문에 살아남을 수 있었다.

"그 뒤로 제주에서 아무도 그 사람을 본 적이 없다고 하니, 아마 개성으로 따라갔을 겁니다. 사람들 말에 의하면 제주에서 공을 세운 것으로 최영 장군의 종이 되었다고 하던데… 글쎄요. 그 사람이야 제주에 더 이상 미련이 없었으니 어떻게든 육지로 건너갔겠죠. 그리고 어느덧 최영 장군도 돌아가셨으니, 지금은…."

당시 전쟁의 참사에 대해 더 물어보려다 하담은 꾹 참았다. 상처를 헤집는 것이라는 생각이 들었다. 하담의 얼굴을 보고 이제 긴 이야기를 마무리하려는 듯 힘들면서도 슬픈 표정으로 노인은 말을 한다.

"우리 동족이 아닌 것이 섞여 갑인(甲寅)의 변을 불러들였지요. 칼과 방패가 바다를 뒤덮고 간과 뇌는 땅을 가렸으니, 말하면 지금도 목이 멜 지경입니다. 어쩌겠습니까? 감당해야 할 운명일 뿐. 다만…."

노인은 지금 생각해도 묘하다는 표정이다.

"갑인의 변이 끝나고 십여 년도 안 되어 명나라에서 온 몽골 왕족들이 이곳 제주로 와 자리 잡았습니다. 한창 목호를 죽일 때는 그 난리가 나더니 중국에서 도망친 몽골 왕족이 오니 분위기가 또 바뀝디다. 나라에서는 목호와 싸울 때 무너진 원 황제 궁궐터에다 기와를 얹은 거대한 집을 여러 채 짓고 이들이 모여 살도록 하더군요. 그때 저는 이번에는 몽골 왕족 집을 만드는 데 동원되었죠. 아마 제주 내 기와집은 고려 때도 지금도 절과 관아를 빼면 몽골 왕족 집만 남을 겁니다."

그러더니 허탈한 표정을 한 채 말을 이어갔다.

"또 15여 년 전인가? 그렇게 20여 년을 제주에서 산 몽골 왕자가 죽었죠. 이에 고려 시절 몽골인들이 제주에 크게 세운 법화사 근처에 그의 무덤을 만들었는데, 그때도 우리 마을에서 사람들이 여럿 도와주었습니다. 나랏일이 복잡하고 어려운 일이라 저 같은 놈이 뭘 알겠냐 싶지만…. 목호들을 이 잡듯 잡을 때는 그때라 하더라도 몽골 왕족을 위한 집, 무덤까지 만들어주는 것은 또 뭔지. 소인은 지금도 세상일을 잘 모르겠습니다. 뭐, 그렇게 거친 파도 위에 올라간 작은 배처럼 사는 거겠죠."

이것으로 노인은 모든 이야기를 다 했다는 듯이 훨훨 털면서 자리에서 일어났다. 관아 밖으로 나가는 노인을 하담은 조용히 일어나 배웅했다. 제주 목사 이간도 함께 일어나 배웅했다.

다음 날 아침

다음 날 아침 일찍부터 제주 목사 이간과 판관 하
담은 제주 관아로 떠나려고 준비 중이었다. 이것저
것 짐을 싸느라 바쁜 종들 사이로 대정 현감 유신이
하담에게 다가온다. 그는 어제 밤늦게까지 판관과
노인이 이야기를 나누었다는 소식을 듣고 급한 마음
에 달려오는 참이었다. 현감 유신은 제주 목사와 헤
어진 이후 밖에서 나머지 일을 마치느라 이 이야기
를 나중에 들었던 모양이다.

"판관 나리, 어제 이야기는 잘 들으셨는지요?"

"참 대단한 이야기였소. 나 역시 목이 멜 정도로
감동했습니다. 제주 목사께서도 참으로 잘 들었다
하셨습니다."

유신은 기쁜 표정이다. 제주 목사가 이야기를 잘
들었다니, 어찌 기분이 나쁠 수 있겠는가. 하담이 유
신에게 당부를 한다.

"어제 노인과의 대화로 나 자신이 제주민의 삶을
조금이라도 더 이해할 수 있는 계기가 될 듯합니다.
그 노인을 비롯하여 그와 나이가 비슷한 연배의 마
을 노인들은 특별히 현감께서 관심을 가져주십시
오."

현감은 알겠다는 표현으로 가볍게 인사를 올렸
다.

"사실 그 노인 덕분에 이곳 성도 좋은 위치를 선

택하여 빨리 건설할 수 있었습니다. 주변 마을에 영
향력이 상당한 인물이더군요."

"참 어제 노인이 이야기하던데, 몽골 왕족 백백태
자의 가솔은 지금 어떻습니까?"

하담이 다시 생각난 듯 물었다.

백백태자는 원 세조 쿠빌라이의 후손인 양왕(梁
王)의 아들로, 내시를 포함한 가문 사람들을 대거 끌
고 고려에 귀순한 뒤 제주로 왔다. 그리고 이전 목호
처럼 말을 키우고 살았으며, 고려 조정에 이어 조선
조정에서도 그의 가문에게 제주 말 관련한 일을 맡
겼다. 그 뒤로 명나라가 귀순한 몽골인 달달친왕(達
達親王)과 그 가문 사람들을 고려로 보내니, 이들도
제주로 와 살았다. 이렇게 목호의 난 후에 제주로 온
몽골인만 해도 수백 명에 달했으니, 지금도 이들은
제주 사람들과 일정한 거리를 유지하는 한편으로는
서서히 섞여 살았다.

"백백태자는 이미 죽었으나 그의 처는 여전히 이
곳 근처에 살고 있고, 중국에서 가져온 엄청난 양의
보화는 거의 다 쓴 것 같다 들었습니다. 태자가 죽자
그의 처가 법화사에 크게 시주한 데다 태자 무덤을
만들면서도 돈을 꽤 쓴 것으로 알고 있습니다. 다만
전하께서 관심을 가끔 가지시니 매년 필요한 양식과
의복을 주며 대우하고 있습니다. 명나라에서 보낸

다른 몽골 왕족들도 마찬가지입니다. 그들 역시 근처에서 말을 키우며 살고 있으며, 나라에서 필요한 대우는 철마다 해주고 있습니다."

현감은 대답했다. 어느덧 풍악이 울리면서 제주 목사 일행은 북쪽으로 이동하기 시작했다. 대정현성 사람들이 구경할 겸 일행을 배웅하러 구름처럼 나와 인사를 드린다. 말에 탄 판관 하담에게는 서 멀리 흐드러지게 피어 있는 유채꽃이 그날따라 더 노랗게 보였다.

참고 문헌

"13~14세기 고려와 원 제국의 '탐라(제주) 정책'", 이강한, 국민대학교 한국학연구소(2017).

2012년 11월 제주 항파두리 항몽유적 토성 발굴조사 간략보고서.

"考古資料로 살펴본 元과 耽羅", 김경주, 탐라문회(2016).

"고려말 탐라목장의 운영과 영향", 강만익, 탐라문회(2016).

《고려사》, 김종서 · 정인지.

"고려 삼별초의 항전과 진도", 윤용혁, 목포대학교 도서문화연구원(2011).

《삼국사기》, 김부식.

《신안선》, 문화재청 · 국립해양유물전시관(2006).

《신안해저선에서 찾아낸 것들-발굴 40주년 기념특별전 도록》, 국립중앙박물관(2016).

"제주도 돌하르방의 기원과 전개", 정성권, 탐라문화(2015).

"제주 삼별초와 몽골 · 동아시아 세계", 윤용혁, 탐라문화(2016).

"조선시대 이전 耽羅國 중심 마을의 형성과 변천", 김일우, 한국사진지리학회지(2011).

"조선후기 제주 거주 몽골 후손들의 사회적 지위와 변화", 김동전, 역사문화학회(2010).

"탐라국의 동아시아 교섭과 신라", 박남수, 제주대학교 탐라문화연구원(2018).

"탐라사의 재해석", 제주연구원(2013).

"한중일 전통 연안상선의 선형비교연구", 최운봉 · 김성준, 한국 해운물류학회(2006).

일상이 고고학 나 혼자 제주 여행

1판 1쇄 발행 2021년 9월 15일
1판 3쇄 발행 2022년 11월 2일

지은이 황윤
펴낸이 김현정
펴낸곳 책읽는고양이 / 도서출판리수

등록 제4-389호(2000년 1월 13일)
주소 서울시 성동구 행당로 76 110호
전화 2299-3703
팩스 2282-3152
홈페이지 www.risu.co.kr
이메일 risubook@hanmail.net

ⓒ 2021, 황윤
ISBN 979-11-86274-87-3 03810